雪霏霏

李永平——著

你們中間誰是沒有罪的，誰就可以先拿石頭打他。

——《新約・約翰福音》第八章第七節

追憶婆羅洲童年往事，說給一位台北小姑娘聽。

謹將本書獻給

朱鴒丫頭，不管如今妳人在哪裡，無論妳是真是幻……

並紀念

我的恩師

耿直狷介的湖南漢子、鐵骨錚錚的民族主義者

顏元叔教授（一九三三—二〇一二）

原罪與原鄉
——李永平《雨雪霏霏》

王德威

在華語語系文學的世界裡，李永平（一九四七—）的地位早已得到公論，近年中國大陸文壇也開始重視他的作品。李永平祖籍廣東，生長於東馬婆羅洲，一九六七年負笈來台就讀台大外文系，日後定居台灣。一九七二年，他憑短篇小說〈拉子婦〉贏得注意，從此創作不輟。一九八六年，他推出《吉陵春秋》，以精緻的文字在紙上創造中國原鄉，引起廣大回響。但李永平真正成為一種現象是在九十年代。一九九二年和一九九八年他分別出版了《海東青》和續書《朱鴒漫遊仙境》，長達七十萬字。兩本小說描寫一個中年浪子和一個年僅七歲的小女孩朱鴒夜遊海東（台北？）都會的所聞所見，幾乎沒有情節可言；而文字的詰屈晦澀，也令一般讀者望而卻步。更不可思議的是，李大事刻畫他的中國情結，對照當時方興未艾的本土運動，在在引人側目。

《海東青》和《朱鴒漫遊仙境》代表了李永平最獨特的歷史觀和情色觀：這是二十世紀末、台灣版的《海上花列傳》。小女孩朱鴒和她的朋友過早墜入台北的色情世界，注定萬劫不復；作為旁觀者的浪子眼睜睜的看著她們走向「仙境」，充滿無能為力的感傷，但也不脫難以自拔的曖昧。與此同時，李永平如此沉浸在文字雕琢和中國遐想裡，不得不讓我們懷疑，他的中國情結和文字癖是否和他的欲望敘事息息相關。

《雨雪霏霏》是李永平在新世紀初推出的一部短篇小說集。就李永平創作而言，這部作品具有雙重意義。《海東青》、《朱鴒漫遊仙境》都是長篇，儘管李永平花費極大心力經營場景人物，結果卻事倍功半。他對台北（海東）作為「寓言」還是「歷史」的所在似乎難以決定，以致影響行文造境的信心，於是有了反覆堆疊的敘述，不了了之的情節。《雨雪霏霏》將場景拉回到李永平成長的家鄉，東馬婆羅洲的古晉。創作多年以後他驀然回首，彷彿希望從當年他生於斯、長於斯的所在，重新理清所曾經歷過的、想像過的根源。《雨雪霏霏》的九則短篇就像九個進入童年往事的門徑，每一則都引領讀者進入一段不可思議的經驗。由此，李永平也檢視自己走向文學之路的契機。

但啟動這些故事的關鍵人物卻不是作為第一人稱敘事者的李永平，而是《海東青》、《朱鴒漫遊仙境》裡已經出現的小女孩朱鴒。《雨雪霏霏》雖然出版在後，但從敘事時間來看，似乎是發生在朱鴒還沒有長大——也就還沒有墮落——之前，也就相當於《海東青》的同時甚至稍早。這讓我們必須思考李永平記憶過去，尋找歷史的計畫。朱鴒是他的繆斯，經過召喚朱鴒，和她對話，傾訴衷腸，往事一一回到眼前。但另一方面，朱鴒的墮落以及無可避免的消失是李永平敘事的預設。搶救朱鴒就是叫停時間，讓故事原地打轉、重複或延宕。這是《一千零一夜》敘事的老伎倆。然而李永平為小女孩所訴說的卻又都是時移事往，物非人亦非的故事。

這樣的的時間、地點、人物關係的錯位為《雨雪霏霏》帶來結構與情節的雙重張力。中年敘事者李永平傾其所有，藉著朱鴒回到過去，那充滿懵懂、躁動，而且迷霧重重的過去。五十年代的古晉鬱悶不安，殖民勢力搖搖欲墜，馬共活動此起彼落，一切的不確定就像雨林植物那樣恣肆蔓延。在故事裡，敘述著少年李永平看著他的父親如何來往日本人、英國人、荷蘭人、馬來人、原住民之間投機取巧，找尋謀生之道；他的母親生了一胎又一胎，早早耗盡一切精神；他的初戀猝死於突如其來的熱病；他乖巧可愛的妹妹神祕的精神失常；他敬愛的老師轉身成為革命分子、消失在叢林裡再也沒有回來；他少年時期暗戀的女孩一夕成為墮落的少婦。

啟蒙的代價充滿了罪的魅惑，華裔少年李永平不能身免。但他還有更不可告人的祕密。他曾經被三個來自台灣、戰後滯留古晉的慰安婦照顧有加，但在莫名的動機下，有一天他告發她們暗操賤業……。這是怎樣艱難的成長？而小說的第一個故事更帶有啟示錄般的教訓。一個燠熱的午後，一群小孩一時興起，爭先恐後撿起石頭活活砸死一條無辜的狗。問題是，是誰第一個丟出石頭的？

多年以後，初老的李永平絮絮叨叨的向女孩朱鴒懺悔著，彷彿只有她天真的笑聲或並不天真的問話才能疏解他心中的抑鬱，一種無以名狀的，只能稱之為原罪意識的抑鬱。《雨雪霏霏》的扉頁引用了《聖經》〈約翰福音〉的話：

你們中間誰是沒有罪的，誰就可以先拿石頭打他。

這是耐人尋味的引言。這裡的罪不只是律法的違逆，也不只是倫常的乖離，更是一種無以名狀的，生命集體墮落的先決條件。當李永平和他的童年夥伴將石頭砸向那只無辜的狗的那一刻，他已經加入了一個有罪的共同體。

然而罪的意識也更可能來自一種難以擺脫的「失根」意識：離散，漂流，無所憑依的空虛，永恆的失落。在這裡，一則「失樂園」的故事隱隱約約浮現。這我以為纔是縈繞在《雨雪霏霏》最底層的症候群。樂園是原鄉的渴望，也是青春萌發以前的純真年代。在李永平的故事裡，「原罪」與「原鄉」於是形成微妙的辯證。處理了《海東青》的台灣漂流故事，李永平必須回到他的家鄉，探尋他當年愛恨交織的根源，那難言的隱痛，罪的根源。在古晉，他初歷了生命墮落的考驗，而日後他必須在繼續漂流——放逐——的日子裡，一再去回味、懺悔那原初的墮落，尋求救贖。

弔詭的是，古晉還不是李永平「真正」的原鄉，只是他的父輩離鄉背井、權把他鄉作己鄉的僑居地。在李永平的邏輯裡，原鄉的淪落成為他的宿命，種族的禁忌，宗法的失落，混血的恐懼，甚至信仰的淪喪、精神的失常都因此而起。論「離散」的倫理學的幽暗面，莫此為甚。要如何救贖這樣與生俱來的失落感，如何「正本清源」，不是容易的事。小說第二則處理李永平來台灣之後因緣際會，驚鴻一瞥蔣中正，因此不是偶然。短短的邂逅代表了李心目中祖國、正統、父祖宗法的美夢（似乎）成真，當然，這場景的虛幻性也直搗他作為一個漂流者內心創痛的淵源。

李永平所有的原鄉的圖騰與原罪的禁忌最後化為他與文字的糾纏。我們於是來到李永平念茲在茲的文字癖和書寫欲望。文字／書寫是一種猶如神諭的符號，用以彌補、填充曾經的錯過或過錯。更不可思議的是，在李永平的調動下，文字／書寫也是一種祕戲，一種沉迷撫弄、欲仙欲死的對象。如他自白，中國文字是神祕的圖像，「千姿百態，琳琅滿目」，從幼年就「誘引」、「蠱惑」他。他甚至藉他人之口說明支那象形字是「撒旦親手繪製的一幅幅……東方祕戲圖，詭譎香豔蕩人心魂」。這是業障，但李永平甘心陷溺其中。李永平經營他的文字迷宮，或文字春宮，以《海東青》達到頂點。在《雨雪霏霏》裡，他開宗明義的懺悔自己的文字欲望，頗有夫子自道的意思。但這是後見之明的懺悔，還是欲蓋彌彰的表演？果如此，李永平寫「書寫」的罪，就更罪加一等。

在《雨雪霏霏》裡，李永平花費大力氣構築一個完美的文字原鄉，但他訴說的故事卻背道而馳。他的理想繆斯朱鴒挑起了他的敘事欲望，卻不能承諾欲望的完滿實現。耐人尋味的是，李永平選擇《詩經》〈小雅〉的一句話「雨雪霏霏，四牡騑騑」為新作點題。三千年前中國北方的冰天雪地與南洋的蕉風椰雨形成了奇詭的對應。他有意跨越時空，藉著文字，藉著詩，回到那純粹的原鄉想像裡——猶如夜半遇見民族偉人那樣絕對文學化的夢幻場景。在回憶與遐想的天地裡，文字排比堆疊，化不可能為可能。然而其極致處，時空錯位，歷史陷落，一場文字鋌而走險的祕戲已然展開。

經過朱鴒的靈感，《詩經》的啟示，李永平回望他的東馬家鄉，又從東馬回望台灣。而他心中遙望的夢土，仍然影影綽綽的隱藏在三千年前的雨雪中。我認為這不只是李永平給自己下的美學挑戰，也指向文本之下、之外的意識形態兩難。他的敘事形式與敘事欲望相互糾纏，難以有「合情合理」的解決之道。他所沉浸的現代主義在形式和內容間的永不妥協，固然是原因之一，但我更要說如果李永平寫作的終極目標在於呼喚那原已失去的中國／原鄉，付諸文字，他只能記錄自己與生俱來的遺憾，無從彌補的虧空。

昔我往矣，楊柳依依，今我來思，雨雪霏霏。旅人還在路上，原鄉渺不可得。我們回得去麼？我們回不去了。朱鴒安在？只剩下了原鄉與原罪的故事。

王德威，美國哈佛大學東亞語言與文明系 Edward C. Henderson 講座教授。

寫在《雨雪霏霏》（修訂版）卷前

李永平

我的作品，由上海人民出版社在大陸發行簡體字版後，中港媒體採訪我，總會提到「落葉歸根」的問題。

掐指算一算，從高中畢業那年，在沙勞越古晉，我出生長大的美麗南洋小鎮，發表處女作《婆羅洲之子》開始，我在寫作這條路上竟走了四十六年。這個歷程可以用「漂泊」來形容。（所以，我最鍾愛、三不五時就出現在我小說中的兩個台灣字是「迌迌」。）在人生中，我先從婆羅洲流浪到台灣，接著從台灣漂流到美國，最後又從美國回流到台灣；在創作上，我先寫婆羅洲故事，接著寫台灣經驗，完成五本小說後——包括被看成一部天書的五十萬字《海東青：台北的一則寓言》——彷彿神差鬼使般，身不由主地又回頭來寫婆羅洲。在外迌迌四十多年，兜了偌大一個圈子，在心靈和寫作上，我這個老遊子終於回到原鄉：我出生、成長的那座南海大島。這時的心情真有點像是

「見山又是山」哩。

是的，中國人說落葉歸根。就像香港《文匯報》記者尉瑋先生，為他那篇李永平訪問記（二〇一一年五月九日）所下的斗大、令人怵目驚心的標題：人終究要回家。事實上，年過五十後，我這個大半生居住在台灣、早已把她當成第二個母親的南洋浪子，就開始思念起自己的「生母」。我是寫小說的人，自然而然地就想以講故事的方式，審視我的出身，回顧我的成長，細細探索塑造我那獨特的、不合時宜的世界觀的各種因素，用最美麗、圖騰一般的方塊字，呈現我對婆羅洲的那份——是的，魂牽夢縈的記憶和感情。《雨雪霏霏：婆羅洲童年記事》這本書就是這樣誕生的。

這下可不得了！我心裡那一道鎖住記憶之門的門，一旦被拔掉，那座鐵銹斑斑的水閘門（不！潘朵拉的那個恐怖盒子），剎那間就被打開了，童年潰堤而出，往事紛至沓來，爭相湧出我內心深處旮旯角落，糾集在我的筆端，央求我將它們記錄下來，重現天日之下。但是，由於《雨雪霏霏》預設的敘事架構——敘事者「南洋浪子」在一個秋天夜晚，帶領小女生「朱鴒」，沿著台北城中一條河溯流而上，邊觀賞壯麗的夜景，邊向她講述發生在婆羅洲的故事——這本書在有限的篇幅之內，最多、最多只能收納九則童年往事。其他的只好割愛。可心裡卻又萬分捨不得，所以《雨雪》之後，我又搭建一座更遼闊的舞台，設計一個更宏觀的視點，寫了《大河盡頭》上下兩卷《溯流》和《山》。故事講的是「少年永」在二十世紀六十年代，東南亞政治發生大變革，紛紛擾擾之際，伴隨一個荷蘭女郎，所從事的一趟婆羅洲河流之旅。這部小說，記錄的是一個華裔少年眼中的叢林世界，和航程中發生的一樁奇特、美麗、讓這位年輕主人公終生刻骨銘心，追念不已的異國情緣。

可還沒完哩。

盡頭，原也是源頭。

航抵大河終點站之後，應該是另一段旅程的開始吧？前不久我心臟病發，開刀做冠狀動脈繞道大手術。天可憐見，在台北振興醫院的大國手魏崢醫生操刀下，在極凶險的狀況中，我撿回一條命。如今人在休養，不能遠遊，我這個天生的「迌迌人」，只好蟄居台灣西北角濱海的淡水鎮。平日閒來無事，枯坐書房，望著窗外那秀麗的、形狀好似一位女菩薩側臥水湄的觀音山，怔怔發呆，滿腦子都是古晉舊事。有一天不知怎的，忽然心血來潮，我便攤開一疊四百格的原稿紙，隨手拿起一枝原子筆，將我的小繆思——從《海東青》時代起，就出現在我的小說世界中，跟我的作品一塊成長的台北小姑娘，那冰雪聰明、古靈精怪，「一顆心生了七、八個竅」的朱鴒——召喚出來，二話不說就將這個生平從未曾離開台灣的女孩（她現在十二歲了），丟進蠻荒叢林裡。這回，我讓她挑起大梁，擔任女主角兼敘事者，獨自個，在婆羅洲內陸的全世界第三大雨林中，從事一趟充滿奇幻色彩、具有「宮崎駿」式動畫趣味和意境的冒險旅程。朱鴒逃出叢林，活著回到台灣後，面對一群盛妝的台北時髦仕女，所講述的九死一生經歷，便是一部三十萬字好看的長篇小說。書名就叫《朱鴒書》。在此很開心的向讀者們報告：目前這本書進展順利，已經完成一半，也許再過一兩年即可殺青。

如此一來，《朱鴒書》加上已出版的《雨雪霏霏》和《大河盡頭》，我豈不就有一個描寫婆羅洲的三部曲呢？我的整個大河經驗和故事——南洋浪子的「追憶似水流年」——也就可以畫下一個渾圓的、完滿的句點了。這套書的總書名，就叫做《李永平大河三部曲》吧。這部晚年懺情錄，可以作為我這個在外迢迢、遲遲不歸的「婆羅洲之子」，身在第二故鄉台灣，隔著一個南中國海，遙遙奉獻給那生我、養我、如同親娘般哺育我成人的婆羅洲，最後的、最誠摯的一份禮物。

*　　*　　*

《雨雪霏霏》完成於二〇〇二年二月，同年九月由台北天下遠見出版公司印行，被誠品書店選為當月推薦書。面世至今，忽忽十一個年頭。這期間，我的南洋故事從一粒小種籽、一篇萬把字的短篇小說、一樁簡單的事件——二十世紀末，某年某個秋日黃昏，「浪子永」在台北街頭看見一個名叫「朱鴒」的女生，孤蹲在一間小學門口，用粉筆在水泥地上寫下「雨雪霏霏四牡騑騑」八個大字——萌芽，抽枝發葉日漸茁壯，終至成長為一株亭亭蓋蓋，矗立婆羅洲原野上的栗樹：大河三部曲。機緣湊巧《雨雪霏霏》版權此時轉手，由麥田出版社承接，重新排版印行。我趁著這個好機會，站上一個制高點（大河盡頭那座婆羅洲達雅克族聖山！）鳥瞰這本書，以嶄新的、更清澄的眼光，重新審視書中記錄的九則童年往事。花了兩個月時間，我把全書修訂一遍，潤色文字、補強結構和細節、調整行文語氣，俾與我的其他兩本婆羅洲小說《大河盡頭》和《朱鴒書》連成一氣，共同形成一套結構完整、主題統一的著作。修訂完工後的《雨雪霏霏》，將成為《李永平大河三部曲》的首部曲，但和修訂前一樣，此書也可以當作一本獨立的、自給自足的小說來閱讀。

細心的讀者會察覺，「河流」在我這套作品中，扮演超乎尋常的角色。它不只是個古老、普遍的文學意象和象徵，對我來說，更值得珍惜和重視的是，它是串連我生命中的兩個世界——婆羅洲和台灣、記憶和現實、浪漫的文學和殘酷的人生——之間的一條血淋淋的臍帶。為此，在《雨雪霏霏》簡體字版中，我特別寫了一篇長序，向頭一回看我的書、對我還陌生的大陸讀者，詳述河流與我的因緣，並解釋它在我作品中的作用和意義。序文的題目就叫〈河流之語〉。對於台灣的讀者，這篇文字或許也有參考的價值，因此收在這個修訂版中，作為一份附錄。

寫作是一種機緣。對我這個混跡台北文壇四十餘年，性情古怪，動輒得罪人的南洋浪子，機緣卻一直甚好。謝謝台灣。謝謝我的編輯們。謝謝我的繆思朱鴒丫頭。最後我要特別以一顆恭敬的、感恩的心，謝謝我的小說啟蒙者、去年歲末逝世的顏元叔教授，在天之靈。將半生心血和熱情，灌注給台灣文學和教育界，卻由於政治原因，晚年飽受白眼和譏刺的顏老師啊，您請安息，不要生那些人的氣了，不值。

二〇一三年十月十五日寫於淡水鎮

觀音菩薩座前

附錄：

河流之語——《雨雪霏霏》大陸版序

李永平

小時候住在河邊。這條河叫「沙勞越河」。名頭雖然不小，可實際上跟那發源自婆羅洲中央高原，好似一只龐大凶猛的黃色八爪魚，翻滾嘶吼，晝夜不息，奔流於世界第三大雨林中的六大河系——拉讓江、巴蘭河、加央河、瑪哈干河、巴里托河、卡布雅斯河——相比，它不過是一條小小的支流，局促在西北一隅，毫不起眼，只因它流經英屬北婆羅洲沙勞越邦首府古晉市，才贏得了這個響亮的名號：沙勞越河，Sarawak River。

童年是一段奇妙的人生歷程，一樁帶著些許靈異、甚至超現實色彩的經驗。婆羅洲童年，對我這個心思極端敏銳，想像力異常發達，感情又過度豐富的華僑子弟來說，更是如此。

出生、長大於沙勞越河畔的城市，打小看著這條河。每天早晚，戰戰兢兢地，我抖簌著小小身子蹭蹬到水邊，挨近它，觀察它。我感受到的可不是它在風景明信片上，狐媚地，展示的那份窈窕和翠綠，而是，我頂記得，那深深震懾我童稚心靈、屬於婆羅洲河流特有的渾黃和蒼莽。河上的日出日落，景色的朝夕變換，雨季來臨時，一夜之間，老天爺的驟然變臉，成為我孩提時期對家鄉古晉最深刻的印象。

記得啊，那孤伶伶矗立叢林河畔，氣象萬千、壯麗的古晉城。

這是造物主對兒童的恩寵。神，透過孩子們一雙雙清澈、無塵的眼瞳，讓他們看到一個比大人們眼中所見的更宏觀、更多姿多彩，變幻無窮，四處充滿驚奇和新鮮事的世界：山是大山，河是大河，就連那顆懸吊在赤道地平線上，晃呀晃，每天傍晚如常沉落的夕陽，在孩童眼中，也顯得格外渾圓殷紅，天天給他帶來詫異和驚喜。

你，童子「永」，挺著細條條的一個身子，佇立在那大河、那河盡頭處的大山、那山背後的一顆冉冉下沉的大日頭之前，如同遭受雷擊，整個人都僵住了。好久，你流連在沙勞越河畔堤防上，直到天黑，你只顧昂起脖子，凝住你的一雙眼瞳，覽望婆羅洲壯闊無邊越沉越紅的暮色。這當口，你幼小心靈中，對天地油然而生的敬畏之情，以及那股莫名的感動，有如烙印般，將成為你童年時代最鮮明、歷久彌新的經驗和記憶。

成年後，我離開婆羅洲到台灣求學。說來愧疚，後來我只回家兩次，探視我父母，而每次總是來去匆匆，鬼趕似地。大家都不解，為什麼我寧可被親友們指責，說我無情和不孝，偏偏就不肯多留幾天，多回來幾趟呢？只有我心裡知道，在諸多難以告人的原因中，其中一個就是：不再是小孩的「童子永」，害怕他的童年世界——那蒼蒼莽莽的熱帶雨林、那猩紅如血的一輪赤道落日、那夢境般聳立的高山，還有還有，那一條條巨蟒也似，盤蜷在叢林中四處流竄的黃色大河——在他離別多年後，帶著疲憊的心情回來時，透過他那一雙蒙塵的、世故的眼睛觀看，會一下子萎縮掉，會變小，甚至變得寒磣猥崽。

無論如何，我就記得，童年時期我常駐足河濱，瞅著渾黃的河水，豎起兩隻耳朵，屏息凝神地傾聽、捉摸河裡的水族發出的各種聲音：有時好像一群麻雀嘬嘬爭食，有時好像一個瘋婆子喃喃自語，有時卻好像一夥大漢哄堂大笑。龍宮中傳來的神祕、詭譎的聲音，每每讓我聽得發起了癡，悠悠神往。

夜裡，我會偷偷爬起床來，把一隻耳朵貼到臨河的窗上，一動不動，試圖接收河裡傳出的信息。

靜蕩蕩的河面，好久好久才響起劈波一聲：銀鱗閃閃，一尾梭子魚驀地飛起，在星空下畫出一道優美的弧線，撲通，墜落回河裡。偶爾你會聽到，百米寬的河面上，潑剌剌一陣響過去。你就知道有兩條水蛇，扭擺著牠們那一米來長、通體雪白、花蕊般綴滿了點點星紋的身子，倏地，竄出河畔老樹根窟窿，互相追逐，迎向天際掛著的一瓠明月，一路交纏不休，迸濺起簇簇水星，穿越過滾滾黃濤，好久好久才雙雙消失在對岸水草窩裡。

天亮了，一顆紅日蹦出叢林梢頭。

沙勞越河中的水族蟄伏了一夜，這會兒紛紛蘇醒，成群出動爭相覓食。霎時間河上眾聲喧譁，唼唼喋喋澎澎湃湃，在這豔陽天彩霞滿河的早晨，驀地響起，驚天動地，彷彿河上突然發生一場大洪水。這時你才察知，原來婆羅洲渾黃的河面底下，聚居著多麼豐富的、騷動不安的生命！

每日晨起，耳中充盈著河流熱鬧的聲音，童子永的心，總是載著滿滿的驚悸和喜悅，懷著對造物主無上的崇敬，展開新一天的生活。

天氣晴朗的日子，走路上學途中，童子永喜歡停駐在沙勞越河畔一座高崗上，揹著書包，叉著腰，放眼眺望河上風光，恣意地，馳騁他那過度發達、深深困擾他的父親和老師們的想像力。

他想像一趟河流的旅程：一對小情侶，搭乘伊班人的十二米長舟，穿過層層叢林，經過一座座甘榜和長屋，一路蜿蜒溯流而上，途中發生一連串曲折離奇、足以寫成一部大書的事件。他想像河流盡頭的山：那藍幽幽、大白晝一條鬼魅般飄忽在豔陽下，充滿神祕傳說的「馬當山」。戰後盛傳，山中埋藏著二戰日本南征大將，綽號「馬來亞之虎」的山下奉文留下的巨大寶藏，招來了全世界的冒險家和尋寶者，引發雨林中一番腥風血雨。那對小情侶，不消說也被捲入其中。童子永想像山後遼闊蠻荒的天地：那密不通風、暗無天日，號稱世界第三大雨林的婆羅洲心臟，和那一條黃龍似的翻騰咆哮，貫穿印尼加里曼丹省的南洋第一大河，卡布雅斯河。小情侶逃出馬當山後，雙雙沿著這條河，一路逃亡到大河口，那座矗立在爪哇海濱的坤甸城……童子永想像（如今追憶，不禁啞然失笑。那時他還只是個脫離襁褓未久、剛上小學的孩子，哪裡識得人生的愁苦呢！）在叢林中發生的各種人生故事，那說不完的恩怨情仇、悲歡離合，還有那對小情侶——我們這部長篇巨著的男女主角——之間那段唯美的、下場淒涼的異族姻緣……

就這樣，喜歡做白日夢的童子永，昂挺著他那個小小身子，佇立在古晉城一座高崗上，一邊眺望婆羅洲的壯闊山河，目眩神馳，一邊編造故事，日積月累越編越多，到後來他小學畢業時，竟形成了一個龐大複雜的體系。他日後成為小說家——摩登時代的說書人——的第一顆種籽，就在黃浪滔滔的沙勞越河畔，不知不覺間，在他心中埋下了。

一九六七年，我，甫成年的童子永，搭乘輪船渡過南中國海到台灣求學，心中最不捨的，便是看著我長大、好似親人的婆羅洲河流。在台灣頭幾年，那股思念之深，甚至演變成一種嚴重的鄉愁病。

台灣也有很多河流。發源自島上的中央山脈，一條條黑晶晶的流水，橫貫西部平原魚米之鄉：大安溪、大甲溪、濁水溪、北港溪……河口一輪紅日頭照射下，它們那具有獨特之美，蕭蕭瑟瑟，滿岸雪白芒花婀娜搖曳的身影，也曾深深撼動我的心靈。

我記得那年初抵台灣，有個假日，我獨自搭火車環島旅行。十月豔陽天，正是台灣的米倉——中南部濁水溪和北港溪流域的秋收季節。我沿著縱貫鐵路直往南走，向晚時分，一穹窿藍天彩雲底下，穿越過一望無際的雲嘉南大平原，只見一畦畦金穗迎風翻浪，浩浩蕩蕩一路洶湧到天邊。這可是我生平第一次，看見那麼遼闊的稻田，那麼多熟透的、正待收割的米穀，當下就看癡了，險些感動得流下熱淚來。隆隆隆，列車奔馳過當時的遠東第一長橋，西螺大鐵橋。我倚著車廂窗口，扭頭一看。鐵橋下那石頭磊磊砂礫遍布的河床上，一條黑水奔流，突然間，亂石堆中湧現出了千朵、萬朵、億朵芒花，仲秋時節盛開，一簇簇白雪雪，滿河床嘩喇嘩喇迎風起舞，呼嘯不停。那一瞬我看呆啦。回頭伸長了脖子朝西極目一眺望，眼一花，看見黃昏河口，台灣海峽上，瘀血似的一丸子猩紅的太陽，載浮載沉，好像頑童戲水般，只顧蕩漾在蒼茫煙波中。河畔村莊，歸鳥飛繞。農家屋頂上霎時間炊煙四起。

黑水白芒，夕照青煙。

這是台灣的河流給我這個南洋遊子最初的、最深的感動——最震撼的美。

但是，最讓我難忘、至今猶如夢魘般，時不時就顯現在我心頭的台灣河流經驗，卻是發生在繁華的都會，一條流經台北市的野溪上。那時我讀大三，住在台大宿舍，鄰室有位學長姓孫，河南人，平日喜歡騎一輛當時極為稀罕的山葉牌重型摩托車，四處廻廻（大陸的讀者們，認識這兩個美麗淒涼的台灣字嗎？音「踢跎」，意思是飄泊遊蕩）。這一晚月色皎皎，天時已過三更，他躡手躡腳突然現身在我的床鋪旁。

「李老三，醒來醒來！跟我去新店溪，看台灣漁郎捕庵仔魚，討幾尾回來煮湯下酒！」

我睜開眼睛，看見孫學長燦爛著他那張北方漢子特有的國字臉膛，站在一窗月光中，賊嘻嘻地叫喚著。鐺。教官室的掛鐘敲了一響。我跳下床鋪來。同學兩個摸黑鑽出宿舍，這回沒騎摩托車，拔開雙腿，直直走上台大校門前那條空蕩蕩、只有三兩部德士，載著舞女和恩客，成雙成對，半夜呼嘯而過的八線通衢大道，羅斯福路。齁齁滿城鼾聲中，我們穿街過巷，攀登上中正橋頭的河堤。河口，觀音山頭皓月當空。六月天，午後下過一場西北雨。月下只見滿江的台灣芒，映照一城零落的霓虹燈，嗚呦嗚呦搖曳身上的雨珠。同學倆跳下河堤，走進河床中，鑽過一簇簇水芒草，渡過河心上一灘又一灘鵝卵石沙洲，朝向台北市東南郊，新店溪上游，尋尋覓覓一路跋涉了過去。

明月照射下的新店溪，好似一窩水蛇，從城外群山中逃竄出來，銀光閃閃，奔流入台北城，突地轉個彎，繞過城頭下一座高大的石崖。洲中一壟子芒草地。十來個台灣漁郎弓著背，抱著膝頭蹲在水邊，渾身烏鰍鰍，打赤膊。水光映照下，只見一雙雙枯黑眼眸閃爍著斑斕血絲，一眨不眨，只管瞅住崖下那口黑水潭。帶頭的老漁父，聳著一顆花白頭顱，伸出脖子往潭中吐出兩團檳榔渣，猛回頭，朝來客瞪了一眼，打牙縫裡迸出一聲來：「禁聲！」

同學倆一路鞠躬致歉，涉水渡過兩灘淺瀨，悄悄步上草壟子，跟隨大夥兒蹲伏在沙洲上，睜大眼睛凝視著水潭。

「飲酒！」一個少年漁郎，十五、六歲，朝來客咧開嘴洞中血漬漬兩枚大板牙，啐出一泡檳榔汁，隨即哈個腰，笑嘻嘻地遞過一瓶老米酒來。我接過瓶子，就著瓶嘴大口大口啜了兩口酒，猛一嗆，舉頭望望天空。雨過天青一瓢月。月娘她不知什麼時候披上了一襲白紗，這時，早已沉落到城北，淡水河口，一碧如洗的觀音山巔去了。台北城的天頂，驀然蹦出一窩子皎潔調皮的星星。天將四更。滿城霓虹凋謝。新店溪下游福和大橋上打雷般，空窿空窿，奔馳過一縱隊十幾輛大貨車，載著一鐵籠一鐵籠黑毛豬，披星戴月，從台灣南部鄉下趕上來，淒厲地嗥叫著，半夜奔向台北的屠宰場。

河中芒草甕上，十幾雙眼瞳炯炯閃爍著血絲，好久，好久，只顧牢牢盯住石崖下那一口黑水潭。

水漩子一圈圈蕩漾在水面，靜悄悄，沒聲沒息。

也不知道過了多久，萬籟俱寂蟲聲唧唧中，我只聽得天地間一條流水琤瑽價響，驀然，雲破月出，霎時間白雪雪灑下滿城清光來。必剝一聲爆響，銀鱗閃亮，水潭上飛濺起兩朵水星。渾身猛一顫，帶頭的老漁父撂下手裡的米酒瓶，伸出一根枯黑的手指尖，抖簌簌指住潭面，啞聲喊道：「來嘍，來嘍！」

明月當頭。

黑幽幽靜悄悄一潭水，剎那間，劈劈波波白浪翻攪，好像有人在潭底架設一口大鍋，生起柴火，把潭水煮開了一般。沸沸揚揚，滿潭水花不住滾動中，只見千尾萬尾魚兒互相追逐著，紛紛竄上水面來，月下，喝醉酒似地，蹦蹦濺濺癲癲狂狂，只顧捉對兒交配。這下我可看傻了，渾身不住打起哆嗦來。我那個孫學長也看呆了。他把兩隻手臂環抱住膝頭，顫巍巍蹲到水湄上，愣望著那一潭集體狂歡的魚兒，只管猛吞口水。芒草壟上，那群徹夜喝酒守候的漁郎們，齊齊發出一聲喊，霍地跳起身來，扔掉米酒瓶，合力提起一張十米見方的大魚網，跑到潭邊，朝向那銀鱗閃閃群魚飛掠的潭面，沒頭沒腦一把撒過去。月色滿潭。十幾條烏鰍鰍瘦瘠瘠的身子，夜叉一般，笑嘻嘻咧開嘴巴，綻露出嘴洞中兩排紅牙，呸，呸，吐出一蕊蕊鮮血似的檳榔汁，手舞足蹈哼哼嗨嗨，鬧了半天，終於拖上了滿滿一網子活蹦亂跳，噼噼啪啪，兀自瘋狂地交配不停的魚。一網打盡。觀音山頭一瓢月光灑照下，只見黑水潭旁，那幾十張黧黑的年輕臉孔，春花般燦綻開了朵朵笑靨，酡紅酡紅，煞是好看。大夥兒把今天的漁獲抬上岸，舉臂歡呼：「夠裝四個大米籮！天一亮就抬到市場去，賣個好價錢！」

* * *

這便是我最難忘、永遠烙印在心版上的台灣河流經驗。

時間：半個多甲子以前，我以「僑生」身分從南洋來到寶島求學時。如今回想，歷歷在目如同發生在昨天。地點：台灣北部最大的河流——貫穿台北盆地的淡水河，它的一條支流，當年水草繁茂、魚蝦豐富的新店溪上。站在溪中沙洲頂端，昂首朝北眺望，可以看見那鎮守淡水河口、瞭望台灣海峽、形狀好像一位女菩薩躺臥在水邊的「觀音山」。

那魚叫庵仔魚，學名「圓吻鯝魚」，可稀罕呢，因為牠是台灣野生的、獨有的純種原生魚。根據學術界的調查，如今牠已經絕種了。我有幸趕在牠從台灣生態地圖上消失之前，親臨現場，目睹庵仔魚全員出動，月光下，上演一場精采絕倫、壯觀無比的「庵仔炭」（閩南語「炭」是交配、生殖的意思）。終年棲息於新店溪畔老樹根下，那一窟深水潭底，遠離人類的庵仔魚，每年就只這一個夜晚——六月間，春夏之交，觀音山頭一輪明月正圓時——成群鑽出水潭，闖入周圍的淺水灘，浩浩蕩蕩展開一年一度的交配儀式。

頂記得那一晚，子夜時分皓月當空，我和學長一路溯新店溪而上。我們的目標，是尋找那一夥趁著「炭期」來臨，庵仔魚傾巢而出的時節，守候在黑水潭邊，設下十面埋伏，準備將牠們一網打盡的台灣漁郎。據說，炭期的庵仔魚，特別鮮嫩肥美可口。我們打算向他們討幾尾魚，帶回宿舍，煮湯下酒。

肩並肩，同學倆頂著月光，打赤腳，跋涉在溪床上一灘灘沙洲和一叢叢芒草間，豎起耳朵聆聽水流、蟲吟、蛙鳴，和堤岸上台北市半夜那滿城兀自呼嘯不停的汽車聲，默默行走。好久好久——約莫有一個半鐘頭之久吧——兩人誰也沒吭聲，自顧自各想各的心事。

我想起故鄉的河流。那好像一隻巨大、凶猛的八爪魚，盤踞在島中央的分水嶺上，四下怒張，翻騰咆哮，穿梭奔流在赤道雨林中，貫穿婆羅洲大地的一條條黃色血脈。驀地眼圈一紅，心一酸。我想起了小時居住的那座孤懸河畔，黃濤滾滾晝夜不息，睽違已三年，有一段日子不曾在我夢中顯現的城市，古晉。

一時間，往事紛至沓來：我的小學情侶田玉娘、我的七兄弟姊妹、不知誰丟出的那要命的第一顆石頭、忠誠的老狗「小烏」、翠堤小妹子、謎樣消失在叢林中的女游擊隊員——我小時最仰慕、偷偷單戀過的葉月明老師，還有還有，與我有過一段孽緣，被我當眾吐過口水，公然羞辱過的天主教女子學校學生，司徒瑪麗……

這一樁樁發生在叢林河濱、南洋小城的童年事件，在我成長過程中，曾經刺傷一個又一個我所摯愛的、卻有如鬼迷心竅般，身不由己地背叛過的人。這些受傷的人，這些好女子，她們是我埋藏在內心中一個神聖、陰暗的角落，永遠永遠見不得天光的痛。然而不知為何，這天夜晚，她們卻突然在數千公里外、隔著一個南中國海的台灣島上，明月下，一趟溯溪而上的旅程中，毫無預警，一古腦兒全都湧上我心頭。

如今細細回想，莫非，那時在我敏感的心靈中，這兩個世界和這兩條河——台北的新店溪和古晉的沙勞越河——之間，在我察覺之前，就已經悄悄產生了某種神祕、堅韌、如同一條臍帶般永恆的連結。

總之，《雨雪霏霏——婆羅洲童年記事》這本書，就是在那個奇異的夜晚，台北市一條明月照空群魚狂歡的溪上，悄悄「著床」，開始孕育。

那晚看完一年一度盛大的「庵仔炭」，我和學長向漁郎們討幾尾魚，拎回宿舍，煮湯下酒。同學倆一直喝到天光大亮，才分頭爬上各自的床鋪，悶頭睡去了。一整晚誰也沒吭出一聲，自顧自想著心事。

往後幾年，在學習寫小說的過程中，那晚在溯溪的路途上，驀地湧上心頭、觸及心中最深傷疤的一則則童年故事，和故事中一個個受傷的女子，就如同一群飄蕩不散的陰魂，只管徘徊縈繞我腦子裡。我從台大畢業，她們就跟隨我從台灣「負笈」到美國，後來又跟隨我從美國「學成」回台灣。一路上，這些故事不斷成長、變化，終至於定形。但我遲遲沒有動筆將它們書寫下來，變成一篇篇文學作品，以了結這件心事，只因為我必須等待一個關鍵、要緊的人物出現。她將擔任「嚮導」的角色，引領我這個迢迢在外多年的遊子，從台灣回到婆羅洲。她會像——可她還是個讀小學的丫頭兒呢——母姐那樣，耐心地、體恤地呵護近鄉情怯、舉步維艱的我。如同希臘神話裡的命運女神，她會將我這些年來，丟棄心中，不知如何處置的一樁樁童年往事，好似拾掇珍珠一般，小心翼翼撿起來，串連在一塊，形成一條時間的河流，然後陪伴我，一路溯河而上，帶我回到沙勞越河的源頭，那滾滾黃色泥流中，我的人生原點……

我苦苦等待的這位嚮導、這隻領路鳥，就是朱鴒——《雨雪霏霏》書中，一開場，讀者們就會遇到的那個謎樣的、聰慧的台北小女生。

那天傍晚，和書中的「我」（流落在台灣的一個南洋浪子）初次見面時，剛放學的朱鴒，獨自蹲在台北市羅斯福路一間小學門口，手拈一枝粉筆，全神貫注，在水泥地上一筆一畫練習寫大楷。她寫的八個大字是：

雨雪霏霏
四牡騑騑

對中國古典文學有所涉獵的讀者，都知道那是《詩經》的兩句詩。

這一組對句，出自《小雅》中兩首不同的詩：〈采薇〉（昔我往矣，楊柳依依。今我來思，雨雪霏霏……）和〈四牡〉（四牡騑騑，周道倭遲。豈不懷歸？……）兩首詩寫的都是懷鄉思歸的心情。落葉要歸根。人終究要回家。從古希臘的奧迪修斯，到中國古典文學中成群的、各式各樣的遊子，到喬哀思筆下的那些現代都柏林人——幾千年來，歸人總是絡繹於途，連綿不絕。這是人類共同的經驗，永恆的文學主題。但是，透過小朱鴒用一枝粉筆，在學校門口地上書寫出來的八個斗大的、中國特有的、圖騰式的方塊字，你看到的畫面，你感受到的氣氛，卻是格外的悲涼蒼茫：瞧！遼闊的古燕趙大地上，大雪紛紛揚揚落個不停，你，因著某種緣故、滯留在外多年的遊子，今天駕著四匹跋涉在雪地上，行行復行行，早已疲累不堪的公馬，獨自個回家來啦。

冰雪聰明的朱鴒，在台北紅塵街頭鬧市車潮中，書寫下這兩句詩時，透過某種第六感，莫非已窺探到南洋浪子的心境，預知他未來的行止？

是她，朱鴒，賜予這本奇特的書——記錄九則發生在熱帶、無雪的婆羅洲，由一位台北小姑娘串連起來的童年故事集——好個別致新奇的名字，非常中國、非常古老，且十分美麗響亮：《雨雪霏霏》。

此中有真意，欲辯已忘言。

無論如何，有了朱鴒這位繆思和嚮導，水到渠成，這本書一動筆，並沒花多大的工夫，便順順利利地寫完了。值得一記的是：書寫這一則則南洋童年往事的過程中，那段日子，我腦子裡好似上演一部黑白電影，一個鏡頭接一個鏡頭，不斷浮現出，那晚，在台北市一條河流上，黑水潭旁，月明如雪，我睜大兩隻眼睛，目睹的那一幕岸上群鬼亂舞、水中群魚狂歡的盛大場面。如今回想起來，心頭依然悸動不已。

* * *

《雨雪霏霏》二〇〇二年在台灣出版，接著，我一股作氣，完成《大河盡頭》上卷（二〇〇八年）和下卷（二〇一〇年）。那是一部同樣以我的婆羅洲經驗為題材，但場景壯闊得多、內涵也更繁複的長篇小說。

這兩個作品之間，存在著一條剪不斷的臍帶。《雨雪》是《大河》的前傳，但它在大陸的出版，卻是在《大河》之後。這樣的安排也很好。對《大河》的讀者來說，閱讀《雨雪》就如同從事一趟溯流尋根之旅——沿著台北市新店溪，月色皎皎，滿岸台灣水芒草嗚呦、嗚呦迎風搖舞中，一路跋涉而上，追溯《大河盡頭》這部「大河小說」的終極源頭！

二〇一一年，歲末

寫於台灣淡水鎮觀音山下

目次

追憶一：雨雪霏霏，四牡騑騑

她是我的傳說中一隻漂飛在紅塵都市中的小紅雀。

踢躂，踢躂，她老是拖著她那雙塑膠小涼鞋，獨自個東張西望，穿梭在台北鬧市街頭那一座接一座燈火高燒、百戲紛陳的舞台間，尋尋覓覓，兩隻眼瞳只顧睜得又黑又圓，彷彿正在探索什麼新奇事，可又流露出一臉子的無邪和迷惘，踢踢躂，踢踢躂躂。

「丫頭，妳為什麼那樣好奇呀？」

「我也不知道。」猛一甩頭，她晃了晃她頸脖上那一蓬野草般四下怒張的短髮絲，伸出五根手爪，狠狠刮掉腮幫上沾著的煙塵，使勁揉了揉滿布眼睛的血絲，兩隻黑眼瞳子忽然狡黠一亮：「我喜歡看戲！街上到處都是戲，免費的，不必花兩百塊錢買門票，不看白不看。連台好戲一齣接連一齣上演，武打戲呀苦情戲呀四川變臉戲呀警匪槍戰戲呀，還有飛車追逐戰，不騙你的，我在台北市走上一整天，戲看都看不完，所以就常常一個人溜出來遊逛逛啦。」

噗哧，她突然放鬆緊繃著的腮幫兒，齜起兩排皎潔的小白牙，搖甩著一頭亂髮格格笑，樂不可支。她名叫朱鴒——「鶺鴒鳥的鴒，可不是歌星金燕玲的玲哦！」小姑娘冰雪聰明，早熟，愛漂流。

多年前我有幸結識朱鴒，一大一小兩個人攜手打造一樁奇妙的緣。那時我在台北某大學外文系教書，每天傍晚放學回宿舍，總是看見一個小小女生，孤單單，蹲坐在市立古亭小學門口台階上，身旁擱著書包，雙手摟住膝頭，仰著臉子瞇起眼瞳絞起眉心，呆呆瞅望著城西淡水河口海峽中那一輪載浮載沉的猩紅太陽，好久好久，都不願返回巷弄中的家，只顧癡癡想著自己的心事。「丫頭，妳又獨自坐在校門口發呆了！天黑囉，該回家陪妳老爸吃晚飯了。」大夢初醒，朱鴒揉揉眼睛倏地跳起身來，長長伸個大懶腰，蹦蹬蹦蹬一溜煙跑下台階，捽捽手，撣撣身上穿的白衣小藍裙，彎下腰身，畢恭畢敬朝向那一臉慈祥佇立校門口北望神州的蔣公，三鞠躬，然後揹起書囊，走進華燈初上車潮大起的羅斯福路。走著走著她忽然回過頭來，招招手，迎著落日綻開一臉子笑靨：「走！我帶你上街去看戲。」黃昏滿城眨亮起的一簇簇霓虹中，只見一蓬髮絲，飛撩在街頭乍亮的水銀路燈下，晚風瑟瑟。

然而有一天，她卻突然不見了。從此，她再也沒蹲坐在古亭小學校門口台階上，怔怔眺望夕陽。

丫頭，妳曾經是我的嚮導，妳把我帶進這座百戲紛陳讓妳著迷的都市，而今妳卻獨個兒悄悄溜走，把我孤零零扔在這裡，害我坐困愁城。

我開始浪跡紅塵中，尋找朱鴒，在迂迴幽深的巷弄，在車潮洶湧、小學生們放學後四處流竄的大街，在那繁燈似錦笙歌處處、只見一蓬一蓬黑嫩髮絲飛蕩出沒的台北城，在城心那一窟霓虹深處……多少個年頭了，如今若是找到了朱鴒，我只想對她說一句話：「丫頭，別來無恙？」

* * *

「朱鴒，讓我說一說我的初戀故事好不好？丫頭莫笑，我是跟妳講真實的。她叫田玉娘，我的小學同班同學，年紀跟妳差不多。好像每個人的初戀情人都是小學同班同學，奇怪。妳說其實一點都不奇怪？妳怎知道？妳今年才幾歲？哈，小姑娘臉飛紅啦！反正讀小學時，我天天都巴望看見她穿著白衣黑裙——那是我們華文學校的女生制服——肩膀後拖著兩根辮子，手裡拎著飯盒，大清早獨個兒穿梭走過校門口那長長兩排露珠閃閃的芭蕉樹，邊走，邊東張西望，尋尋覓覓走進校門來。丫頭啊，我永遠忘不了，她那雙辮梢上拴著兩蕊子紅絲線，一晃一晃，不住搖盪在南洋那白花花大日頭底下的模樣。大清早，鬼趕似地我飛跑到學校，氣喘吁吁，整個人瑟縮在校門口日影裡，悄悄伸出脖子，望著那一路甩著花辮梢、搖曳著小腰肢慢慢遊逛過來的田玉娘。我那兩隻眼睛直眺望得——妳說癡了？對！丫頭妳了解。

「那時我們家住在南中國海一個名叫『婆羅洲』的島嶼。島上有個英國殖民地叫『沙勞越』。我們家八兄弟姊妹就在沙勞越首府古晉城上學。我個頭高，老師叫我坐最後一排。不瞞妳說，我上課不甚專心，三不五時就偷偷聳出脖子，癡癡呆呆盯住講台下那雙小花辮。田玉娘仰起臉兒專心聽講，可老師一轉身在黑板上寫字，她就猛一摔辮梢上紮著的那兩根紅頭繩，望到窗外，好久好久只顧絞起眉心，怔怔想著自己的心事。那一霎，我的心變成了一顆玻璃球，突地彈跳起來，摔落在水泥地板上，碎了。朱鴒丫頭，妳又乜斜起眼睛瞅著我，抿住嘴唇噗哧噗哧偷笑！玻璃球的比喻有點不倫不類，我曉得，可這是我那時心裡真正的感受呀。就這樣我每天癡癡守望著田玉娘的辮子，守望得眼皮都生繭了，終於熬到新學期開始啦。這年我們班上有五十四個學生（男生二十九個，女生二十五個），男生女生分兩邊排排坐，楚河漢界壁壘分明，就偏偏多出一個男生和一個女生，找不到伴兒。好心的葉月明老師——這位女老師，後來聽說跟隨她丈夫，在我們學校教高年級公民課的何存厚老師，進入森林打游擊，當上臨時革命政府新聞部長，沒多久就被英軍打死了，得年二十八歲——就是這位年輕的級任老師，安排我和田玉娘坐在教室中央，共用一張書桌。我永遠思念葉月明老師，真的，倒不是因為她撮合我和田玉娘兩個，我才說她好心。丫頭妳說『撮合』這兩個字很難聽？唉，妳別盡挑我的語病呀。後來聽說葉月明老師陣亡了，我們全校學生都哭，半夜偷偷燒金紙祭拜她和師丈，男生都宣誓，長大後要加入游擊隊，殺英軍替老師報仇。後來有些同學唸完中學，真的就結夥進入森林，可那時節英軍已經撤退，沙勞越獨立了，莫名其妙變成馬來西亞聯邦的一個『州』。這是後話，將來再跟妳講。我為何沒跟同學一起進入森林？我選擇來台灣唸大學，但我一直討厭英國人，朋友們都稱我為反英分子。反正，葉月明老師進入森林後，我們班換了級任老師，但我還是跟田玉娘坐在一塊。田玉娘最愛洗澡，每天總要洗上兩三回。南洋大熱天，別人身上從早到晚總是汗黏黏、臭腥腥，她的身子卻帶著清清涼涼一股香皂味兒。每天上課，端坐在田玉娘身邊，我就忍不住悄悄聳起鼻子，神遊太虛，只顧吸嗅著那一縷一縷從田玉娘身上飄漫出的肥皂清香——朱鴒，我告訴妳，那是天堂耶！

「那陣子好久沒下雨了，南洋的大日頭火辣辣當空照，中午休息，同學們都躲到學校旁橡膠林裡一邊納涼一邊吃便當。田玉娘忽然走過來，悄悄伸出她的小指頭，勾了勾我的小指頭，央求我陪伴她進入森林，尋找葉月明老師和師丈，因為她昨夜做了個夢，夢見葉老師血淋淋披頭散髮，手裡握著一支卡賓槍，打赤腳，跌跌撞撞，獨自個在森林裡四下奔跑逃竄。

「於是，禮拜六中午放學後，我們兩個就揹著書包悄悄鑽出學校後門，沿著橡膠林裡一條廢鐵道，走到河邊。那條河在婆羅洲西北部，叫沙勞越河，地圖上找得到的。我們站在河畔放眼一瞧，但見河流盡頭白燦燦天光下矗立著一座高山，馬當山，山後面就是荷蘭屬婆羅洲，現在的印尼加里曼丹省。我父親當年走私黃金，常常穿越這座大山，進出荷蘭和英國地界。我頂記得三歲那年春節，大年除夕，半夜我被叫醒，睜開眼睛一瞧，看見我爸帶著滿臉鬍鬚，笑嘻嘻扠著腰站在我床邊。我爸看見我醒來就解開外衣的鈕釦，掀開內衣，露出腰上纏繞著的十幾條亮晶晶沉甸甸的黃金。我父親是個浪子。我天生也是個浪子！這是命。從小住在古晉城，一抬頭就望見馬當山，一條大青蛇似的昂起頭顱蟠蜷在天邊，山下莽莽蒼蒼好一片叢林，大白天赤日頭下鬼氣森森。大人們說，那兒就是游擊隊出沒的地方。小時我最喜歡爬到學校屋頂天台上，眺望雨中的馬當山。大晴天，南洋的天空藍得讓人心碎——朱鴒，妳了解我的心情嗎？妳真的了解？好——忽然眼睛一花，我看見叢林裡颼地冒出一條閃電，窸窣窸窣眨亮眨亮，活像一隻金黃色大蜈蚣，只管扭擺著腰肢，張牙舞爪一路攀爬上天頂。我昂起脖子瞇起眼睛，只見太陽下凝聚一簇雪白電光，好久好久，停駐在馬當山巔那一穹窿藍天白雲中，一動不動。叢林裡的鳥叫聲霎時安靜下來。鳥兒們全都鑽出林子，成排棲停在樹梢頭，汗湫湫抖簌著五彩斑斕的翅膀，一窩一窩挨挨擠擠，個個睜著眼珠子愣瞪著天頂那一簇電光。悄沒聲，整座森林的飛禽走獸全都拱起肩膀，縮住頭顱，紛紛伸長頸脖，豎起耳朵靜靜等待雷聲。電光終於消失，天空突然沉黯，山下的叢林剎那變得黑漆漆一團。大夥兒焦急地守望了好一會，空窿，空窿，雷聲終於漫天遍野迸響了開來。下雨囉，霹靂啪啦一片，把操場上的小學生們一古腦兒驅趕到屋簷底下來。這場雨下得可凶猛！就像變魔術似地，偌大的婆羅洲森林登時消失得無影無蹤，天地間只剩下白茫茫一片水氣。可沒多久，還不到半個鐘頭，森林又在日頭下露臉啦。雨停囉。從城中屋頂天台上眺望，只見一排一排樹木綠油油閃爍著水珠，層層疊疊一路伸展到天邊山腳下。馬當山，水藍藍，倏地又浮現在我們眼前，遠遠看起來好似海中一座仙山，搖啊搖，只管盪漾在山腳叢林蒸漫起的一籠籠煙嵐水霧中，勾引我們這群孩子。就這麼樣，丫頭，我小時最愛佇立學校屋頂上，呆呆眺望雨後的馬當山，心裡琢磨著撰寫一部長篇小說，書名就叫《婆羅洲森林寶藏》，講的是日本陸軍大將『馬來亞之虎』山下奉文的故事。情節很複雜，改天妳帶我上街遊逛時，我再跟妳細細的講吧。

「雨中的婆羅洲叢林！後來我浪跡在外，它成了我心中永遠的牽掛。

「可那陣子，婆羅洲接連兩個月沒下雨了。渾黃渾黃，平日波濤滾滾的沙勞越河，如今變成了一條奄奄一息的大黃蟒蛇，氣喘吁吁，從馬當山中逃竄出來，蠕啊蠕，鑽過毒日頭下河畔一座火光閃閃的森林，一路抽抽搐搐，爬進古晉港口，那亮晶晶冰藍藍的南中國海中。禮拜六中午好不容易熬到放學了，我信守承諾，帶領田玉娘，我的小學同班同座女同學，瞞著雙方家長和老師們，結伴翹家啦。娃兒兩個躡手躡腳鑽出學校後面那座橡膠林，頂著一顆大太陽，沿著沙勞越河一路走進山裡，尋找游擊隊和我們最敬愛的葉月明老師。

「起先，我抬頭挺胸，氣昂昂雄赳赳甩著雙手行走在前頭——我是男生喔！可是越走離河岸越遠，四下不見一戶人家，連椰林裡馬來人的甘榜村莊也消失了，我心裡就開始發毛，雙手依舊甩個不停，腳步卻越來越沉重，到後來不知怎的，忽然就變成田玉娘抬頭挺胸行走在我前面啦。朱鴒，請妳不要用那種似笑非笑的詭異眼光看我，行嗎？男生偶爾也會感到害怕。我為什麼老老實實告訴妳，那時我心裡害怕呢？因為妳太聰明太機靈了，一顆心生了七八個竅（人家的心都只有一個竅），什麼事都逃不過妳那兩隻烏亮亮的眼瞳子，所以，有些糗事不如乾脆自己先招認，免得被妳這小丫頭逼問出來，那可就難堪囉。反正走著走著，漸漸就變成田玉娘走在前頭了。她瞇起眼睛，東張西望尋尋覓覓，邊走邊甩著辮子上拴著的兩根紅頭繩，帶領我這個男生，一步探索一步，走進那迷宮樣的熱帶叢林。

「兩個月沒下雨，林子裡熱氣蒸騰，彷彿有一群山妖手裡捧著一大包火柴，蹦跳在樹木間，颼颼颼，在每一片葉子底下劃一根火柴。丫頭，妳閉上眼睛想像一下叢林裡幾千萬片樹葉，密密麻麻，忽然全都點著了火，霹靂啪啦日頭下熊熊燃燒。這下妳感受到叢林裡那股熱氣了吧？連老鼠都熱得受不住，成群結隊兜圈子，拖著長長一條尾巴，只顧在林子裡不停躥來躥去，活像一群小孩在遊樂場騎旋轉木馬，繞圈圈走天涯——熱帶叢林老鼠長得又大又肥，我看見好幾隻比貓兒還壯，不騙妳。河邊的沼澤早就被太陽蒸乾，變成一窟窿一窟窿死水，水面漂蕩著千百隻甲蟲，肚腩朝天鼓起，抽抽搐搐只顧蹬著腳。螃蟹平日潛伏在沼澤裡，死人樣好幾天一動不動，這會兒忽然全都活起來，濺濺潑潑成群從爛泥巴中鑽出，一隻接引一隻，沿著樹幹拚命往上攀爬，急急慌慌逃避地上的熱氣。蜘蛛最興奮了。老天爺不肯下雨，牠們就趁這個機會從事藝術創作，競相在枝葉間編織一座一座綺麗雄偉的城堡。大白晝日頭下，妳若從那一張張鬼氣森森、斑爛燦爛的蜘蛛網後面眺望出去，丫頭，妳就會看到，整座叢林霎時間彷彿戴上了千百張爪哇面具，五顏六色奇形怪狀，美極了，就是有點恐怖，好像一大群山妖躲藏在樹叢中，伸出脖子齜牙咧嘴擠眉弄眼，直瞪著妳瞧呢。

「朱鴒，瞧妳張著嘴巴愣愣瞪瞪，聽呆啦？可我講的都是事實——我是在那個地方出生長大的！田玉娘也是在婆羅洲出生長大，但這是我們生平第一次進入原始叢林，儘管我們的家和學校就在森林旁邊，一抬頭就望見馬當山。我們兩個人邊走邊尋找游擊隊，一路上緊緊捏住鼻子，閉起嘴，躲避那滿地死魚散發出的惡臭。熱帶叢林密不通風，晌午的陽光閃閃忽忽，穿透枝葉灑照下來。迸迸濺濺，我踩著一窪窪爛泥巴，追隨田玉娘那小小的身子，白癡樣睜著汗濛濛兩隻眼睛，盯住她耳脖後兩根飄忽樹林中的小花辮，亦步亦趨。朱鴒，妳知道亦步亦趨是什麼意思吧？對呀，就像一個跟屁蟲，老是黏貼著人家的屁股，趕都趕不走——其實田玉娘她自己心裡早就慌了，只是臉上裝著不害怕，因為如果兩個人都害怕，那就完啦，肯定會雙雙死在婆羅洲荒山裡，身上的皮肉被老鼠和天堂鳥啃光，只剩一副白骨，爬滿螞蟻和螃蟹。所以，我知道她心裡害怕卻咬緊牙關，假裝一點都不害怕。田玉娘！那時她年紀跟妳差不多，朱鴒丫頭。一路上她只顧弓著身子，使勁往樹叢裡鑽，不時還得抽空回過頭來，撩一撩汗湫湫的辮子，抹一抹腮幫上沾著的爛泥巴，淚光中，咧開兩排小白牙笑嘻嘻鼓勵我，莫氣餒哦。就這樣，兩個小學生結伴走進了游擊隊出沒的森林，尋找他們的葉月明老師和師丈。不停地走了一整個下午，每次抬頭就望見馬當山，藍幽幽倏隱倏現，無聲無息聳立在天邊。夕陽照射下，山巔彷彿突然被山妖潑上一灘鮮血，紅得嚇人。傍晚落霞滿天，我們來到森林中一塊小小的空地，看見一座墳墓。

「墓碑上，青苔斑斑。

「田玉娘踮著腳尖走過去，凝起眼睛，不聲不響佇立墳前，好像在想著什麼心事，兩隻手兒只管緊緊捏住胸前那雙小花辮。怔怔瞅望了一會，她忽然弓下腰身，撿起地上一根枯黑樹枝，使勁刮掉墓碑上覆蓋的苔蘚。我趕忙湊上眼睛，仔細一瞧，看見那塊石板上刻著幾行字：楊氏什麼孺人之墓，道光二十年立。南洋客家婦女墳上都刻有『孺人』這個稱謂，所以我從小就認得這兩個字。可是，道光二十年，那究竟是什麼時候呢？這座墳墓看起來挺殘破荒涼，應該是很久以前立的吧。朱鴒，瞧妳聽我講這樁童年往事，聽得兩隻眼睛一瞪一瞪的，好像有滿肚子的疑問。妳心裡一定在思索：南洋森林裡怎會有這樣一座孤零零、冷清清的中國墳墓呢？楊氏又是誰？一個唐山客家女子怎會流落在婆羅洲？她是怎麼死的？她有沒有親人？這一連串問題妳問我，我卻又去問誰呢？直到今天，跟隨妳在台北街頭遊逛，我心裡還記掛著南洋深山的這座古墓，可是想破了頭，也還沒想出一個合情合理的答案來。這塊墓地離河邊很遠，方圓好幾里內並沒有人家呀。

「雙手合十，田玉娘弓著腰站在青苔古墓前，默默祈禱，忽然眼圈一紅，撲簌簌流下兩行眼淚來。她抓起辮子往肩後一摔，拂拂身上那件邋遢的小白衣小黑裙，回身招招手，扯住我的衣袖，雙雙跪下來，撿起地上一把枯樹枝，當作香，舉到頭頂上誠誠敬敬向楊氏夫人拜三拜。淚汪汪，她仰起臉龐眺望天空，嘴裡喃喃唸唸不知祝禱什麼：『天公伯，請你老人家低下些頭來，聽我禱告……』

「天黑了，我們兩個人蜷縮著身子抱住膝頭，肩並肩，蹲坐在墓碑前那座祭壇上，不敢闔眼睛。天久不下雨，叢林裡黑漆漆熱蒸蒸。半夜山中突然雷電大作，風暴來臨了。我們已經有兩個月沒看見過閃電啦。每天早晨起床上學，一抬眼就望見那顆白晃晃的大日頭高掛天頂。這會兒半夜黑天，馬當山巔倏地冒出一條閃電，張牙舞爪，活像一隻斑斕燦爛的白色大蜈蚣，簌落簌落一路扭擺著腰肢，飛爬上天頂，停駐好一會，猛然扯起嗓門吼叫兩聲，空窿空窿。叢林裡的飛禽走獸全都被喚醒了。大夥兒眨著眼睛，屏著氣，拱起肩膀伸出脖子豎直耳朵，等待著。電光閃爍中，我們看見幾十隻天堂鳥拖著五顏六色的長尾巴，繽繽紛紛從林子裡飛撲出來，棲停樹梢頭，鬼眼般睜著一雙一雙骨碌骨碌的瞳子，直瞪著我和田玉娘。螃蟹成群結隊鑽出泥沼，沒頭沒腦急急慌慌，滿地亂爬。古墓四周那排椰子樹一齊彎下腰來，迎向山巔一簇電光，搖甩起樹頂一篷椰葉，癲癲狂狂，乍看好似一群婆羅洲原住民達雅克族姑娘，扭著水蛇腰，甩著一頭黑瀑瀑的長髮絲，聚集在閃電下，向她們的神靈拜舞。最初，我們感到又害怕又興奮，可是那一整夜，閃電只管窸窣不停，把黑夜的叢林照耀得比白天的城市還明亮。偌大的森林萬千棵樹木，一下子全都被陰森森白燦燦的電光淹沒了。好久好久，我們這兩個娃兒手牽手、肩並肩蹲坐在一棟雪白水晶宮中，仰起臉龐，不住眨巴著眼睛，呆呆眺望頭頂上那一大窩糾纏嗥叫的白蜈蚣。朱鴒妳瞧，那幾十隻肥大的蜈蚣，一隻追逐一隻，飛爬在滿天星星的懷抱中，只顧交尾戲耍，卻沒給人們帶來期盼了兩個月的雨水。山腳下四野悄沒人聲，游擊隊不知躲到哪裡去了。馬當山兀自聳立在白雪雪一片樹海中，黑魆魆。

「一整夜天地間雷電交加，空窿空窿就是不下雨。

「就這樣，兩個小娃兒互相依偎著，廝守在森林中孤零零一座墳墓旁。田玉娘瑟縮著小小的身子，笑咪咪，眼中噙著淚，從裙袋裡伸出一隻手來，捏住她胸前那雙飛颺在雷電風暴中的小花辮，把它當作扇子，只顧幫我搧涼，她自己額頭上卻冒出好幾顆豆大的汗珠兒。我瞅著她，她瞅著我。閃電下只見她臉上兩蓬子睫毛，淚濛濛，一眨一眨，閃爍著無比溫柔卻又十分深沉奇異的光彩。她那滿眼睛的話，終究沒說出口。我挨靠在她身邊，癡癡瞅望著她的眼瞳子。兩顆心突突跳。田玉娘幽幽嘆了口氣，伸出一根手指頭撥了撥我的眼皮，噗哧一聲，抿住嘴唇笑了。天頂的電光一篷篷煙火般不住潑灑下來，迸濺在她那張雪白的瓜子臉龐上。天將亮，叢林沼澤蒸騰起了瘴氣。田玉娘咬著牙，哈啾，猛一嗆，縮起肩膀子悄悄打起哆嗦來。心一抖，我伸出一隻胳臂攬住田玉娘的腰肢，悄悄聳出鼻子，嗅她身上的氣味，吸她腋下芬芬芳芳散發出的肥皂清香，不知不覺，頭一歪，就把自己那張臉龐枕在她肩膀上，闔起眼皮睡著啦。

「一覺醒來，天頂上那一大窩白蜈蚣早就消失了，太陽又露臉啦，紅灩灩的一輪懸吊樹梢頭，直向我們倆潑照下來，比昨天早晨的那顆日頭還要毒熱、還要扎眼哪。我們含淚撿起一把枯樹枝，並肩跪在墳前拜三拜，辭別楊氏夫人，繼續趕路，沿著沙勞越河朝向馬當山進發，尋找游擊隊和葉月明老師。瞧！翠藍馬當山漂浮在白花花叢林熱浪中，倏隱倏現忽左忽右，宛如一個渾身塗抹著藍色油彩的山妖，齜牙咧嘴擠眉弄眼只顧逗弄我們。飢腸轆轆，我們又在沼澤裡闖蕩一個早晨，尋尋覓覓東張西望，游擊隊沒找著，卻在河邊遇見一群拉子婦——拉子，就是婆羅洲原住民達雅克族。日正當中，幾十個女人嘰嘰喳喳蹲在河裡洗澡，渾身赤條條，只在腰下繫一條紗籠，突然看見兩個髒兮兮穿著小學制服的支那小孩，蓬頭垢面，從樹叢中鑽出來，嚇得倏地從水裡站起身。哇，丫頭，一整排幾十隻巧克力色的大奶子，乳頭兒滴答著水珠，顫顫巍巍不住晃盪在南洋的大日頭下。我和田玉娘手牽手並肩站在河邊，伸長脖子看呆啦。

「那天我們倆就在拉子村的長屋度過一夜。

「隔天早晨，兩個英軍開著吉普車，趕到長屋來，又好氣又好笑，把我們這兩個逃家、結伴在叢林裡流浪的中國小孩給押上車，送回古晉城。

「我又回到學校讀書，可一連好幾天旁邊那個座位卻空著。一天早晨上華語課，田玉娘的爸爸紅腫著兩隻眼睛，忽然跑來學校，報告級任老師：田玉娘前些時在長屋染上猩紅熱，昨天夜裡病死了。出殯那天，全班同學排列成一縱隊，送田玉娘，一直送到城外野地上的南洋客屬公會墳地。我帶頭走在那口小小的棺材後面，一路睜著眼睛，仰起臉，恨恨瞪住頭頂上那顆毒熱的大日頭，心裡只是不甘。我不信田玉娘就這樣死掉了。不知怎的，我心裡早就認定，田玉娘羽化成了仙子。丫頭妳看她，一晃一晃搖盪著她辮子上拴著的兩蕊子紅絲線，笑嘻嘻飛升回東海中的仙山去啦。那天在田玉娘新墳前，我咬著牙對太陽發誓，長大後，我一定要去田玉娘投生的地方，把她找回來。」

＊　＊　＊

台北。秋光滿城。

鏘。鏘。鏘。七個憲兵，頂著銀盔蹬著鐵釘皮靴，一縱隊翹起臀子，綳著臉孔不聲不響迎向旭日，漫步穿踱過十字路口紅燈下的斑馬線。鬧市街頭，漩渦般驀地洶湧起一濤濤小藍裙：幾百個小小女生揹著紅書囊，一手按住頭上的黃帽兒，一手抓起裙襬子，飛撲過城中八線大道羅斯福路。綠燈乍亮。張牙舞爪對峙紅燈下的兩條火龍，那千百輛小貨車大卡車轎車摩托車，猛一聲嗥叫，噴吐出滾滾黑煙，籠罩住斑馬線上蹦蹬奔逃的成群娃兒，衝闖過十字路口。東一叢西一蓬，滿街黑嫩髮絲飄舞。漫天煙塵中只見幾百朵笑靨，汗湫湫地，綻放在晨早時分城頭那一輪紅日下。瞧，一個小女生吃吃笑，綻開腮幫上水梨樣兩隻小酒渦，樂不可支，只管搖晃著耳鬢上一毬毬烏黑髮鬈子，忽然回過頭來，招招手。瞧，一個小女生打扮成男生樣，扠著腰站在街口，甩著她那頭削薄了的短髮絲，齜著她那兩顆乳白小門牙，左顧右盼洋洋自得。瞧，一個小女生拎著一瓶豆漿，提著兩紙袋燒餅油條，笑嘻嘻瞇攏起眼睛，仰起她那張挺清秀的小瓜子臉，東張西望尋尋覓覓，穿梭在滿城流竄的小學生中，連跑帶跳走了過來。咦？她那兩根小花辮拴著一雙紅頭繩，日頭下晃啊晃……瞧，一個鄉下姑娘模樣的女學生，肩後濕漉漉拖著一把枯黃的長髮絲，滿臉風塵，怔怔眺望大街，兩隻漆黑眼瞳子孤寂地閃爍著幽冷光彩，忽然眼一亮，看到了那雙飛蕩在晨風中的小花辮，黝黑的小臉龐登時泛起一片紅霞，白蓮般，綻開嘴裡兩排皎潔的小白牙兒。瞧，心事重重，一個小女生低著頭，只顧捏弄著胸前懸掛的綠玉墜子，獨自徜徉大街上，邊走邊沉思，彷彿神遊物外，不時伸出手來，捉住臉頰上兩綹子繚亂的髮絲，狠狠掃撥到耳朵後。城頭太陽潑照下，只見她那兩隻眼瞳中的光彩，深澄，遙迢，好似浩瀚宇宙中一星失落的幽光。瞧，神采飛颺一臉桀驁，一個小女生昂揚起她那張姣白的小圓臉，聳著滿頭濃亮的黑髮絲，四下睥睨張望，大模大樣闖過十字路口的紅燈，猛回頭，睜起兩隻森冷黑瞳子，瞅住身後亦步亦趨追隨她的那位西裝革履、手提公事包的中年男子，撇撇嘴，打鼻子裡嗤笑出兩聲：「變態！」

鏜。鏜。鏜。滿街遊走的小學生豎起耳朵聽了聽，倏地拔起腿來，奔跑出十字路口，湧上長長的紅磚人行道，晨曦裡，飛撲向車潮中乍然響起的一串鐘聲。娃兒們笑，一個追逐一個，賽跑般飛奔過水泥圍牆上紅豔豔漆著的斗大標語——三民主義統一中國，建設寶島反攻大陸——蹦蹬蹦蹬蹦蹬，大夥兒猛然煞住腳步，脫帽，立正，朝向那手握籐杖身穿中山裝笑咪咪佇立校門口的蔣公，三鞠躬，一轉身，飛奔進羅斯福路古亭小學大門。黃沙滾滾花木蔥蘢，操場上飛飈起幾十雙小花辮，蕩漾起千百朵小藍裙。橐。橐。橐。校門外，那七個憲兵穿著筆挺的美式制服，一縱隊擺臂扭腰，睜著眼睛蹬著皮靴，不瞅不睬，夢遊似地自顧自遊走在大街上，轉眼間，消失在晨早時分台北市滿城蒸漫起的紅塵中。

上課囉。

麗日下成群黃鶯出谷似的，滿校園此起彼落，綻響起千百條清嫩的小嗓子：

「起立，立正，敬禮！老——師——早——」

「同學們早！」

鬧市車潮中驀地傳出琅琅讀書聲。

* * *

雨雪霏霏
四牡騑騑

第一次看見丫頭時，她弓著身子低著頭，手裡捏住一支粉筆，蹲在古亭小學門口水泥台階上，獨個兒寫著這八個字。

「老師教的字？」他走過來湊上眼睛一瞧。她沒答腔，只搖搖頭。他又問道：「書本上看到的囉？」她甩起脖子上一蓬短髮絲，使勁搖頭。不瞅不睬，她一逕低著頭，睜著兩隻幽黑眼瞳子，迎著校門口潑灑進來的晚霞，一橫一豎一撇一捺，用粉筆使勁刻畫八個方塊字，那股專注勁兒就如同一位正在操刀創作的雕刻家。他呆了呆，悄悄在她身旁蹲下來，瞅著水泥地上那八個氣象萬千卻又充滿稚氣的大字，反覆吟哦兩遍：「雨雪霏霏，四牡騑騑。這是《詩經・小雅》的兩句詩！妳懂得它的意思嗎？」

「我可以猜呀。」

「哦？雨——雪——霏——霏。霏霏是什麼意思？」

「一看就知道啊。」猛一睜眼睛，小姑娘揚起她那張風塵僕僕的小瓜子臉兒，伸出一隻胳臂，直直指著台北的天空，兀自蹲在地上鄙夷地睨著他：「瞧！滿天雨雪紛紛揚揚下個不停。聽！大雪中一群馬兒踢躂踢躂奔跑不停，風蕭蕭馬嘶嘶。你問我怎麼看出來？騑字旁邊不是有個馬字嗎？霏霏，大雪下個不住；騑騑，馬兒跑個不停。雨雪霏霏四牡騑騑。可是，四牡——」眼瞳一轉，她歪起臉兒絞起眉心，望著校門口夕陽下羅斯福路上那一街行色匆匆的歸人，只顧苦苦思索起來：「可是奇怪啊，為什麼四頭土牛像馬兒那樣奔跑在雪地上呢？」

「哦，那是牡字，雄的動物。四牡就是——」

「猜到了！」她倏地伸出一根手指頭，制止他說下去。「聽到沒？」她豎起耳朵，傾聽那向晚時分嘩喇嘩喇台北市滿城洶湧起的車潮聲：「踢躂踢躂，四匹駿馬並肩奔跑在紛紛飛飛的雨雪中，踢躂——踢躂——風蕭蕭馬嘶嘶——」目光一柔，她瞇起眼瞳子，眺望城西淡水河口那一灘瘀血般的彩霞，好半天不作聲，彷彿神遊物外，忽然回過頭來幽幽嘆息一聲：「騑騑四牡霏霏雨雪，唉。」

「多蒼茫、多燕趙的意象！」沒來由地，他這個南洋浪子也跟著這位台灣小姑娘感嘆起來。「那是《詩經》的中國世界啊，丫頭。」

「你管我叫丫頭？」肩膀子猛一顫，她慢吞吞抬起頭來，眼睜睜打量他，滿瞳子的狐疑：「我爸也叫我丫頭。」

「妳爸一定很疼妳囉？妳住哪？放學了天黑了，同學們和老師都回家了，整個校園空盪盪黑魆魆，丫頭，妳怎麼一個人揹著書包蹲在校門口寫字？」

「嗯。」

「妳有心事不想說嗎？」

眼一黯，她摔掉手裡拈著的粉筆，伸出手來，狠狠抹掉她那滿頭臉沾著的煙塵。深秋，落日蕭瑟。小女生身上只穿著一件土黃色卡其長袖上衣和一條黑布裙子，獨自個，蹲坐在校門口水泥台階上，攏起裙襬，雙手抱住兩隻膝頭，凝起眼睛眺望暮靄蒼茫炊煙四起的大街，癡癡呆呆，好像在想著什麼心事。滿城霞光篩下來，潑照她那張髮絲飛撩的小臉子，神情說不出的孤寂。華燈初上。好久，丫頭才舉起手掌來擦掉臉頰上的淚痕，忽然伸出胳臂，指著校門外羅斯福路上，那滿街一蕾一蕾春花般爭相綻放的霓虹：「你看招牌上的那些字！一個個方塊字可不就像一幅幅圖畫？春神酒店、樂馬賓館、湘咖啡、敘心園玉女池三溫暖娜嬛書屋吉本料理、曼珠沙華精品、夢十七……」猛回頭，落日下她那兩隻幽黑眼瞳子清靈靈一轉，瞅住他：「你知道中國字一共有幾個嗎？萬把個？告訴你吧，我家那部國語字典收的單字總共有一萬兩千六百四十九個。」

「妳數過了？丫頭。」

「早就數過啦。」

「沒事妳數字典的字做什麼？」

「好奇。」

「哦，好奇！天哪。」

「我從小喜歡看字典上排列的一個個四四方方的中國字！老師說《辭海》收的單字有兩萬個，改天我找一部《辭海》翻翻看。」丫頭瞪著他，一臉嚴肅：「雨雪霏霏四牡騑騑，一個中國字若是一幅小小的圖畫，兩萬個中國字就是兩萬幅小圖畫，合起來不就是一幅大圖畫嗎？全世界最大、最美、最古老的一幅畫呢。」

「這幅巨畫的名字就叫做『中國』，對不對？」

「我不知道。」丫頭抿起嘴唇吃吃笑。「可我告訴你，每天黃昏，天一黑，台北市滿城燈火全亮起來，千支萬盞霓虹招牌閃閃爍爍，看起來就像一個特大的萬花筒，不，像一個特大的盤絲洞！洞裡隱藏著幾千幾萬幅神祕圖畫。所以——」夕陽下臉一揚，丫頭甩了甩她頭上那一蓬子刀切般齊耳的短髮絲：「所以呢，放學後我就不想回家！我喜歡一個人上街去剃頭。」

「剃頭？」

「你不認識這兩個字嗎？」丫頭睖了他兩眼，滿臉詫異。她撿起粉筆，在水泥地上寫下兩個古怪的中國字：廹廹。「你沒看過這兩個字？有一首歌你聽過嗎？漂泊的廹迌人。」也不等他回答，小姑娘就絞起眉心，裝出一臉淒苦的表情，翹起臀子高高蹲在學校門口台階上，眺望著城頭滾滾彤雲，猛一跺腳，扯起嗓門自顧自厲聲唱起來：「漂泊迌迌人，漂泊迌迌人，迌迌人，因何你那目眶紅，是不是你的心沉重，後悔走入黑暗巷——」太陽西沉。黃昏號角滿城此起彼落。嗚呦嗚呦，全市各級學校降旗號一片迴響聲中，夜幕緩緩垂落。城心燈火大亮，萬千盞霓虹映照著西天一抹殘霞，睞啊睞，眨啊眨，宛如成群豔婦盛裝走出家門，結伴上街勾引男子。轉眼間城中四處彷彿放起一蓬一蓬煙火，只見朵朵花燈次第綻亮，走馬燈也似漫天兜旋，睨睇著河口海峽那一輪載浮載沉的落日，似笑非笑。燈火高燒下，大街小巷家家店鋪競相妝扮起門面來，彷彿一群等待開鑼的戲子，紛紛搽上臙脂塗上粉彩，倚門招徠。天就要黑囉！羅斯福路上開始湧現人潮。滿街霓虹招牌，千百個妖嬌中國字，一蕊蕊閃爍在城頭一瓢初升的水月下，好似千百張斑爛燦爛的戲台臉譜，光影裡，瞬息變幻，蠱惑著那成群放學後揹起書包遊走街頭的小學生。

矗立東海一嶼的台北城，在這夜幕低垂時分，幻化成了一座粉雕玉琢百戲紛陳的大舞台，月下街上萬頭鑽動，人人翹首企待鑼聲綻響，好戲登場。

冷暖人生若眠夢
不免怨嘆
迫迌人
不好擱再心茫茫
漂泊迫迌人
漂泊迫迌人

丫頭那一聲聲怨嘆伴隨一句句叮嚀的歌聲，哀婉地、清嫩地，好久好久只管迴盪在黃昏滿城洶湧起的車潮人潮中。

他聽呆了。

「喂，唱完啦！」丫頭拍了拍心口，轉過臉來悄悄伸手扯了扯他的衣袖：「這首〈漂泊的迫迌人〉好不好聽啊？」

「好聽！記得剛從婆羅洲來台灣的時候，冬天下著冷雨，我獨個兒走在台北街上，常常聽到唱片行播放這首歌，走著聽著，就會覺得心酸酸，可是不太懂歌詞的意思，只是感到很淒涼。」他望著眼前這個蓬頭垢面一臉笑靨的小女孩，心一動，羞澀地笑了笑。丫頭凝起眼瞳子瞅著他的眼睛，忽然伸手握住他的手腕，牽著他在校門口蹲下來，指著水泥地上，她剛才寫的那兩個稚嫩豪放的粉筆大字：「辶——辶——你看這兩個字旁邊有個『辶』，那是什麼意思？走走停停，對不對？逍遙、遊逛、遛達、辶辶……」

「一個人在太陽下或月光中走走停停，四處遊逛漂泊。」

「流浪！」她點點頭。辶辶——這兩個字美不美？一個人孤零零在外面漂泊流浪，白天頂著大太陽，晚上踏著月光，多逍遙自在，可又多麼的淒涼。」

「丫頭啊！」他嘆口氣。

「嗯？」

「妳太聰明了。」他霍地站起身，弓下腰來，伸手撥開她腮幫上兩叢亂髮，抹掉她鼻尖上綴著的兩顆晶瑩的汗珠，好半晌只管瞅住她那雙清亮的眼瞳：「妳這個小姑娘一顆心生了七八個竅——別人的心有幾個竅？一個！頂多三個竅，就像我——偏偏妳又是那麼好奇，就像愛麗絲。妳知不知道愛麗絲只有七歲，比妳還小，可是非常聰明，一顆心有六七個竅，天生又那麼早熟、那麼好奇，喜歡胡思亂想，到處辶辶遊逛，否則就不會有《愛麗絲漫遊仙境》這本好書囉。相信我，不是每一個女孩子都可以做愛麗絲！丫頭，妳不要抿住嘴巴噗哧噗哧偷笑。我是跟妳講真的，不是故意誇讚妳，只是……」

「只是什麼呢？」丫頭趕忙整肅起臉容，問道。

「放學後，妳一個小姑娘在外遊蕩不回家，到處亂逛亂鑽亂瞧，這年頭妖魔鬼怪滿街走，就像愛麗絲漫遊的那個仙境！只是愛麗絲出得來，而妳這丫頭……」

「你不必擔心我會死掉！」眼圈一紅，小姑娘扭轉過脖子，颼地摔開臉去，呆呆眺望漫天暮靄炊煙中，那蒼蒼茫茫五顏六色一城燦亮起的妖嬌中國字，好半天才回頭，沉聲說：「我常一個人迌迌遊逛，我爸、我媽和我大姊都不知道，每次都神不知鬼不覺，三更半夜平平安安摸回家。」

「噯，我怎能不擔心？誰叫我們這一大一小一男一女兩個人，天南地北湊合在一塊，相識台北街頭。」

「朋友一場！也算有緣呀。」破涕為笑，丫頭咧開她嘴裡兩排皎潔的小白牙兒，乜起眼睛睨了他兩眼。他怔了怔，也忍不住笑起來。「小姑娘愛漂流！」他嘆口氣，指著天空那一群拍著翅膀、濺潑著落霞、嘰嘰喳喳飛盪在台北街頭的麻雀，回頭瞅住她說：「丫頭，妳是一隻漂泊的小鳥。」

「迌迌小鳥！謝謝。」兩隻眼瞳烏溜溜一轉：「我名叫朱鴒。」

「朱鴒，妳那麼愛遊逛，我就帶妳去迌迌吧。」

「去哪裡玩？」

「台北古晉婆羅洲南洋東海中國世界。」

「去做什麼呢？光是遊逛嗎？」

「找人。」

「找誰？」

「找朱鴒妳啊，丫頭。」

猛一怔，朱鴒摔掉手裡捏著的粉筆，站起身來，拂拂身上的土黃卡其襯衫和黑布裙子，拎起書包，瞇起眼睛格格一笑，朝向那手握籐杖佇立校門口凝望羅斯福路紅塵大街的蔣公，深深三鞠躬。夜風中，只見小姑娘滿頭髮絲飛舞。

「雨雪霏霏四牡騑騑！咱們倆結伴迢迢去。」

追憶二：初遇蔣公

朱鴿，走，我們倆迫迌去！趁著太陽快下山，黑夜虎視眈眈即將降臨台北城，城頭彩雲滿天，妳和我，一大一小兩個結伴兒，沿著城南長長一條八線大馬路羅斯福路，踩著人行道上新鋪的紅磚，仰起臉龐瞇起眼瞳，眺望城西淡水河口那瘀血似的一丸子落日，一路徜徉遊逛下去，漫無目標，心中沒牽掛，只是抱著兩顆隨喜的心（妳一顆加上我一顆呀），邊走邊觀賞我們居住的這座矗立東海中，恍如蓬萊仙山的城市。

我跟妳講一件事，丫頭，妳可莫嚇一跳哦。

那年剛來台灣，一天早晨我獨自個在這條馬路上遊逛，天矇矇亮，整座台北城悄沒人聲，走著走著忽然就遇到一個我做夢都不會夢到的人。妳猜這個人是誰？妳不想猜？好，那我就告訴妳——妳說什麼？講大聲點。傍晚時分滿城的人都急著趕回家，羅斯福路上車水馬龍嘩喇嘩喇，妳要講大聲我才聽得見。妳問我，當初為什麼來台灣，又為什麼會在大清早台北街頭遇見他老人家？丫頭，妳早就料到我碰到誰了。那時我為什麼來台灣？上回不是跟妳講了麼？可是妳總覺得那個發生在婆羅洲叢林的初戀，故事，太美、太浪漫，聽起來好像古早時代的神話？朱鴒，妳嫉妒田玉娘，對不對？她已經死了很多年啦，如今早就化成一小堆白骨了。沒錯，當初我選擇來台灣上大學，沒遵照我父親的意思去英國念法律，有好多原因。（我父親生平最敬仰李光耀，因為他是客家人，劍橋大學法律系高材生，卻不忘本。從小我爸常擰著我們兄弟的耳朵諄諄告誡：客家子弟決不可數典忘祖，否則，死後會被祖宗吐口水，用掃帚趕出祠堂！所以我這輩子不管去什麼地方都不敢忘本。）好啦，我想到當初來台灣的一個理由了。這就講給妳聽。

我喜歡台北的小巷。那直直的深深的——喂，丫頭，妳別沉著臉皺著眉頭站在馬路上好不好？我剛才說妳嫉妒田玉娘，是跟妳開玩笑！走，拿起書包，我們繼續沮沮遊逛下去，走到壽而康川菜館，我請妳吃我們系主任顏元叔教授最愛吃的現殺、現煮豆瓣鯉魚！剛才說到哪？我喜歡台北的小巷，那直直的深深的小巷，兩旁矗立著長長一排灰色水泥磚牆，牆上設著一扇一扇朱紅門，門內草木森森，悄沒聲，庭院裡黑魆魆蹲伏著一間小日本木屋。少年時代，我就嚮往台北城中那迷宮樣縱橫交錯的巷弄——哦，忘了告訴妳，我是在瓊瑤的小說裡認識台北的長巷。朱鴒，妳知道瓊瑤是誰嗎？妳說在台灣誰不知道瓊瑤是誰，連妳老爸都津津有味地，看過好幾齣根據她的小說改編的電視連續劇，譬如《庭院深深》、《一簾幽夢》、《幾度夕陽紅》、《船》……對了！我就是在《船》這部小說裡認識台北。

告訴妳，我在古晉中學讀書時，每天一大早就起床，鬼趕似地騎上腳踏車，頂著南洋的大日頭汗湫湫直奔學校，爬上山坡，進得校門，就慌忙跑到行政大樓四維堂前，白癡樣——真的就像白癡一樣——往布告欄前一鑽，踮著腳，伸長脖子看瓊瑤的《船》。我們學校訂的報紙都張貼在布告欄上，讓學生看新聞，了解世界大事，可是同學們都只看副刊上連載的台港小說。女生湊成一堆，癡癡迷迷看瓊瑤和華嚴女士；男生挨挨擠擠搶看金庸和梁羽生。黑鴉鴉人頭鑽動！校長徐耀東先生大熱天穿西裝打領帶，站在一旁直搖頭。有時實在看不過去，他就伸出胳臂，指著布告欄上英文報紙血淋淋斗大標題，要學生們過來讀一讀：紅色中國成功試爆第一枚原子彈！越戰升級，美國軍機闖入中國南海領空，北京向華盛頓發出第一百零五次嚴重警告！英國大選保守黨下台，社會主義工黨上台！白花花太陽下，我只顧伸長脖子瞬大眼睛，追蹤瓊瑤女士的《船》。丫頭，我老老實實告訴妳：我是瓊瑤迷，到現在還是喔。妳又沒逼問我，我為什麼要自己招認我是瓊瑤迷？因為每次看到妳那兩隻清靈靈烏亮亮、好像能看穿人家心思的眼睛，我的謊話就說不出口啦。我是大男生，本來應該跟男同學們擠在一塊看金庸，可我卻鑽進女生窩裡，像白癡一樣看瓊瑤。丫頭別噗哧笑！我告訴妳一個祕密：很多大學教授蹲在馬桶上偷偷讀金庸和瓊瑤，邊讀邊感嘆：問世間情何物，直教生死相許！這個場景詭異不詭異？丫頭不生氣啦？來，把梳子掏出來給我，讓我幫妳把妳脖子上那一叢野草樣張牙舞爪的亂髮絲，梳一梳吧。我的情況並沒那麼嚴重。我只是呆呆站在布告欄前（校長繃著臉站在一旁搖頭）癡癡眺望瓊瑤女士的《船》，念著念著，心酸酸，眼前就浮起一個淒美的意象來：冬陽煖煖草木森森，台北市羅斯福路旁那長長一條巷弄，人影漂漾，一個花信年華的女郎髮絲飛颺，身上穿著一襲陰丹士林藍布旗袍，脖子纏繞著雪白圍巾，手裡拈著一根柳條兒，兜啊兜，夢遊似的覷起眼睛蹙起眉心，眺望漫天柳絮飛鴉，彷彿想著什麼心事，獨自個從巷口踅進來，在巷心庭院深深一扇朱紅門扉前停下腳步，驀然回首，兩行淚珠撲簌簌滾落下來……丫頭！這段文字淒美不淒美？聽我這一背誦，妳有沒有感到心酸酸？

——可是，那時台北除了鬼魂，早已沒人穿陰丹士林旗袍啦。我媽有一件，那是我爸從江蘇老家帶來的。

——我剛才念的是文學作品，丫頭！這樣寫才淒美。

——所以，你當初一來到台灣，就天天跑進羅斯福路巷子裡，遛達，踱步，希望遇到小說中那個髮絲飄飄、身穿陰丹士林藍布旗袍、手拿柳枝條兒啊兒的小姐囉？

——那倒沒有。為什麼？因為我不喜歡聽人家打麻將！剛到台北，住在台大側門新生南路溫州街巷子裡，日日夜夜聽到麻將聲，滿巷滿弄一波一波嘩喇嘩喇，潮水般此起彼落，心裡就覺得——嗒然若失吧。

——你想到你那位陰丹士林女郎，這會兒正跟三個歐吉桑，坐在庭院深深的屋子裡打麻將：「碰，一筒！」「小蓉，我這隻雞怎麼碰妳的一筒啊？」「夭壽，你又不是沒碰過！」你這個南洋純情青年，心裡一想到這個場景，就覺得「嗒然若失」？

——朱鴒，妳別睜著妳那雙烏溜溜大眼睛睨著我，鬼笑鬼笑。

——瞧你也夠難過的了，我不糗你了。你還沒告訴我，那天早晨天矇矇亮，你怎麼會在羅斯福路上碰見他老人家？

——哦，那年秋天我剛到台灣，在新生南路租了個房間。一天夜裡，躺在榻榻米上傾聽那滿巷麻將聲，嘩喇嘩喇打情罵俏，不知怎的，一時悲從中來，就翻牆摸黑爬進台大校園，在農經館門外走廊水泥地上鋪兩張報紙，雙手抱頭睡覺。睡到半夜忽然眼睛一花，看見校警握著一支手電筒站在我身旁。我不想回巷弄裡聽麻將聲，就走出校門口，沿著羅斯福路夢遊似地一路逛下去。四更天，天色待亮不亮。丫頭，妳看過破曉時分的台北城嗎？萬家燈火燃燒了一夜，終於熄滅啦。這會兒妳聽得見滿城大大小小兩百萬顆心臟，撲突撲突跳動。齁——齁——齁——男男女女張開嘴巴，流著口水，挺屍般仰天躺在水泥公寓樓房裡，那萬千張席夢思床上，一聲長似一聲爭相打起鼾來。妳抬頭一望，滿天星笑靨靨。半瓢水月下只見東一盞西一簇霓虹，蹦蹦濺濺，活像一窩窩五彩斑斕的蝌蚪，不住睞眨著眼睛，這黎明時分還只顧戲耍在滿城飄漫起的晨霧中。空窿，空窿，北上莒光號列車駛過淡水河鐵橋，嗚——嗚——嗚——扯起嗓門厲聲尖叫著衝向終點站。哈啾哈啾哈哈啾，鐵籠子裡一百隻黑毛豬挨擠成一團，渾身打哆嗦，噴嚏連連，不住顛跳在兩輛天藍五十鈴卡車上，急急慌慌，闖過路心一灘一灘水銀燈光，趕在天亮前奔赴屠場。整條羅斯福路空盪盪清冷冷。大霧中只見一盞盞車頭燈閃爍、迸亮。滿街德士三五成群醉醺醺互相追逐叫罵，呼嘯而過，衝闖過紅燈，驚醒車廂後座黑窩窩兩條耳鬢廝磨的人影。耳鬢廝磨是什麼意思？妳猜呀，丫頭妳很聰明嘛！小小一顆心生了七八個竅，別人的心都只有一個竅。別打岔！聽。燒肉粽——燒肉粽——巷中一痀瘻人影白髮蒼蒼，弓著腰，頂著西北風踩著腳踏車挨家逐戶嘶喚叫賣。龍泉街口老榕樹下，熱騰騰飄漾起一篷湯霧。擺麵攤的老兵和他的歐巴桑妻子，頂著滿頭花髮，拱起身上裹著的大棉襖，老伴倆一個勁鞠躬哈腰，笑咪咪，伺候那一雙雙半夜凌晨攜手走出觀光理髮廳，吃消夜的男女。巷中不知誰家屋裡傳出小女娃的哭聲，風中飄忽，如影隨形一路只管跟隨著我。砰然一聲，一輛銀白林肯大轎車倏地鑽出「滿濃賓館」地下停車場。路燈下只見白髮紅顏兩對男女，挨擠在車廂後座，哼哼唧唧纏絞成一窩。八個野羅！滿臉堆笑，媽媽桑站在賓館門口伸出雙手，交握在膝蓋上，扭擺腰肢深深一鞠躬：呢媽宰子莫跌可扎伊內斯，多阿里加多可扎伊媽斯嘎！這句日語是什麼意思？不知道，我瞎編的。就在這樣的一座破曉前的台北城，我行走在羅斯福路上，敞開衣襟，迎向黎明時分那一波波洶湧過海峽——闖進淡水河口——好似一縱隊一縱隊蒙古騎兵——呼嘯著搶灘登陸台北城的西伯利亞大寒流，一路走一路豎起耳朵，諦聽著朔風中那一聲嘶啞一聲的啼哭，眺望滿城蹦跳戲水的七彩蝌蚪，獨自個，徂徂遊逛，沿著城南那條空空長長的紅磚人行道，蹬蹬蹬，走向城心。偌大一個城，霎時間只剩下我一個人，和那個遊走在深巷中不住啼哭的小女娃兒。朱鴒丫頭，妳現在晚上還在哭嗎？

破曉了。

雞啼大五更，滿城大廈天台上兀自閃爍著一蕊蕊血似晶紅的警示燈，晨曦中，宛如一艫一艫航行大海的樓船。嘰嘰喳喳，一堆小黃帽兒漂蕩過我身旁，我回頭一看，只見巴士窗口，迎著朝霞燦綻開好幾十朵小笑靨。清早，頭班公共汽車運載一群早起的小學生，駛下羅斯福路，趕進城來上學了。車身畫著一弧彩虹，靦然一笑，迎接那漫天寒流中驀地迸射出的一簇萬丈金光。雞鳴早看天哪——什麼？台北市早就沒人養雞啦？唉丫頭，這只是修辭——雞鳴早看天，只見老夫老妻白頭雙雙，三五成群手挽著手，走進南門小學校門，朝向那身穿中山裝手握老籐杖佇立高壇北望神州的蔣公，哈個腰，打開錄音機，播放一支波蘭圓舞曲。老伴倆面對面站定，相視一笑：請。於是，幾十對歐吉桑和歐巴桑就在小學操場上，踏著曙光團團跳起土風舞來。血漬漬，馬路上忽然竄出兩輛簇新天藍日本五十鈴運豬車，車上一胴一胴姣白姣白，懸吊著一百隻剃光了毛的閹公豬，屁股上紅豔豔蓋著兩大顆衛生局圖章，大清早趕往南門市場。鐓，鐓，開卡車的少年郎搖頭晃腦，邊使勁按著喇叭，邊哼著歌兒—漂泊的廹廹人漂泊的廹廹人，因何你那目眶紅，是不是你的心沉重——血齹齹齜起他嘴洞中那紅糯米樣十幾枚檳榔牙，猛打哈欠。大街小巷哈欠聲此起彼落。台北城睡醒過來啦。滿城人家炊煙嬝嬝。嘩喇嘩喇濤聲大響，羅斯福路愛國東路寧波西街金三角地帶，驀地洶湧起車潮，成群轎車、機車、貨車和卡車，紛紛鑽出城中條條巷弄，滿城流竄了開來。城心霓虹深處那一窩游嬉在晨霧中的七彩蝌蚪，倏地消失了。

蓬頭垢面，滿眼血絲——我在台大校園睡了半個夜晚，又在馬路上遊逛了兩個鐘頭呢——我只管愣愣瞪著城頭懸吊的一丸紅日，踢躂著腳上那雙破涼鞋，自顧自繼續行走下去，走著走著忽然眼皮一沉，不知怎的彷彿就睡著了。萬籟俱寂。唔，丫頭妳了解，那種感覺就好像全世界的生物都死光了，天地間只剩下妳一個人，孤零零在一條陽光燦爛的大街上行走著。也不知過了多久，走呀走呀，耳邊只聽得自己的鞋子踩在紅磚上，蹬，蹬，蹬，恍惚間彷彿做了個夢，夢見——朱鴒妳別嗤笑！我夢見那個身穿陰丹士林藍布旗袍、手拈柳枝兒、兜啊兜款步走進巷口的女郎。心一抖，我慌忙睜開眼睛，望望市中心周遭的大街。晨早時分挺熱活的羅斯福路，怎麼一下子就安靜下來啦？八線大馬路空落落，太陽下望不見一輛汽車，看不到半個人影。悄沒聲，羅斯福路兩旁的巷口突然站出了好幾條穿著中山裝、理個平頭的大漢。這些看似官家侍從的人，只管背著雙手，橐，橐，橐，蹬著腳上那兩隻亮晶晶圓頭大黑皮鞋，迎向朝霞，伸出脖子挺起胸膛睜大眼睛，不住徘徊踱步張望，繃著臉孔，不吭聲。

就在這當口，旭日照射下一片死寂的大馬路上，忽然出現一小隊黑色轎車。晃晃悠悠，我還只顧睜著我那兩隻血絲斑斑的眼睛，夢遊似地繼續迢迢下去，可越走心越慌，越慌，心裡就越覺得不對勁。我跂起腳跟向前眺望，轉過脖子回頭瞧瞧：南門市場外面那長長一條頂寬敞的紅磚人行道，遍地灑著陽光，空無一人，孤魂野鬼般只有我獨自個在走動，踢踢躂踢踢躂……黑魆魆，身後拖著一條瘦瘦長長的影子。丫頭啊，我老實告訴妳，那當口我背脊上涼颼颼直冒出冷汗來，可我還是硬著頭皮，愣瞪著眼睛，迎向那一縱隊沒聲沒息緩緩從中山南路駛過來的黑頭車，若無其事繼續走下去。這會兒想逃走也來不及啦。唉，這也是緣哪！半夜凌晨不睡覺在馬路上遊逛的一個傖生，和一列不知從哪裡冒出來的車隊，迎面相逢，靜靜朝向對方行進，幽靈般，晃漾在城心大馬路空盪盪白花花陽光中，一步一步接近了……忽然心中靈光一閃：我知道我遇到誰了。

好啦，故事講完啦。羅斯福路快走完了，壽而康川菜館也快到了，朱鴒，我請妳吃顏元叔老師生平最愛吃的現殺、現煮麻辣豆瓣鯉魚！瞧妳，聽完這一樁奇特的、我一輩子都忘不了的經驗，見鬼般嚇得縮住脖子，甩起妳那一頭刀切般齊耳的短髮絲，渾身機伶伶打出兩個冷哆嗦來。妳看，壽而康門口，玻璃缸裡養著的五六十隻肥美的鯉魚，骨嘟骨嘟噴吐著水珠，盪漾在入夜時分滿城春花般綻放的霓虹燈光中，游來游去多自在啊。妳又想說什麼？妳說，我還沒告訴妳，我大清早在羅斯福路上遇見他老人家，然後就怎樣呢？也沒怎樣，擦身而過啦。車隊浩浩蕩蕩開過去後，我望望四周：馬路兩旁巷口佇立的那群穿中山裝、留個平頭的男子，靜悄悄消失了。倏地，城心羅斯福路愛國東路寧波西街又洶湧起車潮，嘩喇嘩喇。天色大亮。台北城熱鬧滾滾又展開新的一天啦。妳問，我怎麼知道，那輛車子裡的人一定是他老人家呢？我看到了！擦身而過時，兩下裡打個照面，他從車窗口探出頭來對我笑了笑，露出一口好整齊好潔白的瓷牙。感覺好溫馨喔！

丫頭，別站在餐館門口發呆了。咱們倆進去吃豆瓣鯉魚吧。

追憶三：桑妮亞

壽而康的豆瓣魚好不好吃？還新鮮？現殺的哦。以前顏元叔教授常帶我們這群小助教來吃。丫頭，剛才咱們倆在羅斯福路上迢迢，途中我跟妳講了一個離奇的故事，講我當初怎樣愛上台北的小巷，後來到了台灣，怎樣四處尋找那位身穿陰丹士林藍布旗袍的女郎，天矇矇亮，又怎樣在街上遇見蔣公——妳到底有沒有聽懂啊？有一點點懂？妳感覺得出來我心裡真正想說什麼？唉，瞧妳那雙黑幽幽的眼瞳子一眨一眨的……吃飯吧！別只顧盯著我瞧。豆瓣魚還沒上？那就先嚐嚐小菜，這家川菜館的辣椒小魚乾也是顏老師愛吃的。咦？妳的眼睛怎麼忽地一亮？妳想幹什麼？妳想看看我今天帶在身上的兩本書？拿去吧。這本沒啥看頭，是一部現代文學批評選集。另一本是小說。朱鴒，有一部美國電影叫《愛的故事》，妳看過沒？一個有錢的大學男生愛上一個貧窮的大學女生，門不當戶不對，雙方家長反對他們交往，結果那個女生就得癌症死了。這本書就是原著小說囉。作者西格爾是大學教授，在耶魯教古典文學。怎麼大學教授也會寫愛情故事？而我身為大學老師，怎麼也愛看這種肉麻兮兮的小說呢？這有什麼稀奇！剛才在路上不是跟妳講了嗎？有些大學教授蹲在馬桶上偷偷看瓊瑤。莫鼓起腮幫兒噗哧笑！瞧妳，差點把滿嘴小魚乾都噴出來啦。我再告訴妳一件好笑的事：以前在南洋，我們家隔壁住著一位印度婆羅門（印度四大階級中最上等、最有學問的人），他老先生每天傍晚閒著沒事，吃過飯就披上一件白長衫，腆著個大肚膛，手裡捧著一本英國女作家寫的羅曼史，在門前院子裡踱方步，讀得興起就伸手搔搔褲襠，捋一捋他臉頰上那部雪白鬍鬚，噘起嘴唇自顧自吃吃笑將起來。丫頭，妳說這幅景象詭異不詭異呢？妳問，那我也愛看羅曼史小說囉？常看，但並不特別喜歡，讀了就忘。那麼，我一輩子最難忘的小說又是哪一部呢？

杜斯妥也夫斯基的《罪與罰》。這個人是俄羅斯小說家。在古晉中學讀書時，我就看過這部小說了。故事講一個大學生謀殺一個老太婆，後來大學生認識一個妓女，受她的感化，就決定接受法律的制裁，流亡到西伯利亞做苦工——西方人管這樣的下場叫「救贖」。我能不能講得詳細一點呢？為什麼這個大學生無緣無故要殺老太婆？他又怎麼認識這個妓女？妓女又怎麼感化大學生？對不起，細節我忘了。咦？這不是最令我難忘的一本書嗎？細節怎會忘記呢？我老實告訴妳吧，朱鴒，自從初中三年級讀過《罪與罰》，我一輩子再也不願碰它。為什麼？因為我不敢再讀這部小說呀。我忘不了那個俄國妓女。她的名字叫桑妮亞，一個十七、八歲的姑娘，跟隨父親從俄羅斯鄉下到聖彼得堡討生活。一家老小好幾口人寄居在一座大雜院裡。父親找不到工作，只好狠起心腸叫大女兒到街上去——賣。妳懂不懂她賣什麼東西？妳猜得出來？天！朱鴒，妳實在太聰明太早熟了，讓我心裡涼颼颼的感到有點害怕。妳說什麼？就是因為妳聰明早熟，我才會跟妳這個小女生講這些事情？噯……不管怎樣，桑妮亞為了養活一家人，只好遵從父親的命令到街上去賣。第一次接客回來，桑妮亞走進屋裡，什麼話都沒說，就把幾張髒兮兮的鈔票交到父親手中，然後走進自己的房間，衣服也不脫就在床上躺下來，面對著牆壁，不吭聲。朱鴒，從頭到尾桑妮亞什麼話都沒說，只靜靜的、一動不動的、就像死人一樣的，面對著牆壁躺在床上，但她那兩隻清亮亮的大眼睛卻一直睜著，整晚都不曾闔上。十五歲那年讀到小說中這一幕，我心裡就開始恨了。可是第二天早晨桑妮亞起床，不聲不響又獨個兒走到街上去了。從此桑妮亞做了妓女。從此我恨這個世界、恨那個父親、恨《罪與罰》、恨寫這部小說的杜斯妥也夫斯基。他怎麼可以這樣殘忍？他憑什麼？就憑他是個大作家，便可以隨意擺布他筆下的人物嗎？可妳說，那個什麼斯基寫到這一段情節時，心裡一定在哭泣。小丫頭妳怎麼曉得？「因為他愛上他寫的女主角了，否則就不會這樣狠心折磨她。」朱鴒，妳這話很有意思。世界上有一些很偉大的小說家，下筆的時候是很殘忍的，可內心卻又充滿柔情。像托爾斯泰，他讓他最心愛的女主角安娜·卡列妮娜發瘋，最後慘死在火車站上——被一列駛進月台的火車活生生給輾死，血肉模糊。曹雪芹讓晴雯和黛玉咯血，死得淒涼寂寞。福樓拜讓包法利夫人吞砒霜自殺——砒霜哦，吞進妳肚子裡，叫妳的腸、胃和心肝一寸一寸腐爛掉，妳在床上翻滾哀號一整個禮拜才慢慢死去……

朱鴒，這些女人可都是頂天立地的奇女子啊。安娜·卡列妮娜和包法利夫人、晴雯和黛玉、潘金蓮和潘巧雲、黛絲姑娘和咆哮山莊的凱薩琳……我少年時代愛讀世界文學名著，可是我在書中遇到的一些最令我敬畏、折服的女人，個個都死得好慘。但我心裡最疼惜、最記掛的卻是我十五歲那年，讀初中三年級時認識的那個十七、八歲的俄國妓女桑妮亞，因為她沒有死掉。她死不了；她要養家活口。我雖然出身台大外文系，但直到今天都沒再讀過《罪與罰》這部西方文學經典。妳說，那是因為我不忍心再看桑妮亞上街回來那一幕。對！丫頭妳了解我。

豆瓣魚終於端上來啦。好肥大的一條鯉魚！妳瞧她的肚子脹鼓鼓的，裡頭裝著好幾百顆小魚卵，挺鮮美。咦？丫頭妳怎麼不吃魚子？妳說魚子是一群還在魚媽媽肚子裡的魚娃娃，出生前就被人類吃掉，很可憐？妳這顆小小的腦袋瓜可真會想喲。妳不忍心吃魚卵，我吃！

別發呆了，吃魚肉吧。朱鴒，妳很喜歡發呆。每次遇到妳，若不是抱著膝頭坐在校門口台階上，望著城頭那一輪落日發呆，癡癡的好像在想什麼心事，便是獨個兒蹲在水泥地上，手裡捏著一支粉筆，在寫奇奇怪怪的字……丫頭怎麼啦？吃飯前聽我閒扯蛋，聽著聽著兩行眼淚就撲簌簌流下腮幫來了。《愛的故事》沒讓妳哭。妳說那部小說肉麻兮兮，讓妳聽得滿身冒起雞母皮，可妳一聽到桑妮亞和包法利夫人她們的故事，就禁不住悲從中來。唉，把毛巾遞給我吧，讓我幫妳擦擦眼淚擤擤鼻涕，順便把妳那一頭一臉的煙塵也擦乾淨。在羅斯福路遊逛了兩個鐘頭，瞧妳，蓬頭垢面的活像個女叫化子。如今抹掉了臉上的灰塵，把滿頭野草樣的亂髮梳一梳，喲，現在我才發現，妳這丫頭竟然擁有一張小瓜子臉，容貌還挺清秀的！

——如果有一天我也跟桑妮亞一樣，被父親強逼到街上去……

——丫頭別胡說！吃豆瓣魚。

——你小時候住在南洋，有沒有遇見過像桑妮亞這樣的女孩子？

——我不知道。巷子裡頭烏漆八黑，我看不清楚。

——咦，你說話怎麼變得跟我一樣了？老師和同學們都說，聽我講話就像猜啞謎，總是叫人摸不著頭腦。

——丫頭吃飯吧！妳一面吃，我一面講給妳聽。打讀小學起，我就知道古晉城裡最熱鬧的地方有一條暗巷，就在中央巴士站附近菜市場後邊。大人三天兩回告誡小孩：那是偷賣人肉叉燒包的地方，千萬莫闖進去。一天中午下課後，我揹著書包在巷口趑趄趄徘徊了好久，一咬牙就鑽了進去！其實也沒大人講的那麼可怕啦，真讓我感到有點失望。才走進巷口，就覺得一股尿騷味濕答答迎面撲過來。窄窄的一條弄堂，大白天日頭下黑魆魆鬼影般晃蕩著一條條人影。我用力揉揉眼睛，撥開尿騷味，看見巷邊一排三十幾間小小的鐵皮屋，屋裡只點著一盞燈。粉紅色的一顆電燈泡晃啊晃，從天花板上懸吊下來。有些屋子的門敞開，有些緊緊閉著。我豎起耳朵，聽見屋裡那張木板床咯吱——咯吱——咯吱響不停。巷道上，伸長脖子探頭探腦挨擠著各色人種的男子，汗燻燻臭烘烘，五味雜陳：馬來人嘴洞裡噴濺出的檳榔汁、印度人滿身散發的咖哩味、歐洲人胳肢窩裡冒出的羊騷氣……大日頭下攪拌在一起，瀰漫整條弄堂，像個小聯合國。我捏住鼻子躡手躡腳一路穿梭過去。門洞口一粒紅燈泡下，我看見每間屋裡擺著一張木板床，床上鋪著一條大紅鴛鴦被，被子上擺放著兩隻髒兮兮的繡花枕頭，枕頭旁坐著一位十七、八歲的姑娘。姑娘看見我把小小一顆腦袋探進門口，就伸出手爪子招兩招，滿臉笑，模樣好親切，就像招呼自家兄弟進屋來坐坐，喝杯汽水。丫頭，那時我心裡迷惑，因為這些妓女——這些姑娘看起來跟大人講的那種女人不太一樣。她們文文靜靜獨自坐在床邊，臉上表情憨憨的，還帶著一絲笑意，就好像坐在自己家裡，守望著床旁搖籃裡甜甜睡著的娃兒。咯吱——咯咯吱——滿弄堂幾十張木板床顛盪個不停。巷道上成群來回逡巡的馬來嫖客、印度嫖客和歐洲嫖客一個個興奮得豎起兩隻耳朵，嘟起嘴巴，張開手爪子悄悄搔起褲襠來。我舉起雙手摀住耳朵，越走越慌張，走到後來就像逃命一樣，三步併兩步衝到巷口，膝頭一軟，大日頭下就蹲在菜市場豬肉攤旁，死命掐住心口，呼天搶地嘔吐起來。妳問我為什麼會那樣傷心？丫頭哇，因為那三十多間小鐵皮屋裡坐著的妓女，全都是支那姑娘——中國人的女兒呀！所以，她們看見我這個支那小男孩揹著書包，愣愣瞪瞪，把脖子伸進她們屋子門口，她們才會笑嘻嘻，咧開臉龐上那兩片塗著豬血的嘴唇，露出血漬漬兩排小白牙，柔聲叫我進去坐一坐，喝杯汽水，親切得就像招呼自家的兄弟……

——那我問你，如果這些女孩子是馬來人、印度人或拉子婦，你還會不會感到那樣傷心呢？

——會！只是……

——只是什麼呢？

——只是……感覺不一樣。

——怎麼不一樣呢？為什麼會不一樣？

——我……拜託妳別逼問！丫頭，請妳不要睜著妳那兩隻像刀子一樣的眼睛，冷冷的瞪著我，可以嗎？

——如果有一天我，朱鴒，被賣到那條黑巷當妓女呢？

——我會發瘋，拿刀子砍那些人口販子！

——對不起，把你的臉都嚇白了！我問你別的問題吧。你不是說古晉城很小嗎？怎麼也會有這樣的巷子呢？

——唉，丫頭，地球上只要有男人和女人的地方，就會有這樣的巷子。當年我在古晉中學讀書時，男同學之間就口耳相傳台北市有一條延平北路，路上有一座江山樓，樓上住著幾百個花花姑娘，還有一條華西街，街口有個寶斗里……

——那你高中畢業後上大學，一來到台灣，就跑到那兩個地方參觀囉？

——哪敢！只是有天晚上，冬天下著冷雨，我獨自個在萬華夜市遊逛，不小心闖進那個名叫寶斗里的地方……妳真想知道這個過程？不好吧？這種經歷怎麼跟一個小姑娘說呢？又不是天矇矇亮在街上遇見蔣公。我若不說，妳就不吃豆瓣魚？好，妳真要聽我就跟妳說！反正妳這小丫頭聽了也是白聽，不會懂的。唔，妳就把它當做一個有趣的探險故事來聽吧。

天哪，這種故事該怎麼講啊？反正我就是愛迌迌，在台大外文系唸書時，沒課就跑到街上遊逛，來台灣不到半年就走遍台北市的大街小巷了。妳也愛迌迌，朱鴒，所以我們一大一小兩個人天南地北才會湊合在一塊，相識台北街頭。「我們倆都是天生漂流的命！」這可是妳說的。回到那天晚上的奇遇吧。冬天下著冷雨，我揹著書包在萬華老街町遊逛，失魂落魄走著走著，不知怎麼忽然就像著了魔似的，身不由主，只顧朝向貴陽街盡頭河堤底下、華西街口人影幢幢一簇迷濛的紫紅燈光，淋著雨，一步一步走過去……回頭猛一望，只見貴陽街另一頭，城心那座東洋式紅磚塔樓，赤條條直挺挺矗立在滿城滄茫的雨霧中，乍看好似童話裡的仙山城堡。

雨中的寶斗里！丫頭，我終於來到了在南洋讀書時，男同學們口耳相傳的那座伊甸園。駐足巷口，我舉手拍拍胸脯，深深吸了兩口氣，一咬牙，拎起書包邁出腳步，一頭鑽進這條幽深神祕的衖衕。

倏地，一條人影急急慌慌跳躥出巷頭一間紅門洞，只見他伸出兩隻手爪子，抖簌簌扣上西裝褲襠，狠狠搔兩下胳肢窩，撞見鬼似的渾身打起哆嗦，踉踉蹌蹌逃到巷口大街上。門洞中走出了個美嬌娘，上身穿著綠衫子，腰下圓鼓鼓娗著一條朱紅小絨裙——丫頭別問哦！否則我就講不下去囉。今天我非得把當年剛來台灣時經歷的這樁奇遇，講出來不可！不管妳這小丫頭到底該不該聽，聽不聽得懂。莫忘了，是妳逼我講的。

那小姑娘送出了客人，汗湫湫倚在門口一環紫紅日光燈旁，絞起眉心，眺望滿城夜雨，一邊搔著胳肢窩一邊張開嘴巴喘氣。小小年紀眼波流轉不停，愛笑不笑，陰藍藍兩隻小鳳眼只顧勾啊勾，打量巷道上三三兩兩來回逡巡窺望的郎客。我低著頭垂下眼皮，淋著雨悄悄從她家門洞前穿踱過去，躡手躡腳。噗哧一笑，小姑娘早就鑽出紅門洞，一個箭步躥到水簷下扯住我的書包，把整個身子猱上來，悄悄伸出她右手小指頭勾住我的左手小指頭：「打罵你否？」「小姐妳說什麼？」「唉。」簷口淅淅瀝瀝滴血般一片雨水簾下，小姑娘那張紅噗噗汗濟濟的臉龐，猛然仰起來瞅住我，幽幽嘆息兩聲。忽然，她踮起腳上那雙繡花小拖鞋，噘起嘴唇湊到我耳朵旁，往我耳洞裡暖暖地、癢癢地呵出了兩口熱氣：「打——罵——你！這是日本話，意思是過夜。」頂柔美的一個女孩，嗓子磁磁啞啞卻像個剛睡醒的婦人。心一抖，我悄悄掙脫她的手爪子，搖搖頭。小姑娘呆了呆，兩隻眼瞳子颼地凝冷了下來，好半晌只管靜靜瞪住我，眼光中充滿怨恨。猛一跺腳，她拔起腿來，不聲不響躥出水簷，冒雨攔堵在巷心上，跂起腳尖，伸出兩條細嫩的胳臂牢牢攀住我的脖子，使勁咬牙：「請妳入來睏覺！」然後回頭扯起嗓門，朝向堂屋裡呼喚兩聲：「阿母啊阿母。」「啥啦？」「郎客來啦。」紅門洞中倏地昂聳出一顆花髮斑斑的頭顱，笑咪咪地咧開兩排雪白瓷牙：「打罵你是莫，先生？求客是莫？」我聽不懂這個白白胖胖歐巴桑講啥，只好拚命搖頭摔手，終於掰開小姑娘那兩隻死命箍住我脖子的冰冷小手，猛一摔頭，逃離她家的紅門洞，蹭蹭蹬蹬，踩著滿地迸濺的血紅雨珠，穿梭過巷道兩旁一環又一環紫紅門燈，朝向寶斗里深處逃竄進去。

蓬萊閣。美春樓。宜紅院。家家堂屋神龕中閃亮著兩盞長明佛燈，燈下燕瘦環肥披頭散髮，挨坐著一窩濃妝豔抹的女人，個個睜起枯黑眼眸，習習地眺望門外的雨。宜紅院閣樓上有個老嫖客，突然殺豬似地慘叫三聲，過了十秒鐘，才心滿意足嘆息出兩聲，吁吁，忽然哈哈一笑扯起他那破鑼嗓子引吭高歌——天黑黑要落雨，阿公仔舉鋤頭要掘芋，掘啊掘掘啊掘，掘到一尾旋鰡鼓哇哈哈——哇哈哈——哈哈——「郎客入來坐！」水簾下紅門洞裡俏生生站著一個滿臉孩子氣、腮幫上塗抹著兩片猩紅臙脂的小媽媽，

十六、七歲模樣，腰下圓鼓隆冬，挺著七八個月的身孕。她手裡握著一根油滋滋鹵鴨頭，插進嘴洞中咬一咬，啄兩啄：「客兄，今晚陪我睏覺好不好呢？」兩隻大眼睛水汪汪只管朝向我勾過來。我嚇得跳起腳，從她家門洞口躥開去，伸手撥掉她身上那件倏地在我眼前撩起的粉紅媽媽裝，急急慌慌，逃進弄堂深處一條防火巷中。身後，小媽媽格格笑個不停。颼！黑魆魆甬道中蹦跳出兩條西裝人影，拎著公事包，勾肩搭背，互相攙扶著跌跌撞撞鑽出防火巷。我趕緊煞住腳，一步探索一步摸黑走進甬道中。

黑裡只見鬼火飄飄忽忽，眨亮眨亮，簷下閃爍著幾十隻血絲斑爛的青光眼。甬道兩旁一洞窟一洞窟，幽紅幽紅點著兩蕾子佛燈。龕子裡，肥頭大耳不知供奉著何方神佛。家家洞窟口門檻上，白髮皤皤，蹲坐著一個老媽媽桑，張開腿胯伸出手爪子扒搔胳肢窩。踽踽獨行，一個老媼媼歐吉桑痀瘻著腰，嘴角叼根長壽牌香菸，背著雙手，夢遊般來來回回漫步逡巡甬道中。滿弄堂瀰漫著一窩窩汗酸、脂粉、月經和尿騷味。我捏住鼻子硬著頭皮從那一龕龕紅門洞間，直闖過去。媽媽桑們齊齊伸出胳臂，黑萋萋亮晶晶，綻露出她們胳肢窩裡那一叢叢豆大的汗珠，扯起嗓門一片聲向我招喚：「少年嘢，奇摩雞？入來爽喲！」我只覺得頭皮發麻，渾身發起瘧疾似的只顧打起擺子，忽然膝頭一軟，差點朝向滿弄堂媽媽們跪下來。我趕緊吸了兩口氣，鎮定住心神，伸出雙手掃撥開那一隻又一隻從門洞中伸出、抖簌簌、爭相朝向我的褲襠抓過來的白癍手爪子，摀住兩隻耳朵，穿梭過那一檻又一檻的呼喚聲，頭也不回，蹦蹦濺濺踩踏著水簷下一窪窪陳年尿溲，落荒而逃，終於鑽出了寶斗里深處的黑衚衕。

豁然，眼前一亮！

十幾間門洞子燦亮著紫紅日光燈，圍攏住一座小小的四合院。我站在院門口，伸出脖子窺探好半天，才拔起腳跟，跑進庭院中央，揉著眼睛四下張望。門洞口一環環紫光燈下，影影綽綽倚著門佇立著四、五十個少小姑娘，穿著小短裙，大冷天一個個渾身打著哆嗦，把兩條細嫩手膀子環抱在胸前，仰起臉龐，隔著一簾滴瀝的猩紅雨，眢眢眺望天頂那一輪水濛濛的月亮。乍然聽見腳步聲，姑娘們紛紛轉過頭來。簷下幾十雙烏黑眼瞳子登時一亮，一齊朝向院門口睨睇，笑，不笑，只顧瞅住這個拎著書包黑天雨夜闖進她們家院子的僑生。孤魂野鬼般，我淋著雨打著哆嗦，獨自個站在庭院中央，瀏覽四周那一群群聚集在紅門洞口的花姑娘，心中一片茫然。滴水簷下招啊招啊，驀地伸出兩隻皎白的手腕子，十指尖尖塗著猩紅的蔻丹，只管朝向我勾過來。我掏出香菸，抖簌簌點上一根叼在嘴裡，踩著滿院子迸濺的雨珠，向前邁出五六步。門燈下那兩張小圓臉，紅噗噗亮起兩雙小酒渦，忽然噗哧一笑，綻露出嘴裡兩支晶瑩的小虎牙。

好妖嬌的一對孿生小姊妹。

「客兄，入來睏覺。」

「對不起，請問兩位小姐——」

「你講啥咪？」

「這裡有路出去嗎？」

「聽無。」

「你講卡大聲點嘞。」

「對不起小姐，我能不能出去？」

「害嘍！」

「慘嘍！」

「妳們兩姊妹說什麼呀？」

「伊講——」

「這裡無路出去的哦。」

「我要回家。」

「唉。」

「今晚這裡就是你的家囉。」

小姊妹倆手挽手，並肩站在她們家屋簷下，吱吱喳喳妳一言我一語表演相聲似的只顧逗我。我站在簷外庭院中聽得傻了。滿院子紅門洞，幾十雙陰藍小鳳眼撩啊撩，只管朝我挑睃過來，瞅一眼笑兩笑。臨春閣水簷下，一個身穿黑線衫紅短裙的小小姑娘，癡癡呆呆，咧開嘴唇上塗著的一蕾子血紅丹硃，懨懨望著門外的雨，哈啾，忽然打出個大噴嚏。她挑起眼皮睇了我兩眼，慢慢轉過身子從腋窩中抽出手絹來，擦掉腮幫上沾著的兩條鼻涕，驀然一回頭，眼波流轉，似笑非笑只顧睨住我，伸出小指頭悄悄捅起鼻孔。心頭猛一搖盪，我抬起腳上那雙濕漉漉的大皮鞋，繞著紅院子尋尋覓覓，一門子一門子依序逡巡過去：臨春閣、結綺閣、望仙閣。

——對不起，我能不能打個岔？

——ㄚ頭，妳想說什麼？

——你是不是在尋找桑妮亞，那個俄國小妓女？

——哈！朱鴒ㄚ頭，妳這顆小小的腦袋瓜可真會想喲。

——這輩子你一直在尋找你的桑妮亞，找到了，就可以寫一本偉大的書，對不對？

——尋找，尋找，我生生世世都在尋找……天知道我到底在尋找什麼！

——我打斷你的故事，抱歉！你繼續講下去吧。

——唉，反正那天晚上我就這麼淋著雨，莫名其妙，被困在寶斗里深處，那座盤絲洞般，紅灩灩燈影迷離的四合院裡，尋尋覓覓，一門洞一門洞逡巡徘徊。奇怪，我看見家家堂屋香火繚繞，當門供奉著一個金漆雕花小神龕，龕子裡肥頭大耳披紅掛綵，不知垂拱著一尊什麼神佛，只見祂嘟著兩片肥厚的嘴唇，兩粒小眼珠骨碌骨碌……丫頭，妳說這個神佛就是天蓬元帥豬八戒啊？還挺像的。梆，梆，梆，好幾家堂屋裡傳出木魚聲。我把頭探伸進望仙閣的水簷內，看見媽媽桑頭上頂著一顆銀白髮髻，身上披著黑布道袍，跪伏佛龕下，趴著拜墊，雨打芭蕉似的一槌一槌只顧敲著木魚。閣樓上一窩男女在打架。奧多桑，哈喲打甘嘎——只聽得一條嬌嫩小嗓子抖著抖著突然悽厲地慘叫——啊，安那達，娥媽嗯咯死哥依死哥依——丫頭別問哦！我也不懂這是什麼鬼話。結綺閣水簷下，那對孿生小姊妹勾起兩雙小鳳眼兀自睨著我，笑吟吟，忽然抬起手膀子，燈下黑萋萋綻亮出腋窩裡兩叢子晶瑩的汗珠，十指尖尖勾啊勾，朝向我又一齊招起手來：「入來！客兄。」「房間裡面夭壽爽哦。」滿院子淅淅瀝瀝一片紫紅水簾下，五六十個姑娘紛紛伸出胳臂，扯起嗓門一疊聲向我招喚：「客兄入來！我們臨春閣結綺閣望仙閣，今晚就是你的家囉。我們姊妹今晚都做你的某，好不好？」

蹬。蹬。蹬。一群人踩著樓梯板魚貫走下閣樓來。佛燈一燦亮，只見望仙閣堂屋裡四個小娘子披頭散髮，汗湫湫，哈著腰恭送出八個西裝客。這一夥男女駐足佛龕下，捉對兒噗啄噗啄親個小嘴。媽媽桑慌忙放下手裡握著的木魚槌，從拜墊上撐起身子，盈盈一笑，把她兩隻手兒交疊在膝蓋上，鞠躬送客。那八個中年郎客慌忙扣上西裝褲襠，端整起臉容，朝媽媽桑一鞠躬，回身鑽出了望仙閣門洞，一字排開，佇立簷下望著雨喘著大氣，好久才撐開雨傘，邁出腳上那雙尖頭高跟黑皮鞋，一縱隊鼓起胸膛，挺起腰桿子，操兵似的踢正步穿度過庭院，朝向臨春閣和結綺閣中間那條防火巷，一頭鑽了進去。排排站，八個郎客一齊解開西裝褲襠，捉出他們那八隻烏鰍鰍軟綿綿的小毛蟲，對準牆壁，噘起嘴巴噓噓噓。滿院子樓閣滴水簷下，一片聲嘰嘰喳喳，姑娘們在各家媽媽桑率領下紛紛哈腰送客：「骨古落桑！呢媽宰子莫跌古扎伊內斯，多阿里加多，噓噓噓。」防火巷牆下那一字排開的八隻大屁股，猛一翹，只聽得嘩喇喇一陣響，牆壁上迸濺出八朵金光燦爛的水花。八個郎客撒完尿，幽幽嘆息兩聲，伸出手爪撣撣身上那件羊毛呢雙排釦法國西裝，倏地回轉過身子，朝向滿院姑娘和媽媽桑們深深一鞠躬，這才邁出皮鞋，踩踏著衚衕中那一灘灘尿水，哼哼唧唧哀哀嘆嘆，一路唱著東洋浪人歌——君為代呢——千代呢——八千代呢——依依不捨揮別了寶島雨夜中那一窩人面桃花。丫頭啊，尋覓了半天我終於找到出路啦。頭也不回，我拔起腿來，追上那八個老馬識途的日本觀光客，跟隨他們鑽出了寶斗里深處的紅院子。

環河南路。漫街水銀清光。

我踩著一窪窪積水，拎起書包迎著淡水河上吹起的一江清風，走上河濱高架公路。雨停歇了。台北市滿城霓虹閃爍著雨珠，東一蕊西一簇好似春花般，驀地全都綻放開來。貴陽街盡頭，城心那座東洋紅磚塔樓，兀自直挺挺矗立在滿城茫茫雨霧中。華西街觀光夜市燈火高燒，人潮正盛。

故事講完囉。好不好聽？妳這小丫頭究竟有沒有聽懂啊？霧煞煞？沒關係，妳就把它當作一個好玩的探險故事來聽好了。莫忘了，是妳逼我講的哦。我本來不想講這個故事。喂，怎麼啦？瞧妳一會兒張開嘴巴一會兒又閉上，妳心裡到底想說什麼？一副欲言又止的模樣。怎麼妳現在又緊緊抿住嘴唇，不吭聲啦？以後有機會再跟我講？也好。

丫頭別盡睜著眼睛呆呆瞪著我！快吃豆瓣魚。吃完飯，咱們倆就沿著羅斯福路轉進和平西路，繼續逛逛遊逛下去。今天陰曆幾月幾日？十月十五？瞧，多麼皎潔秀麗的一位月娘，披著一頭白紗，從台北城頭俏生生露出臉龐來了。吃飽啦？走，我帶妳沿著和平西路走到華江橋頭，看看新店溪的月光。欣賞完月色可就要回家囉。咦？朱鴒丫頭，妳到底怎麼啦？眼眶紅紅的好像要哭的樣子。妳心裡若有什麼話，就儘管說出來吧。

——我問你，那天晚上你到底有沒有進去？

——進去哪裡呀？

——寶斗里的妓女戶！那個什麼臨春閣、望仙閣……那些小姐站在門口招手叫你進去睡覺，你到底進去了沒有呢？

——我……忘記了。對不起。丫頭別哭！怎麼說著說著突然哇的一聲就哭出來了呢？這裡是餐館，大家都在看妳哦。朱鴒，拜託拜託請妳不要哭，不要哭……天哪，我真的忘記了。

——你騙我！還說你在尋找你的桑妮亞呢。你是個壞蛋！跟別的男人一樣壞。我恨你！

追憶四：第一顆石頭

　　朱鴒，莫哭莫哭。妳一哭我心就慌了！瞧妳，一個黃毛丫頭，在這陰曆十月深秋，身上只穿著單薄的土黃卡其襯衫，腰下繫著條黑布小裙，揹個大紅書包哭哭啼啼跟隨我，從羅斯福路的壽而康川菜館出發，一路哀哀哭泣，走到南海路植物園，在荷花池畔蹲下來，望著自己的倒影愣愣想起心事，猛一伸手，狠狠抹掉腮幫上斑斑淚痕，拂拂那滿頭撩亂的髮絲，霍地站起身，又緊緊跟隨我，從植物園走到和平西路尾的華江橋頭。走著想著，臉一沉，妳那兩行好不容易才煞止的眼淚，撲簌簌又沿著臉頰滾落下來了啦。天哪，路上行人紛紛停下腳步，睜大眼睛，眼上眼下打量我們這兩個一大一小、一前一後行走在馬路上的男女，滿臉狐疑。人家還以為我是個怪叔叔，光天化日下拐帶小學女生呢！朱鴒，拜託妳莫再哭了。奇怪呀，不管我怎麼低聲下氣哄妳求妳，全都沒用。妳只顧仰起妳那張淚眼婆娑的小臉龐，抽搐著鼻子，窸窸窣窣哭泣不停。那天晚上，冬天下著冷雨，我不小心闖進寶斗里的望仙閣，被困了一夜，就值得妳傷心成那個樣子，蓬頭垢面，一把鼻涕一把眼淚，從羅斯福路頭送葬似地一路哭到和平西路尾嗎？女孩家的心事，唉。

到啦，這就是華江橋頭。

剛才在壽而康，我許諾妳，吃過晚飯後帶妳到這裡看看新店溪的月光。丫頭，妳朝向台北城東邊，瞧瞧多素淨美麗的一枚月亮，披著一幅白紗巾，羞答答從指南山後面探出臉龐來了。我沒騙妳吧？陰曆十五新店溪上的月光，灑照著淡水河畔滿城公寓人家，非常好看。可是什麼？可是妳現在沒心情觀賞月光？那我們就到橋上走走。丫頭別再哭了！守橋的憲兵端著卡賓槍正望著我們倆。橋上風大，妳把手帕掏出來給我，讓我幫妳擰擰鼻涕，順便擦掉妳那滿頭滿臉斑斑點點的煙塵和淚痕。好，現在把梳子遞給我，讓我——唉——把妳脖子上那一叢野草般張牙舞爪、四下亂竄的黃頭毛，好好地梳一梳。我的姑娘，妳終於破涕為笑啦。挺整齊潔白的兩排小門牙，映照著河上的月光一閃一閃亮晶晶……

站在橋上，朱鴒妳現在看到了沒？河堤下那一窩鶯鶯燕燕燈火迷離的人家，百來間門洞子，矮簷下探頭探腦人影幢幢，家家門口閃亮著一盞妖紅的日光燈。梆梆梆，堂屋裡傳出陣陣木魚敲打聲。聽到沒？丫頭，那兒就是我剛來台灣那年，冬天下著冷雨，有天晚上我揹著書包獨自個在華西街夜市遊逛，一不小心，就闖進去的那個寶斗里囉。

朱鴒，妳罵得真好！我是個壞東西，跟別的男人一樣不老實。堂堂一個讀書人、最高學府台灣大學文學院學生，怎麼跑到窰子裡廝混？還騙妳說去尋找那個名字叫「桑妮亞」的俄國小妓女！我實在欠罵。如果妳現在還肯聽我講話，丫頭，我就給妳說個故事——一隻狗的故事。聽完了我小時候在南洋幹過的這件血淋淋的勾當，妳就會發現，我這個人的心地究竟有多壞。

先講我父親。他是個讀書人，不務正業……丫頭妳說什麼？妳說，身為兒子我怎麼可以隨便批評自己的父親？好，我不批評他，可是我要說，他這一生可把我母親給害慘了。為什麼要這樣講我父親呢？因為他是個讀書人，在大陸廣東省揭陽縣老家讀完書，就到南洋找頭路，先在古晉中華公學教書，可是教了四年，無緣無故，他說不教書就不教啦，把妻小丟在古晉城裡，自己穿著一身雪白西裝（那時南洋讀書人時興穿一套白亞麻西裝、仿綢白襯衫和白棉布西褲，頭上戴一頂白草帽，自以為帥呆），拎起行囊在婆羅洲各地迌迌遊歷三年。太平洋戰爭爆發，日軍大舉南下，我父親倉皇逃回家，後來不知透過什麼機緣，跟一個日本少佐合夥，在沙勞越邊疆軍事要塞「堯灣鎮」開辦肥皂廠。可不到三年，日本天皇就投降啦，整個婆羅洲亂糟糟，我父親開始進出荷蘭和英國殖民地，做起黃金走私買賣的營生來了。我頂記得三歲那年春節，大年除夕，半夜我被叫醒，睜開眼睛一瞧，看見我父親滿腮鬍碴子，笑嘻嘻扠著腰佇立我床邊。看見我醒來了，他就解開身上裹著的那件日本軍用大衣的鈕釦，掀開內衣，露出腰桿子上纏繞著的十幾根亮晶晶、水噹噹的金條。我那父親！他是個天生浪子，萬不該娶妻生子害慘了我母親。我自己也是個天生的浪蕩子？丫頭說得沒錯。咦？妳現在不再生我的氣啦？聽完這個故事，妳再決定原不原諒我？好。反正夜路走多總會碰到鬼。我父親在荷蘭地界坤甸城，他的荷蘭姘頭家裡，被荷蘭警察逮到啦，一身清潔溜溜逃回英國地界古晉城來。幸喜沒多久韓戰爆發，胡椒行情大漲。朱鴒，老師有沒有告訴妳們，全世界出產胡椒最多的地方就是我老家沙勞越？沒有？噫。我們剛才在壽而康吃飯，這家餐館用的胡椒粉麻辣夠味，我一嚐就知道是我們那兒栽種的。韓戰爆發，為什麼胡椒行情會大漲？因為美軍打仗要吃罐頭，罐頭裡要放胡椒粉，調味兼防腐。朝鮮半島戰場上有幾十萬個美國兵，每天要吃掉一兩百萬個罐頭。所以，靈機一動，我父親就悄悄溜回荷蘭地界，向他的荷蘭情婦借貸三萬盾，在古晉城外馬當路十哩買下一座胡椒園。

我媽帶著一群小蘿蔔頭——我媽很會生喔！嫁給我父親頭十三年，她就一口氣替他生下九個兒女，夭折兩個，後來又接連生了兩個，夭折一個，所以我現在總共有八兄弟姊妹——那天我媽帶著兒女們到胡椒園一看，臉都白了。一大片荒山！婆羅洲的大山哪，方圓幾十哩內只有兩三百戶人家、四間雜貨鋪子和一條黃土路。山坳子裡，孤零零蹲著一間用毛竹片和亞答葉搭蓋的小茅屋，屋旁三英畝地，栽種著八百株胡椒樹。我父親率領全家大小，浩浩蕩蕩進入園中巡視一周。他伸出胳臂，指著那滿園胡椒樹開花後結成的一毬毬鮮紅的胡椒子，喜孜孜，叫我媽擦亮眼眸仔細瞧一瞧：「阿嬌哇，樹上掛的那物事，全都是花花綠綠的美鈔喔！」

那陣子韓戰越打越慘烈。麥克阿瑟上將宣稱，他準備親自率領美軍渡過鴨綠江，進入中國東北，直搗中共巢穴；台灣三軍枕戈待旦準備反攻，與美軍會師南京。胡椒行情一日三漲。

一咬牙，我父親脫下他那件終年不離身的白西裝，捲起袖子，率領一家大小動手開荒，把胡椒園周遭十畝地的叢林全砍掉，放一把火燒光，種下三千株胡椒樹苗。可我們家新栽的胡椒還沒來得及長大、採收，麥克阿瑟就戴起墨鏡，咬著大菸斗向世人宣布：俺不玩了！韓戰就這麼樣糊裡糊塗打完啦，美軍捲鋪蓋回老家啦，不再吃牛肉罐頭。

多年後，來台灣讀大學前兩天，我瞞著我媽，獨個兒回到山坳裡看看，因為我知道這一走，不知何年何日我才會再回來。走了兩個鐘頭的山路，進得園子裡，看見我爸親手栽種的三千株胡椒樹，病懨懨的終究沒長大，東歪西倒，一株挨靠著一株，瑟縮在婆羅洲黃昏地平線上那一輪火紅大日頭底下，活像一群被遺棄的小侏儒。整座園子悄沒人聲。幽靈般一隻黑狗從屋裡遛達出來，翻起白眼珠瞅住我，咻咻嗅兩下，一步瘸著一步慢吞吞蹭蹬到我身旁，望著我又哀哀嗥出兩聲。這條大公狗餓慌了！我跟隨牠走到屋後茅坑旁那棵番石榴樹下，只見牠伸出兩隻爪子，使勁刨起樹根來，呦呦呦，嘴裡只管哀喚不停。我撥開草叢一瞧，看見樹根下有個坑洞，洞裡埋藏著兩件胞衣和一堆月經棉，破破爛爛的被土撥鼠不知啃咬過多少遍，上面沾著的血跡黑漬漬，早就凝固了。胞衣上爬滿白蛆，密密麻麻不住蠕動，乍看就像有人在茅坑洞裡撒下一把白米。日影裡，那條大公狗發情似地，還只顧昂挺著牠肚腩下那紅涎涎、不住一伸一縮的臊根子，齜著牙，聳出鼻尖，跳跳躐躐不停兜過來轉過去，咻咻嗅嗅不知在尋覓什麼。落日潑照下，只見牠那兩隻白眼瞳閃爍著炯炯血絲，瘋子樣。

後來，我果然沒再回去過。

朱鴒丫頭，瞧妳，張開嘴巴一個勁眨著眼睛，一副欲言又止的模樣，妳心裡到底想問我什麼問題呢？胞衣是什麼東西？臊根子又是什麼？這……妳長大了自然就會知道囉。那妳還想問我什麼問題？妳想知道，跟隨我父親在婆羅洲山裡種胡椒那幾年，我心裡最記得哪一件事？

餓！我頂記得肚子餓。為什麼？因為韓戰打完了，美軍不吃罐頭了，胡椒行情從一日三漲變成一日三洩啦。麥克阿瑟害我父親揹上一屁股債，害我們家孩子吃不飽——我父親向他的荷蘭姘頭借的三萬盾錢，直拖到我初中畢業時才還呢！他老人家（其實那時我父親還不到四十歲）每天睡到日中才掀開門帘，挾帶著一身陳年霉味走出房間，閒閒吃過中飯，拉過一條長板凳端坐在屋前，嘴角叼一根三五菸，望著那滿園熟透的胡椒只顧發愣。放眼望去，ㄚ頭哇，那漫山遍野紅晶晶的胡椒子一蘽蘽一毬毬，曝曬在大日頭下，紅得滴得出血來！可是又不能當飯吃。那幾年我們兄弟姊妹老是覺得肚皮乾癟癟，餓斃了，好想吃肉哦，但一年三百六十五天只有端午、中秋和大年除夕三天有肉吃——兩隻老母雞，外加三斤五花肉。家裡七個饞慌了的小蘿蔔頭一齊伸出筷子，兩三下就扒光了啦。

那時我有七兄弟姊妹，我排行中間。

我媽很會生喔！她身體不好，長年病懨懨，可孩子一個接一個的生。十八歲嫁給我父親就生頭一胎。她四十歲那年我父親發生車禍，兩條腿被壓斷，在醫院躺了半年。他出院回家後沒多久，我媽就替他生下最後一胎——是個死的。那時我們家已經從山裡搬回古晉城。記得有天放學後，我跟隨我父親到古晉中央醫院待產房，探望我媽。一進門赫然看見我媽披頭散髮，叉開兩條雪白的大腿，光溜溜躺在床上。我嚇呆了。長大後我才知道，女人生產是要剃毛的。那天下午陽光從產房窗口照射進來，霎時間我看到了我媽的胴體……光溜溜……毛被剃乾淨了……活像菜市場雞肉攤上掛著供人參觀選購的一隻白斬雞。朱鴒丫頭，我媽可是出身大戶人家、知書識禮的大小姐。我這一生最感驕傲的就是親友們都說，我長得像我媽，可又有人說，我的身材相貌神似那個荷蘭婆娘——簡直是胡說八道。不管怎樣，我母親這一生總共給我父親生下十一個（還是十二個？）兒女，其中三個（還是四個？）夭折掉了。反正我現在還有八兄弟姊妹。這筆陳年老帳如今我也算不清楚了。我就記得我媽很會生養。

我就記得，我們家在山裡種胡椒時，有一次我生病，晚上忽然發起高燒來。我媽熬來一碗薑湯，餵我喝，看見我那張臉皮脹紅得像火炭，她就牽起我的手，帶我到她的房間讓我跟她睡一夜。那天晚上，快到子夜了，我父親才帶著滿身酒氣從古晉城回家來，嘴裡淒淒涼涼哼著客家小調，郎啊妹啊的，聽得我直冒出冷汗來。颼地，我聽見我媽的門帘子給撩了開來。天還沒亮，睡夢中我好像聽見怪怪的什麼聲音——嘎吱，嘎吱——

我登時驚醒過來，翻個身，冷不防我父親一個大巴掌掃了過來，火辣辣的直摑到我肥幫上：「轉過去！不許看。」嘎吱嘎吱嘎吱吱……我轉過身子把頭臉蒙在被窩裡，瘧疾發作似地渾身打起一連串冷擺子，抖簌簌直撐到天亮。那當口，我聽見我媽沉沉嘆息出一聲來。那聲音啊像鬼哭，丫頭——

窮！那幾年我們家窮得一年只吃三次肉，可我媽還拚命生。家裡一窩小蘿蔔頭成天喊肚子餓，嘟嘟囔囔吵著要吃豬肉，而我父親，他老人家老神在在，鎮日端坐在屋前曬場中央那條長板凳上，高高蹺起二郎腿，叼根三五菸，望著園子裡那一片腥紅腥紅熟透了的胡椒，只顧發愣。他身旁土坑裡，伸長脖子豎起耳朵蹲伏著的，就是我們家養的那隻狗兒——這則故事的主人公。

再窮，山坳裡種胡椒的人家也得養一隻狗看門，防土人摸黑獵人頭（後來我才聽學校修女說，那時候婆羅洲土著達雅克人已經被她們感化，皈依天主，不再幹這個野蠻異教徒營生了。）狗兒也會看護小娃娃，防蛇——婆羅洲山裡蛇多。我頂記得有天晚上一條六七呎長、手臂般粗的龜殼花，摸黑爬上我媽的床，蟠蜷在被窩裡頭，綷綷綷不知在幹什麼勾當。丫頭，那時若不是我們家養的狗忠心耿耿，守望在屋後水簷下，對著我媽房間窗口，扯起嗓門哀哀狂吠了一整夜，我父親一覺睡到大天光，都還不知道我媽出了什麼事呢。

我們家養的這隻狗，名字叫小烏，因為牠生得一身烏亮烏亮的黑毛，挺神氣的。小烏從小就跟我們兄弟姊妹要好，一家人般的親。後來我們家窮了，小烏也沒得吃。每天早晨守完夜，牠就鑽進茅坑裡吃矢，吃不飽，牠就伸出兩隻爪子刨坑邊的爛泥巴，挖蚯蚓來吃。小烏寧可吃矢、吃蚯蚓，打死也不肯投奔附近兩三戶如今還有得吃的人家。吃蚯蚓和矢吃了三年，小烏年紀漸漸大了，病了，長出一身疥瘡，肚腩上爛出兩個大窟窿，肚子裡那幾十根大小腸子纏絞成一窩，全都流淌出身體外面來，太陽下紅灩灩臭烘烘。看到小烏變成這個樣子，我們兄弟姊妹都很難過，就像自家兄弟不知得了什麼惡疾，沒得治了，只好靜靜躺在太陽下等死。大夥齊心協力，到叢林裡砍來一些竹子和亞答葉，就在廚房灶頭旁幫小烏搭蓋一間小屋，天天輪流守在牠身邊，弄東西給牠吃。我小妹子翠堤年紀跟小烏差不多，一起長大，從小跟牠最親。翠堤……我這一生最疼惜最牽掛的妹妹！如今她早已長大成人啦，不過小時候她長得倒跟妳滿像的，朱鴒丫頭，同樣的冰雪聰明，同樣的好奇，動不動就搖甩起脖子上那一蓬野草般四下怒張的亂髮絲，不管走到哪裡逛，兩隻眼瞳總是睜得又黑、又圓，東張西望尋尋覓覓，臉上那副神情呀，好像永遠在探索著什麼新奇事似的。後來，翠堤跟隨哥哥姊姊們到古晉城裡聖保祿小學讀書。校長龐征鴻神父，每次看到山裡來的這個小女生，總是忍不住搖頭嘆息，絞起眉心瞅著她：「李翠堤，妳為什麼那樣好奇？」她總是伸出手兒在心口畫個十字：「主耶穌，我也不知道我為什麼會那樣好奇。我不是故意的！」說著，這小妮子就甩起她那一頭剛被我媽修剪過、刀切般齊耳的短髮絲，揚起臉龐瞇起眼睛，格格笑樂不可支。龐神父把她當自己的小女兒看待，愛惜得不得了，說她是聖母馬利亞身邊最淘氣的小丫鬟，可是奇怪，學校的修女都不喜歡李翠堤，私下說她是撒旦的女兒。朱鴒丫頭，妳說我小妹子翠堤像不像妳呀？可妳比她早熟，懂得太多事情，也許是因為妳是在台北長大的吧，天生又喜愛四處遊蕩廝混……不管怎樣，我們家的狗兒小烏生病了，翠堤最傷心，從早到晚寸步不離陪伴在牠身旁，噙著眼淚，把自己那碗飯菜端到牠的小屋，用筷子一小口一小口夾給牠吃，唱好聽的兒歌給牠聽：妹妹揹著洋娃娃，走進花園去看花，娃娃哭著叫媽媽，樹上鳥兒笑哈哈……吃過了飯，翠堤就拿起扇子幫小烏趕蒼蠅，陪牠說話解悶。一聲不吭，小烏只顧趴在小竹屋裡，守著牠肚腩上那兩大窟窿的爛腸子，咻咻咻，喘著氣，靜靜瞅著這個一面唱歌一面流淚的小姑娘。

在山坳裡苦蹲了三年，時來運轉，我父親誤打誤撞發了筆小財，一狠心就把胡椒園給賣掉了，全家搬回古晉城，跟他以前走私黃金的夥伴黃汝璧（挺詭異的名字！）又湊合在一起，開辦肥皂製造廠。汝璧叔喜孜孜跑進山裡來告訴我父親，越南戰爭馬上就要開打啦，西貢軍隊需要一大批肥皂喔。

搬家那天我父親打開衣箱，拿出他那件藏在箱底三年、壓得平平整整的雪白亞麻布西裝，鄭而重之披在肩膀上，大清早趕進城去，雇來一輛小貨車，把家裡那幾件還看得上眼的家當，一古腦兒搬上車，全家十口男女老小浩浩蕩蕩上路囉。一想到今後就要在城裡生活和上學了，我們心裡又怕又樂，因為從今天起，我們不必天矇矇亮就爬下床來，拿著簸箕到胡椒園裡拔草啦。那永遠拔不完的野草！每天一早拔完草，我們兄弟姊妹還得打赤腳，從馬當路十哩的胡椒園，走路到七哩的中華公學讀書。所以一想到今後住在古晉城，每天穿鞋子搭巴士上學，而且就讀的是城裡最神氣的教會小學，聖保祿學校，大夥心裡就樂孜孜。苦撐三年，我們家終於離開了那鳥不生蛋的婆羅洲山坳子，永遠不回來了，這一則往事也就結束了——什麼？朱鴒丫頭妳說什麼？妳說這個故事好像還沒講完？小烏呢？牠有沒有跟隨我們家搬到古晉城呢？小烏？哦，我差點忘記了。

搬家那天早晨，我們七兄弟姊妹（還有一個小娃兒給抱在我媽懷裡）喜氣洋洋換上最靚的衣裳，穿上爸爸給每個兒女新買的一雙名牌巴達鞋子，整整齊齊排列成一縱隊，在十三歲的大哥率領下，迎向初昇的太陽，操兵似地打著拍子引吭高歌，一個接一個爬上貨車：

青草坡上
校旗飛舞
這是保祿的漢校……
我們要努力
我們要用功
預備做救世的先鋒……

七兄弟姊妹拍著手，扯起嗓門合唱聖保祿小學的校歌，正唱得起勁，回頭猛一瞧，卻看見路邊竹林裡嚶嚶嗡嗡飛繞著一窩蒼蠅。孤零零，小烏躺在太陽下，守著牠肚腩上兩窟窿爛腸子，一動不動，只管伸出嘴洞裡那紅涎涎的一根舌頭，咻咻咻喘著氣。兩隻眼瞳子血絲熒熒，鬼火樣靜靜瞅望著我們一家人。大夥兒呆住了，望著小烏一時不知如何是好。貨車上的七個孩子一下子變得極安靜，不再高唱我們的新校歌。蹦地，不知誰帶頭跳下車，撿起路邊一顆石頭，嘴裡詛咒兩聲，伸出胳臂就朝小烏身上使勁砸過去。

剎那間，著了魔似的，我們全家孩子大大小小男的女的一窩蜂跟著起鬨，穿著新衣新鞋跳下貨車，咬牙切齒，嘴裡詛咒著，爭相撿起路邊的石頭，一顆一顆沒頭沒腦直往小烏肚腩上扔過去。那當口啊，丫頭，小烏兩隻眼睜就那麼的邪門，眨都不眨一下，只管靜瞅住我們這群孩子。我們兄弟姊妹愣了愣，紛紛縮起脖子機伶伶打個寒噤，一轉身慌忙爬上車，央求司機叔叔趕快發動引擎。顛顛簸簸，小貨車載著我們全家十口人和全副家當，一溜煙絕塵而去。悄悄一回頭，我們看見山坳裡那滿園一毬毬一蘽蘽熟透了的胡椒，曝曬在大日頭下，紅得滴得出血來！心裡可真有點捨不得呢。朱鴒丫頭，這個故事終於講完啦。

——講完了？怎麼就這樣完了呢？

——完啦，我們家搬到城裡，展開新的生活，從此就沒再回到山坳裡來囉。

——你的故事還沒結束！你還沒告訴我，你們七兄弟姊妹誰扔第一顆石頭？到底是誰先跳下車，撿起路邊的石頭，朝小烏身上砸過去呢？是你大哥？你大姊？你弟弟？你心裡最疼惜的小妹子翠堤？還是你自己呢？

——朱鴒丫頭，拜託！請妳不要睜著妳那兩隻像剃刀一樣鋒利的眼睛，冷冷瞪著我。妳以為，做了那件事情，我們兄弟姊妹心裡好過？老實告訴妳，這些年來，我心裡反反覆覆一直在問我自己：我們七個人中，到底是誰扔出那要命的第一顆石頭？我想破了頭，就是想不出是哪個人，只記得那當口整個場面亂哄哄，大夥手裡握著石頭，呼嘯蜂擁而上。七個小孩莫名其妙一下子全都發狂！誰帶頭幹這種勾當？沒人知道。搬到城裡後，我們兄弟姊妹絕口不提這件事。誰嘴裡敢講出「小鳥」這兩個字，誰就會被打嘴巴。只有我那個小妹子翠堤……唉，不提了。丫頭走吧。淡水河橋上風大，瞧妳一身單薄的衣裳風潑潑的，不覺得冷嗎？咱們倆趕快回去吧！妳看橋頭哨亭裡那個守橋的憲兵。這會兒他又端起卡賓槍，睜起眼睛，打量我們這兩個深夜流連在華江橋上、形跡可疑的老百姓。他以為我拐騙小女生呢！快走吧。

——不走！今天晚上你非得想出來不可：誰扔第一顆石頭？你若想不出來，我就整晚待在橋上不回家。

——嗳，朱鴒丫頭啊，我就知道妳性子執拗，人又聰明，凡事都要打破砂鍋問到底——就像我那個小妹子翠堤。我本不想跟妳講這件往事，但是，老實告訴妳，這些年來我腦子裡，日日夜夜上演一部無聲的、慢動作的彩色電影：白燦燦一輪大太陽下，一群小孩身上穿著亮麗的衣裳，腳上蹬著簇新的鞋子，手裡握住鵝卵般大的石頭，咬著牙，朝向那隻孤零零趴在路邊竹林裡喘氣的老狗，一步一步走過去……忽然，大夥一齊發起狂來，扯起嗓門厲聲呼嘯，高高舉起那七隻握著石頭的手兒，一擁而上。咔嚓！影片就在這裡被剪斷了，永遠停格在我腦海中。朱鴒，妳觀賞過電影裡的慢動作鏡頭嗎？七彩繽紛陰森森，全然沒有聲音，只有慢吞吞的動作──丫頭妳現在別打岔，聽我說！這會兒，我又看到路邊竹林裡的這個場景，慢慢的悄沒聲的，一幅畫面接一幅畫面展現在我腦子裡了。這次我可要仔細瞧瞧它，不再逃避了。今晚在台北橋上，我一定要查個明白，我們七兄弟姊妹中，誰扔出那要命的第一顆石頭！

──拜託你別追查了！我們趕快回家吧。

──咦？妳不是很想知道答案嗎？

──我心裡覺得毛毛的。你臉上那副表情好可怕，帶著詭異神祕的笑容。你看，那個守橋的憲兵現在又瞪著我們了！趕快走吧。

──不行！今晚我非得把這個人揪出來不可。丫頭，別打岔！我要好好觀看，這會兒又在我腦子裡上演的這部無聲的、慢動作的電影。瞧，我大哥靜悄悄出現在畫面上了。他長得好瘦，像根竹子，身上穿著熨得筆直的白襯衫和黑西褲，腳上蹬著亮晶晶黑皮鞋，細細長長一株脖子，油光水亮頂著個飛機頭。那年我大哥才十三歲。扔第一顆石頭的人，肯定不是這個老實人！因為在那反覆播映的慢動作鏡頭中，我看見他拿著石頭，獨自站在弟妹們後面，磨磨蹭蹭，一副很不想蹚這渾水的模樣。現在，我看到我大姊啦。臉兒圓圓憨憨的，成天笑臉迎人。搬家這天，大姊特地穿上我媽親手為她裁製的一襲白底綠花唐裝衫褲，襟口繡著兩朵牡丹，掖著一條紅手絹——好個端莊嫻淑的客家姑娘！這會兒她手裡揑住兩顆小石頭，只顧把玩，赽赽趄趄，臉龐上一逕掛著溫婉的笑容……太陽下人影一閃，我大弟從我媽身邊跑出來了。這小子最愛俏。今天他穿上他心愛的夏威夷花襯衫紅短褲，把自己打扮得花枝招展，像個峇里島海灘少年。我在鏡頭中看見他，手心上掂著五顆鵝卵石，睜起眼睛瞪了瞪趴在竹林裡的小烏，伸出手來卻又縮回去，一轉身就跑回我媽身邊，把石頭遞給我媽懷抱裡的小娃兒，笑嘻嘻逗他玩。我這個大弟從小愛打扮，可心腸最軟，跟我媽最親。

瞧，我大妹子文文靜靜出現在鏡頭中了。她穿著一身水紅衫兒水藍裙子，雙手攏住裙腳，小心翼翼攀爬下貨車來。我這個妹妹性情最沉斂，總是獨自站在一旁，舉著手，拂著她耳脖後那一束髮梢，瞇起眼睛絞起眉心，怔怔想自己的心事。這當口我看見她彎下腰身，挑挑揀揀，拿起路邊五六粒鵪鶉蛋似的小圓石，凝視著小烏，慢條斯理舉起手腕子……倏地，一個小男生從她身後閃出來，躥進畫面中，緊緊閉上雙眼，瘧疾發作似地渾身打起哆嗦，咬著牙，弓下腰桿子，抖簌簌伸出雙手搬起地上那顆饅頭大的石頭。

這個身上穿著新做的白襯衫黃短褲——聖保祿小學的制服——講話有點結巴、老是垂著眼皮望著地、從不敢正眼看人的小男生，是我的二弟。他沒那個膽子。我打死都不相信他敢帶頭幹這個勾當。朱鴒，妳先別打岔！我正在留心觀看下一個出現在我腦子裡的慢動作鏡頭。如今，已經到了緊要關頭啦。我們家七兄弟姊妹中，五個已經出場了，現在只剩下兩個人——究竟是誰扔出那要命的第一顆石頭？我終於看到……翠堤！

太陽下瞇起眼睛笑嘻嘻，這個四歲大的小妮子今天穿著一身挺花稍的新衣裳，喜孜孜，樂不可支，只管搖甩著她辮梢上那兩綹子新紮的鮮紅絲帶，猴兒般爬下貨車，彎下腰身，撿起一塊石頭，雙手捧著高高舉起來，狠狠一咬牙，朝向那獨自躺在竹林裡睜著眼睛瞅住她的小烏，使勁砸了過去……不！我眼睛花了，看錯了啦。翠堤從小跟我們家養的這隻狗兒一起長大，跟牠最親。小烏病了，肚腩上爛出兩個大窟窿，臭烘烘流出腸子來。翠堤傷心得不得了，從早到晚寸步不離守在小烏身邊，流著眼淚把自己的飯菜餵給牠吃，唱歌給牠聽。怎麼會是她？搬家那天早晨，八月天，太陽白燦燦，我一時眼花就看錯啦。我敢用我的性命擔保，絕對不是我的小妹子翠堤扔出那要命的第一顆石頭！好啦，參與這樁血腥事件的七兄弟姊妹，如今就只剩下我一個人還沒出場……朱鴒，我終於看到了，是我——是我扔第一顆石頭。

追憶五：翠堤小妹子

——真相大白了！扔出第一顆石頭的人是我。妳害怕啦？瞧妳，這會兒看見我就好像大白天撞到一個鬼，颼地，臉煞白了，好久好久只管張開嘴巴，圓睜著妳那兩隻冷森森刀似的、讓我一看就不寒而慄的眼眸子，呆呆瞅住我的臉。朱鴒，現在妳心裡一定在想：這個人心腸很壞，小小年紀就幹出那麼可怕的勾當。嘿，朱鴒妳說得對，我是個壞胚子！妳趕快走開去吧，別再理睬我。妳不肯走？好，咱們兩個就面對面眼瞪眼站在台北市華江橋上，耗到天亮吧。妳看，橋頭哨亭裡那個守橋的憲兵，現在又端起手上的卡賓槍，瞪著眼睛打量我們，滿臉狐疑：這兩個老百姓一大一小一男一女，搞不清楚到底是什麼關係，三更半夜結伴流連在寶斗里旁邊的大橋上，形跡十分可疑。妳看這個十八、九歲的阿兵哥，沉著臉，繃住下巴，端著槍邁開腳步走出哨亭子，準備上前來盤查我們了。丫頭妳趕快過來！拜託妳別怔怔站在那兒，縮起妳那株蒼白的小脖子，博浪鼓似的搖甩妳那一頭亂蓬蓬的髮絲，咬著牙，渾身抖簌簌只顧打哆嗦。我也許是壞胚子，但可不是一個鬼。瞧妳怕我怕成這個樣子！朱鴒丫頭，過來跟我站在一塊。咱們兩個就這樣肩並肩倚在橋欄上，抬起頭來假裝欣賞新店溪的月光。陰曆十月十五，月色多麼皎潔。月娘披上了一襲白頭紗，從淡水河上游群山中悄悄探出臉龐來了。妳看她，像不像一尊白玉觀音菩薩，俏生生笑吟吟，一逕低垂著她眼眸上那兩蓬子睫毛，俯瞰台北市滿城車水馬龍燈火人家？丫頭啊，這會兒月娘也俯瞰著千里外，南中國海彼岸，婆羅洲島上，古晉城外馬當路十哩胡椒園門口，路旁竹林裡那小小的一堆白骨……

那第一顆石頭和那一堆白骨，陰魂不散。我離開婆羅洲老家，在外流浪多年了，而這小小的一顆從馬路邊撿起的鵝卵石，至今還糾纏著我，幽靈般只顧日日夜夜浮現在我腦子裡。這些年不管我漂泊到何鄉，無論我躲藏在哪兒——在台北西門鬧區，在花東縱谷三家村天主堂旁的旅社，在鑼聲若響的高雄港，在紐約市五光十色鬼影幢幢的第四十二街，在天蒼蒼地茫茫、半夜聽得見印第安戰士的幽靈呼嘯，追殺白人鬼子的北美大草原——我腦子裡，不時就會上演這部陰森森、無聲、慢動作彩色電影：旭日初升，七個孩子身上穿著繽紛亮麗的新衣裳，喜孜孜興沖沖，手裡握著石頭，在帶頭大哥一聲號令下，齊齊邁出腳步，朝向那隻孤零零蹲伏在竹林裡靜靜喘氣的老狗，一步一步走過去……忽然著魔似的，七兄弟姊妹一齊發起狂來，咬著牙，嘴裡喃喃詛咒著，高高舉起手上的石頭，一擁而上……

原來我就是那個帶頭大哥！是的，我是這場血腥遊戲的男主角，我是扔出那要命的第一顆石頭的人，而這些年來我卻一直不肯承認。謝謝妳，朱鴒。今晚在距離婆羅洲幾千里的台北市淡水河橋上，滿城皎潔的月光下，妳這個小女生，我在台北街頭廝混結識的丫頭兒，終於迫使我面對事情的真相，逼我揪出元兇——我自己。

一報還一報。我是罪人，你們拿起石頭打我吧！

丫頭啊，這些年來，竹林裡的那一幕日日夜夜浮現在我腦子裡，歷歷如繪，一個動作接續一個動作，慢吞吞，悄沒聲，只管陰森森展現在我心眼前，就像一卷反覆倒轉放映的錄影帶，逼迫我凝起眼睛，仔細觀看影片中每一個人物和每一幅畫面，直看得我渾身冒出冷汗，半夜驚叫一聲，嚇醒過來。最恐怖的是這部電影中的人物——那七個身穿新衣手握石頭的小孩——全都是我的同胞兄弟姊妹，包括我們最心愛的小妹子翠堤。

小烏，我們七兄弟姊妹對不起你。我代表我們全家人向你認罪道歉，行不行？你，小烏，只是我們家豢養的一隻看門狗，可是在我們小妹子翠堤心目中，你卻是我們的兄弟。從小她跟你最要好，就像一家人那樣的親。如今你的身體——你那肚腩上爛出了兩個大窟窿、紅咚咚流淌出一根根腸子的身體——孤零零躺在婆羅洲太陽下荒山竹林中，早就化成小小的一堆白骨。可這些年來，不管我逃躲到哪裡，你那兩隻烏亮烏亮的眼眸子卻一直追隨我，時不時閃爍在我腦海中，冷冷地、一眨不眨地瞅住我……我帶領兄弟姊妹們幹出這個勾當，向你扔出那第一顆血腥的石頭。冤有頭債有主，你儘管找我算帳！我擔了。請你高抬貴手放過我的小妹子翠堤，饒了她吧。我求你了。

朱鴒丫頭，妳別老站在那兒張開嘴巴睜著眼睛，一聲不吭，睨著我，只顧聽我講述這些個陳年舊事！我被妳那兩隻冰冷的眼睛看得心裡直發毛。拜託妳也講講話呀。

——好，我講話。我問你一個問題：你們七兄弟姊妹中到底是誰扔第一顆石頭，真有那麼重要嗎？害你一輩子念念不忘，嘀嘀咕咕把自己折磨成這個樣子！不要忘記哦，你們七個人全都扔了石頭。說不定你媽懷裡抱著的小娃娃，你那個剛出生的小弟，也向小烏扔了石頭呢。剛才在你腦子裡上演的那部電影中，你不是看到你二弟拿著一堆石頭，走到你媽身旁，把一顆小石頭塞進這個小弟弟手裡嗎？而你媽並沒阻止他……

——別說，朱鴒！我不知道扔第一顆石頭這件事到底重不重要，可是這些年來我心裡一直在想：好好的七個孩子，無緣無故怎麼會突然狂性大發，成群結夥，幹出這樣殘忍的勾當，用石頭把自己家的老狗活活砸死掉？

——集體抓狂！神父說那是人心中的魔。

——抓狂？這個台語名詞用得好！我不知道那究竟是不是人心中的魔。我只知道牠讓我感到害怕……害怕我自己，害怕我的同胞手足。看哪，就在那一剎那間，南洋翠藍天空一顆白燦燦大日頭下，七兄弟姊妹突然一齊抓狂，個個齜著牙瞪著眼，紛紛舉起手裡握著的石頭，使出吃奶的力氣，沒頭沒腦朝向小鳥身上砸過去！而這當口我們家養的這隻老狗小烏，病懨懨躺在地上，睜著眼睛一眨不眨，瞅住這群從小跟牠一塊長大的孩子……誰扔出第一顆石頭，究竟重不重要呢？我不曉得了。我只曉得扔石頭的人中，有一個是我那四歲的小妹子翠堤。這小姑娘是那麼的天真無邪，心地那樣善良——小烏生病了，翠堤從早到晚守望在牠身邊，用筷子夾自己的那碗飯菜一口一口餵牠吃，唱牠平日最愛聽的一首歌給牠聽：妹妹揹著洋娃娃，走進花園去看花，娃娃哭著叫媽媽，樹上鳥兒笑哈哈……

——喲，你哭了！你模仿你的小妹子唱兒歌，唱著唱著你就流下眼淚來啦。

——朱鴒，妳現在別走過來。我不是人，我是個魔。我們家七兄弟姊妹都是魔。我那個純真的小妹子翠堤也是魔。

——來，把你的手伸出來吧。

——妳想幹什麼？

——讓我握握你的手。瞧，我左手的小指頭勾住了你右手的小指頭。這表示我心裡已經原諒你了。不管當初剛到台灣時，一天晚上獨個兒在寶斗里遊逛，你到底有沒有進入那個什麼臨春閣、望仙閣、結綺閣……現在我都原諒你了，因為這次你給我講小鳥的故事，你終於講實話啦。你們全家人中到底是誰扔第一顆石頭，其實我早就猜到了。我知道誰才是真正的……好吧，你不准我講出來，那我就不說啦。唉，你太敬愛這個人，不忍心……不管怎樣，我很高興你今天晚上跟我說這些話，因為我最恨人家欺騙我。嗳呀，說著說著你又流下眼淚來了。那麼大的一個男人——不要哭不要哭！你看橋頭哨亭裡的憲兵，他這會兒又舉起卡賓槍，伸出頭來兇巴巴瞪著我們了。

——管他！我們站在橋上，邊欣賞淡水河觀音山的月色邊唱兒歌，又沒犯法。妹妹揹著洋娃娃，走進花園去看花……

——你心裡一定很疼惜你小妹，對不對？

——從小我就喜歡讀台灣出版的少年文學叢書，《三毛流浪記》啦，《苦兒流浪記》啦，心裡老幻想著，總有一天，我也會帶我小妹子翠堤離家出走，在婆羅洲內陸深山中浪遊冒險，穿梭過叢林中那一座又一座達雅克長屋，尋找當年日本陸軍大將「馬來亞之虎」山下奉文遺留的寶藏。小兄妹倆一路相依為命，就像兩個沒爹沒娘的孤兒。我就記得，小時住在山坳裡種胡椒那幾年，每晚臨睡前我總會坐在窗口，閉上眼睛豎起耳朵，傾聽叢林深處長屋裡鼕鼕鼕傳出的人皮鼓聲，心裡編織著故事，一章又一章，漸漸發展出一部長篇小說來。我是男主角，翠堤是女主角，兄妹倆手牽手浪跡婆羅洲森林，出生入死，經歷一連串驚險離奇的事件……

——唔，新苦兒流浪記。

——她像妳，朱鴒！我小妹子翠堤的性情跟妳挺像的。同樣的冰雪聰明，同樣的好奇和早熟。妳這個台灣囡仔也喜歡迌迌，所以我們這一大一小，天南地北才會湊合在一塊，相識台北街頭。「我們兩個都是天生漂流的命。」這可是妳自己說的，朱鴒丫頭！有一部好萊塢歌舞片《安妮》妳看過沒？一個叔叔帶著他的小姪女浪遊美國，尋找安妮的媽媽。小安妮手裡拎著小行囊，亦步亦趨追隨她那個提著大皮箱的高大叔叔，一路上載歌載舞，結伴走天涯。朱鴒，哪天我也要學安妮的叔叔，帶妳這個小姑娘走天涯——台北古晉婆羅洲南洋東海中國世界。但我又擔心，妳會突然在我眼前消失掉，無影無蹤，就像我這輩子有緣結識的那些女孩。咦？丫頭怎麼忽然眼圈一紅？奇怪，怎麼現在輪到妳想哭了呢……妳問，小妹子翠堤現在人在哪裡？我告訴妳，如今，她流落在南洋婆羅洲沙勞越邦古晉城……她長大啦……

——提到她，你的眼睛又紅了。喂，你想哭就痛痛快快大哭一場吧。

——我想唱歌。

——唱呀！我聽著哪。

妹妹揹著洋娃娃
走進花園去看花
娃娃哭著叫媽媽
樹上鳥兒笑哈哈

——喂，你唱完啦？哭夠啦？心情好過了一些沒？來，拿我的手帕把你那滿頭滿臉的淚水鼻涕擦乾淨吧。那麼大的一個男人！你抬起頭來看一看，山頭上的月娘，現在已經爬升到天頂上，揭開她臉上的面紗，低下頭來笑咪咪望著你呢。咦？你怎麼還在唱你小妹翠堤最愛唱的那首歌呢？妹妹揹著洋娃娃，走進花園去看花……三更半夜在台北大橋上，聽你扯起嗓門，鬼哭般反反覆覆唱這四句歌詞，我心裡頭感到毛毛的。你心中一定很想念翠堤。那年，你父親賣掉山坳裡的胡椒園，你們家搬回古晉城裡，翠堤不是跟隨哥哥姊姊們進入聖保祿小學讀書嗎？後來呢？

——剛當上小學生，頭兩個學期她很快樂。那時翠堤六歲了，每天大清早就跳下床來，穿上媽媽給她新裁的白衫子黑布小裙，揹起書包拎起飯盒，喜孜孜興沖沖上學去啦。走在大街上，這小妮子總是伸出脖子，搖甩著她那一頭被我媽狠狠修剪一番、變得刀切般齊耳的短髮絲，睜著兩隻烏黑眼瞳子，探頭探腦東張西望尋尋覓覓，不知探索什麼新鮮事。我們校長龐征鴻神父，東北人，個頭十分高大英挺，無親無故獨自流落在婆羅洲。龐神父每次看到山裡來的這個小女生，總是忍不住搖頭嘆息，絞起眉心瞅著她：「李翠堤，妳為什麼那樣好奇？」翠堤總是伸出小手兒在心口畫個十字：「主耶穌，我也不知道我為什麼會那樣好奇！我不是故意的。」說著，她就甩起頭髮揚起臉龐，乜斜著眼睛睨著神父吃吃笑，樂不可支。龐神父把李翠堤當自己女兒看待，疼惜得不得了，說她原本是在天上侍奉聖母馬利亞的小丫鬟，做錯事怕被罰，偷偷下凡溜到人間來玩耍。可是說也奇怪，學校裡的修女都不喜歡李翠堤，每次在校園看到她就皺起眉頭，倏地沉下臉孔，說她是撒旦的女兒，被她老子派來人間禍害李家……可不管修女們怎麼說她，我小妹子翠堤每天依舊喜孜孜興沖沖，大清早催促哥哥姊姊們起床：上學囉。就這樣度過了兩個幸福快樂的學期。一天，翠堤無緣無故忽然變了！變得不愛上學。每天大清早，她揹起書包拎起飯盒，瞞著哥哥姊姊們，獨自個偷偷溜到屋後竹林裡……

——竹林？那不是小鳥被石頭砸死的地方嗎？在山坳裡胡椒園門口馬路旁。

——哦，我現在說的並不是山坳裡的那座竹林。我不是跟妳講過？我父親把胡椒園賣掉後，就跟他當年走私黃金的夥伴黃汝璧再度合夥，在古晉城開辦肥皂廠。廠房後面也有一座竹林。每天上學前，翠堤都會溜到竹林裡坐一會兒，嘀嘀咕咕不知在跟誰說話，放學後她就一溜風跑回家，身上的校服也沒工夫換下來，就走進廚房，拿起碗筷匆匆裝上一碗飯菜，瞞著我媽一頭鑽進屋後竹林裡……我小妹子翠堤變了！變得行迹詭密。她為什麼會變呢？好端端地為什麼會忽然變成另一個人似的？直到今天，我想破了頭還是沒想通。噯，往後那幾年翠堤她……

——你還沒告訴我，翠堤每天跑到屋後竹林裡幹什麼？

——餵小烏吃飯。

——老狗小烏？牠不是死掉了嗎？

——翠堤說小烏還沒死呢，這會兒就住在竹林裡。她常常跟牠見面聊天。所以，每天放學後她就匆匆趕回家來，瞞著我媽，端一碗飯菜到竹林裡餵小烏吃。她從屋裡搬來一張小板凳，坐在小烏面前，一邊用筷子夾菜，柔聲哄牠吃飯，一邊扯起細嫩的嗓門，唱牠平日最愛聽的那首歌給牠聽。

——妹妹揹著洋娃娃，走進花園去看花……

——朱鴒，拜託妳別唱！半夜三更聽得我心頭直發毛。好冷！橋上颳起風來了。瞧，橋下新店溪上白茫茫嘩喇嘩喇搖曳起好一大片芒花，月光下笑哈哈，好像有幾千個小妖精躲藏在芒草叢裡，追逐嬉戲。瞧妳這丫頭嚇得縮起脖子，齜著牙，渾身打起哆嗦來啦。妳抬頭看看高掛台北城頭的月娘。她又戴上了面紗，隱身在雲堆中，不時探出頭來瞄瞄我們，催促我們兩個趕快回家，莫在橋上流連了。烏雲滿山頭，天色一下子沉黯下來。看樣子今晚會下雨囉！咱們快走吧。

——不走！翠堤的故事你還沒講完。後來呢？翠堤就這樣天天放學後，從廚房裡端出一碗飯菜，跑進屋後竹林裡，餵小烏吃？還一面唱歌給牠聽？

——後來翠堤索性不上學了，每天窩在竹林裡……

——咦？你爸媽不管她？就這樣讓她天天待在家裡？

——實在禁不起翠堤天天哭鬧，唉，我爸只好讓她休學一年囉。反正那年翠堤才七歲，讀小學二年級。

——休學那一整年，翠堤每天獨個兒待在竹林裡做什麼？

——煮飯燒菜。

——哦，玩家家酒。

——不是遊戲！她真做飯給小烏吃。有一天，翠堤不知從哪裡搬來幾十塊紅磚，歡歡喜喜，在竹林中央那棵番石榴樹下堆砌起一座小小灶頭，瞞著我媽，從廚房拿來一套鍋鏟瓢盆、兩副碗筷和一把菜刀，整整齊齊擺在灶頭上。此後她再也不上學啦，每天大早起床就鑽進竹林，拿起掃帚，裡裡外外把她的新家打掃一遍，快快樂樂陪伴小烏過日子，有時唱歌給牠聽，有時跟牠閒話家常。從早到晚兩個廝守在竹林裡，嘰嘰咕咕聊得很高興。有一回我們鼓起勇氣走進竹林，悄悄窺望。大白天，整座林子靜盪盪，只見天頂那顆大日頭從竹葉間照射下來，悄沒聲，潑灑出一地窸窸窣窣的影子。躡手躡腳，我們六個人分頭四處搜尋，翻遍了整座竹林的每一叢竹子。小烏躲在哪裡呀？偌大的竹林連個鬼影子都沒有。不知怎的，我們六兄弟姊妹只覺得渾身發冷。大夥聚集在灶頭旁，一齊蹲下來央求我們最疼愛的么妹翠堤：「小妹，別再玩家家酒了！竹林裡只有妳一個人，沒有別的……東西。」翠堤右手握住菜刀，左手抓著一把野菜，颼地揚起她那張紅噗噗的小臉蛋，迎向天頂那顆白燦燦大日頭，使勁甩了甩她脖子上那一叢早已留長了的、好似掃帚般亂七八糟的髮絲，睨瞅住我們，眼瞳裡閃爍著兩撮冰冷光彩：「怎麼沒有呢？小鳥這會兒就在竹林裡呀。瞧，牠躺在灶頭旁邊那張毯子上，看守著牠肚腩上那兩窟窿的爛腸子，睜著眼睛靜靜望著你們六個人，而你們卻看不見！」翠堤放下手裡的菜刀，垂下頭，盯住灶頭旁邊地面上鋪著的一張破舊毯子，伸出手掌來往毯子中央輕輕拍兩下，眼一柔，噙著淚水，忽然扯起嗓門自顧自唱起兒歌：「妹妹揹著洋娃娃，走進花園去看花，娃娃哭著叫媽媽，樹上鳥兒笑哈哈……笑哈哈……笑哈哈……」我們六兄弟姊妹望著小妹子翠堤那雙冰冷的眼神，心一抖，慌忙拔起腳來跑出竹林去了。一整個下午，竹林裡不斷傳出翠堤那溫柔淒厲的歌聲，鬼魅似地縈繞在屋子四周，只管追纏著我們兄弟姊妹六個人。一直唱到太陽下山，翠堤才躡手躡腳鑽出竹林，抹掉臉上的淚痕，笑嘻嘻走進廚房央求媽媽給她一些肉骨頭、菜根和蘿蔔皮，讓她拿到竹林裡煮給小鳥吃。於是，就像個家庭主婦似的，七歲的小妮子興匆匆繫上圍裙，在竹林裡那座小小的灶頭前一蹲，洗洗手，忙著張羅起晚餐來。我們躲藏在竹叢裡探頭探腦，只見她拿起刀鏟切切炒炒剁剁，把自己弄得滿頭大汗，氣喘吁吁。翠堤一面燒菜一面還得抽空回過頭來，撩起圍裙擦擦臉，抹掉眼皮上綴著的幾顆汗珠，望著她身旁毯子上靜靜躺著的老狗，柔聲哄牠逗牠，笑咪咪跟牠說話解悶：小鳥，今晚我給你加菜，炒個糖醋排骨給你噹噹……小烏，昨天晚上你睡得不好哦！半夜我在屋裡聽見你拉長嗓門哀哀叫……小烏，你生病了，肚腩上爛出兩個大窟窿，滴滴答答流出一根根血紅紅的腸子，你痛得受不了才叫喊起來，對不對？明天我爸要進城去賣收成的胡椒，我請求他老人家給你帶兩帖膏藥回來……小烏啊，我知道你餓了，肚子咕嚕咕嚕響個不停，可是別急嘛，讓我再燉一鍋蘿蔔排骨湯，咱們倆就可以面對面坐下來吃晚飯了囉……妹妹揹著洋娃娃，走進花園去看花……

——拜託你別再唱了！這首兒歌從你嘴裡唱出來，就像鬼哭似的，聽得我滿身直冒起雞皮疙瘩。她……你小妹子翠堤，就這樣一天到晚獨自蹲在屋後竹林裡，煮飯燒菜給小烏吃囉？

——整整一年。

——你爸媽難道不著急嗎？為什麼不管管她呢？

——沒用。我媽也慌了，找道姑來家裡作法給翠堤招魂收驚。我爸請堪輿師來看肥皂廠的風水。那陣子我們家族那群三姑六婆最興奮，三不五時，拎著一籃金紙香燭，打扮得珠光寶氣跑來我們家串門子，嘰嘰喳喳，爭相帶領翠堤去廟裡拜拜。沒幾天，古晉城裡城外各家廟宇全都拜過。翠堤小小一個身子，掛滿各家神佛賜給的平安符，琳瑯滿目。一個小女生給姑婆們揪著，滿城招搖，糗死了，可是每天一早起床後她照樣鑽進屋後竹林裡，唱歌，煮飯燒菜，跟小烏閒話家常，親暱得活像一對恩愛的小夫妻。過了兩三個月，我媽也沒工夫管教她了，因為那時她肚子裡又懷了一個。

——誰又懷孕啦？

——我媽。

——哦，嚇了我一大跳！我還以為……唔，我記得你說過你媽很會生。當初第一顆石頭血案發生時，你已經有八兄弟姊妹了。後來呢？翠堤從此就待在家裡不上學啦？

——後來說也奇怪，翠堤有一天忽然就不到竹林裡去了。她什麼都沒講，只是笑。姑婆們說那是諸天神佛保佑，把我們家小翠堤的魂魄給送回來了。沒多久，翠堤就拔掉她那滿身披掛的平安符，重新穿上白衫子黑布裙女生制服，揹起書包拎起飯盒，笑盈盈回到聖保祿小學上課。只是……只是我們校長龐征鴻神父不再喜歡她了，可我看得出來龐神父心裡很難過。每次在校園裡遇見李翠堤，跟以往一樣，龐神父依舊停下腳步來瞅著她，絞起眉心搖頭嘆息，但他眼神裡那兩瞳子慈愛的光彩，不知怎的卻消失了，取而代之的是一種——恐懼？惋惜？迷惑？我也說不上來。我只知道我的小妹子翠堤真的變了！這次她變得……讓我傷透了心。對不起，朱鴒，我實在不想再講這些陳年舊事了。

——拜託拜託，你繼續講下去吧！你別害我今晚回去睡不著，躺在床上翻來覆去，心裡老記掛著翠堤後來到底發生了什麼事情，才會讓你傷透了心。瞧你，這會兒渾身打著哆嗦，站在淡水河橋上月光下，臉煞白，嘴唇發抖……翠堤的事情真有這麼可怕嗎？

——好！妳真要聽，我就給妳講那件讓我傷透了心的事。一天放學回家，我彷彿聽見屋後竹林裡有狗叫，嗚汪嗚汪好淒涼，大白天聽得我全身寒毛倒豎，頭皮發涼。我鼓起勇氣走到竹林邊，探頭一看，只見翠堤四年前親手用幾十塊紅磚堆砌成的灶頭，如今空盪盪冷清清，矗立在林中那塊空地中央。橫七豎八，灶頭上堆疊著鍋鏟瓢盆，早就生鏽啦，可她那兩副碗筷卻端端正正擺放在灶前一張矮板凳上，亮晶晶，乍看就像我們家廳堂裡，神主牌前供奉的兩碗白飯。晌午陽光從竹葉間灑照下來。哼哼唧唧，兩條皎白的身影子交纏在灶旁地面上，不住抽搐呻吟。我悄悄走進竹林裡，躡手躡腳撥開竹叢，揉揉眼睛伸出脖子一看。只聽得腦子裡轟然一聲響，我差點當場暈死過去。

——大白天你看見小烏啦？嚇成這個樣子！

——不！我看見鄰家那個小潑皮。

——他在竹林裡幹什麼？

——他趴在我小妹子翠堤身上喔。

——哦，趴在她身上做什麼？

——兩個人赤條條抱在一起，躺在灶頭旁邊鋪著的那條破舊毯子上玩耍……

——那你就……

——我就拿起灶頭上的一塊紅磚……

——你把潑皮砸死啦。

——沒！若是一磚頭砸死他，那就未免太便宜這個小王八。

——那你拿起磚頭幹什麼呀？

——我要幫他梳頭髮。

——梳頭？這種時候你還有心情幫人家梳妝？

——嘿，我把磚頭當做梳子，給這小王八好好梳一次頭髮。我把他整個人從我小妹子翠堤身上揪起來，狠狠踩在腳底下，拿起整塊紅磚，壓住他的頭，然後咬著牙使出全身力氣，一磚頭一磚頭不停地梳他的頭髮，直梳到他頭皮上滴出血來。那小王八痛死了，殺豬般躺在地上翻滾尖叫，伸出兩隻手爪子死命掐住自己的眼窩。我偏不放手，死命按住他，用上吃奶的力氣幫他梳頭，一磚一磚一磚……朱鴒丫頭，妳嘗過用磚頭梳頭髮的滋味嗎？瞧妳，害怕了？這會兒妳看見我就好像撞到鬼一樣，只顧齜著牙咯咯咯直打牙戰。我告訴過妳哦，我這個人心腸有時很狠！莫忘了，當初扔出那要命的第一顆石頭的人就是我。

——我不怕你！如果我是你，看見自己最疼愛的妹妹被人家那樣欺侮，我也會用磚頭幫這個人洗澡，擦身子呢。

——可是，那個小王八並沒欺侮翠堤呀。

——咦？他剛才不是趴在翠堤身上？

——那是翠堤自己——願——意——的啊。

——你怎麼知道是她自己願意？

——因為她快樂得哼哼叫，格格笑。

——天，她才幾歲就……

——所以我才會傷透了心。

——後來呢？

——後來，小王八滿頭流血，跑回家去向他媽媽告狀。他媽媽跑到我們家向我媽媽哭訴。我媽氣壞了，就罰我把一塊紅磚放在頭頂上，站在大門口，面對馬路上來來往往的人車，高聲唸五百遍：「以後我不敢再用磚頭幫人家梳頭髮了！」我打死都不唸，只是咬緊牙根，睜著眼睛瞪住天上那顆大日頭，直瞪到太陽下山，直瞪到月亮升上來，直瞪到我小妹子翠堤哭累了，睏了，跑回屋裡睡覺，不再獨個兒蹲在屋後竹林裡，哀哀唱她的「妹妹揹著洋娃娃，走進花園去看花……」朱鴒啊，那當口我心裡只感到恨！恨我媽。我甚至懷疑，那年在山坳裡胡椒園門口竹林中，帶頭丟石頭……反正自從被我媽罰站後，我就不喜歡待在家裡了，每天放學後就在外面遊蕩，直到高中畢業來台灣讀大學。至於翠堤，我從此不再理睬她啦。嘿，我不敢再看翠堤的臉。每次看到她臉上那朵天真爛漫的笑靨，我就會害怕得滿身發抖。屋後竹林裡那件事，我從沒告訴過別人，連我媽到現在都不知道呢。

——來台灣以後，你再也沒看到你小妹子翠堤囉？

——看過一次。大學畢業後，我回婆羅洲古晉城探望我父母親。翠堤已經長大啦，變成一個亭亭玉立的女郎。她寄給我的照片至今我還保留著呢！返鄉前，我就聽家人說，這些年翠堤進出精神病院好幾次了。為什麼會這樣？我媽寫信告訴我，不知怎的，翠堤忽然迷失了心魂，整個人變得癡癡呆呆，每天神不守舍，怔怔坐在樓上她房間窗口，手裡拈著紅梳子，一邊梳頭髮，一邊斜挑起她那血絲斑斑的兩隻眼眸，好半天，瞅望著屋後那一叢影影綽綽、隨風搖曳起腰肢的湘妃竹，只是笑。三天兩回她瞞著我媽，獨自溜出家門，也不知道跟誰作夥廝混，在外遊逛了整天才突然跑回家來，一頭鑽進竹林裡，坐在矮板凳上，面對著她小時候親手用紅磚堆砌成的灶頭，拿起早已生鏽的鍋鏟和菜刀，切切炒炒剁剁。那時翠堤十八歲了。後來翠堤忽然變得愛看電影，而且專挑恐怖片來看，尤其著迷於西洋吸血鬼和日本怪談，每一部她都看得津津有味，格格直笑。每個禮拜五夜晚，她獨自搭巴士到市郊百樂門戲院看恐怖電影，把自己嚇個半死，回家半夜坐在窗口，望著天上的月娘只顧扯著自己的頭髮，喃喃自語：我害怕我害怕！娃娃哭著叫媽媽，樹上鳥兒笑哈哈笑哈哈笑哈哈……記得，我從台灣回到婆羅洲探親那天，我們家客廳鬧哄哄擠滿一屋子的人，親戚朋友全都到齊了。遊子回鄉嘛！就在大夥談笑敘舊的當兒，翠堤看完電影回來啦。那一剎那看到她，我的心又開始發抖。媽媽！眼前這個蓬頭垢面臉色蒼白、兩隻眼瞳子滿布血絲、一身衣裳邋裡邋遢、整個人瘦得像一根竹子的大姑娘，就是我的小妹子翠堤嗎？她看見我坐在客廳裡，登時愣住了，瞇起眼睛站在門檻外直瞅著我，怯生生把我打量半天，目光一柔，臉龐上終於綻露出她那朵天真無邪的笑靨來啦。突然眼圈一紅，她哭了。淚流滿面，翠堤伸出手來拎起裙襬，顫顫巍巍跨過門檻走進屋裡，忽然放快腳步，匆匆鑽過滿堂賓客朝向我奔跑過來：「哥，我害怕！」她一面哭喊一面舉起雙手，跌跌撞撞直往我身上撲了過來。

——噯呀，那你趕快伸出雙手來，把你的小妹子緊緊摟進懷抱裡啊！

——我並沒這麼做。那一瞬間，我整個人僵住了。在那滿屋子親戚朋友注目下，就像白癡一般，我只顧呆呆坐在客廳沙發上，一動不動。

——你……你這個人……心腸硬得像石頭哦。

——石頭？嘿！朱鴒，我真的不知道為什麼那一刻，我這兩隻手硬是伸不出來。我不知道，為什麼我不敢面對我小妹子翠堤，不敢把她摟進懷裡，不敢拍著她的肩膀對她說：「不要害怕！二哥回來啦。」天地良心，當時我真的好想好想這樣做啊。

——這次輪到你傷透了你小妹的心！這點你知不知道？你真的知道？那你後來有沒有再回婆羅洲去看她呢？

——沒。但我有寄錢給她。常常寄。

——這樣你心裡就好過一點囉？對不起，我不應該這樣講你。唔！這一輩子你就這樣一直在奔逃，對不對？你老實告訴我，這些年來你獨個兒在台灣，心裡到底想念不想念從小就跟你最親、最要好的小妹子翠堤？

——不敢想。為什麼？因為每次一想到翠堤，我就會想起那第一顆石頭……我就會想起，月光下千里外的婆羅洲島上，古晉城外馬當路十哩胡椒園門口，路旁竹林裡有一堆小小的白骨……然後，心一痛，我就會想起翠堤從小最愛唱的那首兒歌：妹妹揹著洋娃娃，走進花園去看花……

追憶六：支那

小妹子翠堤的故事，我總算給妳講完了啦。謝謝觀音菩薩！朱鴒，今晚跟妳訴說這些童年往事，多年來鎮壓在我心上的石頭，一下子給搬走了。那要命的血淋淋的第一顆石頭啊。「你到底要逃到什麼時候呢？你能躲藏到哪裡呢？」丫頭問得好。遲早我必須面對我的家人，面對我小妹，面對我心內的那個「魔」（這可是妳說的），把沾滿我們家老狗的血的那顆石頭掏挖出來，捧在手心，誠誠敬敬拜三拜，然後頭也不回，把它給扔到山坳中胡椒園門口那座竹林裡，從此不再記掛。丫頭，明年暑假我帶妳回婆羅洲古晉城我老家，見見我母親和妹妹翠堤，好不好？我……不敢單獨見她們倆。來，拜託妳伸出妳的小指頭，跟我的手指勾一勾。這表示妳接受我的邀約了。經歷過這個奇妙的夜晚，我跟妳——我在台北街頭結識的小女生——肩並肩站在華江橋上滿江霓虹燈火裡，一邊眺望新店溪的月色，一邊絮絮叨叨，向妳訴說我在那千里外，南中國海對岸婆羅洲島上度過的童年，朱鴒啊，我這個逃亡在外漂泊多年的遊子，終於想回家囉。

月娘笑看人間燈火！

妳看，風停了，淡水河上台北城頭那輪明月破雲而出，笑吟吟高掛在天頂中央，掙紅著一張臉龐，像個調皮的黃花閨女，悄悄從她家樓上窗口伸出手來，噗哧一笑，濺濺潑潑地，把手裡拎著的那桶水一杓杓朝咱們頭頂上澆下來。月色如此多嬌。瞧，台北市萬家燈火被月娘潑灑上了萬千杓雪水，霎時間，竟變得水噹噹亮晶晶，好不嬌媚動人。朱鴒丫頭，瞧妳這會兒只顧愣睜著妳那兩隻烏黑眼眸，舉起手，遮到眉心上，伸出脖子踮著腳，眺望淡水河中那滿江搖曳閃爍的繽紛燈影，好久好久一眨不眨，看呆囉。丫頭妳說話呀。

——噫，月娘一露臉，我們的台北市馬上就變個樣！剛才從華江橋上望過去，只見觀音山下，滿坑滿谷一窩窩水泥房子中，樹立著一簇簇壓克力招牌，陰森森五顏六色閃閃爍爍，活像一座豪華的亂葬崗。怎麼一眨眼，咦，月光下的台北市就幻變成了童話裡的水晶宮，這會兒正在大放煙火慶祝元宵呢？

——丫頭，月娘是一位魔術師呀！這會兒她正在變戲法給世人看哪。

——我明白了，月亮是魔術師，霓虹燈和中國字就是魔術師的道具囉，一閃一眨，就變出千萬種各色各樣的圖案來。喂，你到底想幹什麼？伸出爪子亂摸人。

——我可沒騷擾妳！瞧妳這小姑娘倏地縮住脖子齜著牙，渾身抖簌簌，直打出五六個哆嗦，好像三更半夜獨自個行走在西門町，突然碰見一位怪叔叔似的。妳別緊張，朱鴒，我只是想摸摸妳的脖子，確定一下妳真的是個活生生有血有肉的女孩。剛才恍惚之間，我還以為，此刻我們兩人置身在仙山夢境呢。從橋上望去，淡水河畔漫山漫谷，乍然浮現在月光中的那一幢幢瓊樓玉宇火樹銀花，如夢如幻，可不就像傳說中的東海三仙山？丫頭妳怎麼了啦？癡癡愣愣的，只顧乜斜著兩隻眼睛，睨望著河中那一盞盞霓虹燈的倒影，一個勁的發呆。

——拜託你現在別嘮叨，我正在研究招牌字。考你一個字吧！三個金字怎麼唸？心？哦，鑫鳳大廈。挺雄偉的一棟粉紅色花崗岩大樓矗立在中正橋頭，月光下渾身著了火似的發亮，十六層樓，層層閃爍著霓虹花燈：馨珈琲、太子城理髮廳、榊京都料理、豪爺酒店蓬萊閣酒家金紐約三溫暖、鑫鳳賓館……喂，你看招牌上那一個個五光十色千姿百態的中國字，倒映在台北的河流中，變得多婀娜妖嬌，驀一看，不就像敦煌千佛洞中那群飛天姑娘？

——不，依我看，倒像天方夜譚裡一群肚皮舞孃，月光下聚集後宮池畔，朝向那盤著雙腿、高踞孔雀寶座上的蘇丹，一個勁爭相擠眉弄眼扭腰擺臀。怎麼？我這個比喻有點不倫不類？那妳說，這滿城綻放的一蕊蕊奼紫嫣紅，眨啊眨，爭奇鬥麗的霓虹字，鑫鳳、蓬萊、榊……倒映在台北城頭一輪明月下波光粼粼的河水中，隨波蕩漾搖搖曳曳，看起來到底像啥？

——我想到了！活像一窩子糾纏在河中爭相交尾的水蛇。

——丫頭兒，虧妳想得出這個比喻來！我不就說過嗎？人家的心大都只有一個竅，而朱鴒那顆細小的心靈卻生了七八個竅，心思可真多。滿城中文招牌字乍看好似一窩交纏的花蛇！妙極。西洋人看中國字，真的把它看成一幅幅妖豔的圖畫。在他們心目中，一個支那字代表一個神祕的符碼，裡面隱藏一個陰森森的、全世界只有支那人才懂的信息。我問妳，中國字總共有好多個？大約兩萬？妳數過妳家裡那部國語字典所收的字？雨雪霏霏，四牡騑騑……記得嗎？我第一次看見妳時，妳正趴在古亭小學校門口，手裡拈著一根粉筆在水泥地上寫這八個字。朱鴒，我知道妳沒事喜歡翻字典，觀看裡頭排列的一個個方塊字，就像欣賞一幅幅圖畫似的，可我告訴妳，根據康熙字典，從古到今中國字總共有四萬九千個，連「迌迌」這兩個怪字都有收。如果一個中國字代表一個神祕的符碼，那四萬九千個字，可不就變成四萬九千帖符咒嗎？倘若妳是一位愛爾蘭修女，飄洋過海獨自來到東方，置身唐人街上，猛然發覺，周遭四處出現斗大的、奇形怪狀張牙舞爪的方塊字，剎那間，整個人彷彿被萬千帖符咒圍困住了，那時妳心裡會有什麼感受？呵呵，聽我這麼一描述，妳這小妮子就縮起脖子打出兩個寒噤來。滿恐怖的對不對？小時候在南洋我常看到西洋人——有些是殖民地官吏、傳教士和冒險家，大多是浪人和商人——穿梭遊走在鬧烘烘的古晉街頭，大日頭下，只顧愣睜著他們一雙雙碧藍翠綠的眼珠子，齜著牙，探頭探腦指指點點，瞄望街道兩旁店簷下張掛的一幅幅支那字招牌，臉上流露出又是好奇、又是迷惑、又是恐懼、又是輕蔑的神色，躡手躡腳，不時舉起脖子上掛著的照相機，對準招牌上那幾個在他們看來顯得特別古怪神祕的符碼，咔嚓！拍照存證。那副德行就像——丫頭，妳現在朝向華江橋下燈火輝煌的華西街瞧一瞧——看到沒？就像那一群群身穿花衫短褲，露出兩條毛腿，踢躂著涼鞋逛台北夜市，看台灣郎殺蛇，然後到龍山寺隨喜參拜的老美觀光客。嘿，中國字好像千百條糾纏交尾的花蛇！丫頭妳的比喻真絕。蛇，就是聖經裡魔鬼的化身。記得小時候在南洋讀書，學校的艾修女時不時端整起臉容，柔聲告誡孩子們：支那的文字是撒旦的符號（羅神父說得更妙！方塊字是撒旦親手繪製的一幅幅東方祕戲圖，詭譎香豔，蕩人心魂——祕戲圖是什麼玩意兒？就是春宮畫嘛），而撒旦就是魔鬼，而魔鬼就是鑽進伊甸園誘騙夏娃的那條蛇，所以孩子們呀，尤其是華人子弟，千萬要遠離支那方塊字的誘惑哦，切記切記。三令五申，這種話我們小學生聽多了，半夜會做噩夢，看見那萬千個方塊字突然間幻變成一群龍蛇怪獸，張牙舞爪，朝向我們直撲過來，把我們吞噬進血盆大口裡……後來我到台灣讀大學，聽顏元叔老師說，在西方人心目中漢字是一種圖騰。丫頭，妳懂得什麼叫圖騰嗎？世界上每個民族都有代表他們血緣和來歷的圖象，比如說，我們台灣原住民的圖騰是百步蛇。支那人的圖騰是龍，是神龕裡供奉的那一尊尊黑魆魆、香火繚繞的諸天神佛和夜叉鬼怪，是廟宇中，廊柱上鐫刻的一幅幅金字對聯——善惡不爽錙銖爾欲欺心神未許；吉凶豈僥分寸汝能昧己天難瞞——是滿城店鋪招牌上，用紅漆書寫的一排排斗大的方塊字……

——喂，你是在夢遊嗎？瞧你那個古怪模樣！三更半夜背著雙手趿躂著皮鞋，在橋上來回踱方步，一會兒，伸長脖子瞇起眼睛，眺望華西街夜市的霓虹燈和成群老美觀光客，一會兒回過頭來，瞅住我，嘴裡喃喃唸唸嘀嘀咕咕，講夢話似的跟我講這些怪話，什麼民族圖騰啦、撒旦符咒啦、東方祕戲圖啦，聽得我耳根發燙頭皮發麻，心裡直發毛！你還是給我講你小時候在南洋讀書的故事吧。今晚，我跟隨你浪遊台北街頭，從羅斯福路古亭小學出發，一路走到南門壽而康川菜館，然後，沿著和平西路走到南海路植物園，又從那兒走到淡水河上的華江橋，我們現在站立的地方。一路上，你向我訴說你小時候家裡發生的大事：山坳裡種胡椒囉、老狗小烏死囉、你小妹子翠堤瘋了……聽得我心酸酸，一顆心直往下沉！你還是跟我講學校裡發生的那些有趣的、好玩的事吧。

——有趣的事？好。小烏死的那年，我父親把山坳裡的胡椒園賣掉，把家搬到古晉城裡，我們六兄弟姊妹從馬當中華公學，轉學到古晉聖保祿學校。我程度差，轉學時被降級一年，所以我小學總共唸七年。不好意思！**青草坡上，校旗飛舞，這是保祿的漢校……我們要努力，我們要用功，預備做救世的先鋒……**這就是我們的校歌。剛才給妳講小烏和翠堤的故事時我有唱給妳聽，記得嗎？

——咦？你們學校為什麼叫「保祿的漢校」呢？

——保祿就是聖經裡那個保羅，耶穌十二門徒之一。我們學校是使徒聖保羅守護下的漢文學校。漢文就是中文、華文、支那語。我們校長龐征鴻神父是東北人，不知為了什麼緣故流落在婆羅洲。當初他來南洋傳教，向新加坡大財主陸運濤爵士募了一筆錢，在婆羅洲沙勞越首府古晉辦學，還親自撰作校歌呢。後來我到台灣讀大學，暑期在成功嶺受軍訓，才赫然發現，原來聖保祿學校的校歌就是黃埔軍校的校歌，只是歌詞改了幾個字。妳聽：**怒潮澎湃，黨旗飛舞，這是革命的黃埔……**丫頭妳怎麼了啦？好端端的忽然齜起妳那兩排小白牙，甩著妳那一頭亂髮，舉起兩隻手死命摀住耳朵——妳說什麼？妳說，妳老爸每次心情鬱悶，就會脫掉上衣，打起赤膊，端著一盅虎骨泡高粱老酒，一屁股坐在你們家門口那把老籐椅裡，邊喝酒邊瞭望台北街頭，扯起大嗓門，高唱黃埔校歌，吵得左鄰右舍不得安寧，咒聲四起，這些年來妳聽得耳朵都生了一層老繭，如今實在不想再聽。可憐的朱鴒！我不唱了。話說龐神父向陸爵士募了一筆錢，以基督使徒的名義在婆羅洲興建一所漢文學校，培育華僑子弟。這在南洋天主教會可是一項創舉。為什麼是創舉呢？因為教會在英國殖民地辦的大都是英文學校，宗旨在於培養高等華人。妳問高等華人是啥東西？朱鴒丫頭妳真愛說笑。高等華人不是「啥東西」，是英屬婆羅洲社會的菁英分子：醫生、法官、律師、會計師、高級公務員和神職人員。我們家族中就有一位赫赫有名的高等華人：女皇御用大律師米高李。

——米高李？好詭異的名字。

——米高是英國名字，我們台灣把它翻譯為麥可，比如麥可・傑克森。米高是廣東音。其實我們家族是道地客家人。

——英女皇御用大律師？怎麼個御用法呢？

——丫頭，這我怎麼知道哇！嘻嘻。可我們家族的小孩非常敬畏米高叔叔，因為全沙勞越邦只有七個御用大律師，我老叔公說這是祖墳開花哪，應該載入族譜。丫頭不瞞妳說，我們這群讀漢文寫方塊字、一身土黃衣裝的華人子弟，每天上下學在巴士上遇到那幫讀英文書、穿英式制服的高等華人子弟，總會感到……妳說自慚形穢？沒錯。可是每次跟隨我們校長龐征鴻神父，列隊行走在街上，大夥都倏地抬頭挺胸高唱黃埔軍歌，不，聖保祿校歌。為什麼呢？因為龐征鴻個頭長得十分高大挺拔，走起路來，身上那襲白色神父袍隨風飛颺，飄曳在婆羅洲太陽下，英氣勃勃，哪像米高李之流的人物，五短身材西裝革履，看見支那族人就颼地板起臉孔，挺起腰桿子，可一遇到英國主子啊就登時脅肩諂笑。丫頭，妳知道這個中文成語是什麼意思嗎？就是聳起肩膀縮住脖子，露出一臉嬌媚的笑容……

——我的媽，那個樣子一定很難看。

——高等華人的嘴臉，我在南洋從小看到大。

——原來，你的米高叔叔是這副德行！賤。唔，這位龐神父是你們聖保祿學生們的偶像囉？

——龐征鴻，東北人流落婆羅洲，終生未娶專心辦學……

——慢著！我先問你一個問題。你自己有沒有取個英文名字呢，就像米高李、羅勃蔡、瑪麗吳之類的？

——沒。我李某人一輩子行不改姓，坐不改名。俺就是李永平！儘管我並不怎麼喜歡我父親給我取的這個挺平凡、挺秀氣的名字。朱鴒，妳知道嗎？支那人的名字也是一種圖騰，受之父母，豈可糟蹋。

——你繼續講龐神父的故事吧。

——龐征鴻，婆羅洲天主教會中的一隻孤鳥，獨來獨往。他募款創辦漢文學校，結果被他的教會同僚羅神父一狀告到主教公署。婆羅洲大主教史蒂芬・隆甘神父是原住民達雅克族人，個性純樸耿直，凡事講求公道。於是他老人家作成裁決，把龐神父興建的校園一分為二：一半叫聖保祿學校，特准以華文教學；一半叫聖瑪嘉烈學校，使用英文教學。楚河漢界涇渭分明。隆甘主教把兩校校長——聖保祿的龐神父和聖瑪嘉烈的艾修女——叫到座前勗勉一番：教華文和教英文都是為主做事工，切莫分你我！艾修女容貌長得秀麗，性情也溫柔，對華人子弟非常關愛。她是愛爾蘭人，年紀輕輕獨自飄洋過海來東方從事教育工作，把青春年華奉獻給婆羅洲蠻荒，無怨無悔。朱鴒，我告訴妳一件奇妙的事。我在聖保祿學校讀書，常常看到龐神父和艾修女兩個，在校園裡不期而遇。我總是停下腳來站在一旁觀看，只見他們倆有時在小徑上、有時在走廊中迎面相逢，默默無言，只抬起眼皮似笑非笑互望一眼，然後雙雙舉起手，在心口匆匆畫個十字，嘆口氣，低下頭來擦肩而過，就像兩個陌路人，可是那眼角眉梢啊幽幽怨怨的好像在傳遞什麼訊息……我悄悄躲在暗處窺望，每次都看得癡啦，心中生起無限的遐想。龐征鴻神父和艾莉雅修女，好一雙璧人。我總覺得他們倆之間似乎存在著某種情愫……朱鴒妳說什麼？妳說這樣的愛情才淒美，因為注定不會有結果？小女生懂什麼愛情！我們還是講學校的事吧。隆甘主教作出裁決後，兩校學生就在同一座校園上學。兩棟校舍之間並沒有圍牆，只隔著一個操場，但上課時間錯開了──是故意錯開嗎？我不知道。學生雖然都是古晉城的華人子弟，但你唸你們的「天上的父願世人都尊你的名為聖」，我自管讀我們的「子曰學而時習之」。每回我們上課，他們那邊就吹起風笛，在艾修女率領下嗚哇嗚哇排演蘇格蘭土風舞；輪到他們上課，我們就換上汗衫布鞋，聚集操場，在龐神父親自指揮下，頂著大日頭嘿咻嘿咻演練詠春拳。雙方倒也相安無事，井水不犯河水……

──雞犬相聞，老死不相往來。

──確實！丫頭描述得十分傳神。我在聖保祿學校兩年，記憶裡，從來不曾踏進操場另一端的聖瑪嘉烈學校半步。感覺上，那是個陰氣很重的地方（那間學校修女多），就像歐洲中古世紀的修道院。聖保祿和聖瑪嘉烈是兩座學堂、兩個世界，連學生穿的制服都不一樣。他們那身英式制服，蘇格蘭格子呢短裙配上一雙白統襪和黑皮鞋，看起來挺標緻，哪像我們一身白衣黃短褲，土里土氣像個坳子佬，所以每天上下學在巴士上遇見聖瑪嘉烈女生，我們聖保祿男生總是低頭垂目，打坐養神……朱鴒，瞧妳那兩隻眼眸月光下黑晶晶，只顧轉啊轉，好像想到了有趣的問題。妳開口問呀。妳說這樣的校園肯定會產生淒美絕倫、可歌可泣的羅曼史——婆羅洲的羅密歐與茱麗葉，古晉的西城故事？丫頭妳的想像力真豐富。不過，我確實曾經喜歡聖瑪嘉烈學校一個女生。每天早晨搭巴士上學，不知怎的，我總會跟她在站牌下不期而遇……丫頭妳又想說什麼？妳說，我故意守望在站牌下等她一起上學？丫頭，妳了解。

——這個女生長什麼樣？讓你那麼著迷！

——長什麼樣？跟妳沒啥兩樣啊，黃皮膚黑頭髮配上兩隻吊梢丹鳳眼兒，標準炎黃子孫中華兒女，可她那一把頭髮，最是讓我夢繫魂牽……可不像丫頭妳腦勺上，那一蓬子刀削般齊耳的短髮絲！她那一頭長髮，每天大清早調理得黑漆漆，乍看就像一條黑色的小瀑布，從頭頂颼地流瀉下來，停歇在她腰肢上，隨著車窗口吹進的晨風飄飄飀飀，每每都讓我看得怔怔出神。（順便向妳說明：古晉城的巴士座位是面對面的，就像舊式的火車車廂；神差鬼使，每次我都身不由主在她對面落座。）這半個小時的車程，丫頭哇，是我一整天中最苦澀辛酸可也最甜美的時光。每天早晨，我端坐在她對面偷偷看她的頭髮，看得癡啦，但又鼓不起勇氣正眼望她，只敢用眼角眉梢瞄個兩三眼，隨即望向別處，悄悄聳出鼻尖，吸嗅她腰肢上那隨風飄漾的髮絲，一撩一撩，散發出的麗仕洗髮精香氣。霎時間整個車廂變得靜悄悄，全世界只剩下我和她兩人，面對面促膝而坐。可她一逕倚在窗旁，瞇攏起眼睛，迎向那漫天潑血般猩紅的婆羅洲朝霞，繃住臉，絞起眉心，冷冷瞅著車窗外，滿街招牌上那一蕊蕊血花似的綻放在旭日下的方塊字，好久好久沒吭出一聲，只顧想自己的心事。朱鴒，妳猜她這當口正在想什麼？想今天午餐到底要吃什麼東西，牛肉漢堡或火腿三明治？嘿，朱鴒丫頭妳真會講冷笑話。不論如何，一路上她就這樣文文靜靜坐在車窗旁，不時伸出左手來，勾起小指尖，把那兩三縷被風吹到臉頰上的髮絲挑一挑，撥到耳脖後，一甩頭，又出神地望向窗外的街景。丫頭妳看她，一雙幽黑眼眸中閃爍著兩瞳子冰冷的光采，那樣深澄、遙迢，好似浩瀚宇宙中一星失落的幽光。朱鴒，拜託妳，別伸手遮住嘴巴噗哧噗哧鬼笑。我是講真的！那當口，孤坐在她對面，窺探她眼瞳中隱藏的祕密，我內心真的是五味雜陳，百感交集啊。偶爾她回過頭來，挑起眉梢，似有若無睨了睨坐在對面的我。那一瞬，我那原本就砰碰砰碰亂跳不停的心坎兒，猛一顫抖，差點停頓。我慌忙垂下頭來，望望自己身上穿著的那套土黃制服，又看看黃布書包上繡著的「聖保祿學校」五個漢字，忽然感到滿臉火燒火燎起來，好像發高燒，連耳根都漲紅了。就這麼樣心酸酸百感交集，一路坐巴士來到校門口。該下車囉！她霍地站起身，彎下腰肢伸手撣撣裙子，頭也不回，蹦蹬蹦蹬走下車門，跟隨她那夥身上穿著蘇格蘭格子呢短裙、肩上掛著用皮革打造的英國式書囊的同學們，咭咭咯咯，操著嬌嫩的牛津腔英語，談笑風生，一溜風跑進聖瑪嘉烈學校去了。孤魂野鬼般我獨個兒拎著書包，佇立巴士站牌下，迎著晨曦伸長了脖子，癡癡地，眺望她腰間那一條飛飆流瀉的烏黑小瀑布，好久，才幽幽嘆息兩聲，垂頭喪氣走進聖保祿學校側門。

——這個女生叫什麼名字呀？

——不知道哇！從沒問過。

——噯喲你這個笨男生！難道你不會打聽嗎？

——講起來真夠窩囊。我跟她在同一座校園讀書兩年，天天在巴士上碰頭，相對而坐，可我……從沒跟她講過半句話！說來慚愧，我們兩家還是鄰居呢。我只知道她家姓「司徒」。丫頭妳知道嗎？司徒可是廣東大姓哪。

——她總該有個名字嘛。唔，那我們就姑且叫她瑪麗好了。司徒瑪麗有沒有跟你講過話呢？

——有講過一句話。

——只一句話？那這句話很珍貴囉！你必定會刻骨銘心永遠記在心裡。可不可以告訴我呀？

——我打死都不會告訴妳！朱鴒啊，她那短短的一句英文，可把我的一顆心給砸得稀巴爛啦。

——這麼可怕的一句話，你不講我也猜得出來。那我問你另一個問題好了。你們校園裡的兩間學堂，聖保祿和聖瑪嘉烈，難道真的就這樣雞犬相聞老死不相往來嗎？好詭異、好絕情！你們校長龐神父和艾修女，難道就從沒安排一些活動，讓兩校師生聚聚，聯絡一下感情嗎？除了艾修女，大家不都是黃皮膚黑頭髮丹鳳眼的華人子弟嗎？

——大家有聚過一次。那回有一部美國電影《北京五十五天》在古晉城盛大放映。好萊塢大製作，卻爾登．希斯頓領銜主演。朱鴒，妳知道這個傢伙是誰嗎？

——電影《十誡》裡的那個舉起手杖大呼一聲，命令紅海分開，讓以色列人通過的大鬍子摩西。

——對！卻爾登．希斯頓，銀幕上赫赫有名的英雄好漢，專門扮演上帝使徒和魔鬼剋星：摩西、賓漢、英國戈登將軍、美國卡斯達將軍……為了讓華人子弟認識中國近代歷史和人文風土，艾修女想出了個好主意。她親自出面，跟發行《北京五十五天》的新加坡國泰機構協調，半價優待我們兩校師生一起觀賞這部電影。

——司徒瑪麗也有去看《北京五十五天》嗎？

——有，否則那天看完電影回家，晚上我就不會做那個怪夢！早晨十點正，兩校師生在校園大門口聖母像前集合，分乘二十部巴士。一路上我們拉長嗓子高唱校歌：青草坡上校旗飛舞，這是保祿的漢校……我們要努力我們要用功，預備做救世的先鋒……幾百個小學生在龐神父和艾修女率領下，旗幟分明，浩浩蕩蕩歡天喜地，開拔到古晉市中心新建的美麗華大戲院龍鳳廳，下了車，自動排列成兩縱隊，操兵似地邁著整齊畫一的步伐，分別從左右兩扇門進入龍鳳廳，分單、雙號入座。楚河漢界涇渭分明。聖保祿在左，聖瑪嘉烈在右。笑盈盈，司徒瑪麗搖甩她腰肢後那一條小黑瀑布，神差鬼使的就坐在我右手邊，中間只隔著一條走道。我偷偷聳起鼻尖，吸嗅她髮梢上散播的洗髮精香，一時間，恍如置身在童話城堡中。電影開演囉！滿堂鼓掌歡呼。大夥原本以為國泰機構招待小學生觀賞的電影，必是一部風景紀錄片，好讓我們這些海外華人子弟，在天王巨星卻爾登．希斯頓嚮導下，遊歷六朝古都北京城，見識一下圓明園啦、天壇啦、紫禁城太和殿啦……那些個東方古蹟，可做夢也沒料到影片一開始，銀幕上卻倏地竄出一大群拖著辮子打著赤膊、橫眉豎目咬牙切齒的清朝支那人，發狂似地，扯起嗓門厲聲嘶叫吶喊，手裡高舉火炬和長刀，手舞足蹈蹦蹦跳跳四處殺人放火。群魔亂舞中，只見北京城裡幾十間教堂和學校冒出熊熊火光，神父和修女們紛紛鑽出火窟，一臉悲憫，懷裡抱著一個個丹鳳眼小娃娃，身後跟著一群群黃膚黑髮滿臉驚悸的婦女和小孩，倉皇逃命。特寫：發狂的支那男人額頭上綁著黃絲巾，上面繡著三個朱紅方塊字：義和團。滿戲院鴉雀無聲。舞台下那一排排昂起頭顱正襟危坐的男女小學生，全都看傻啦，只司徒瑪麗抿住嘴唇吃吃笑。銀幕驀地一亮，鼓樂大響，東海中赫然出現一支遠征軍。龍鳳廳內掌聲四起。旭日下海平線上，幾百艘鐵甲船鏗鏘鏗鏘鼓浪前進，金光燦爛航向支那。八國旌旗五彩繽紛迎風飛颺，帥旗獵獵價響（瞧！鷹與獅旗掩映下招飄著幾幅妖嬌的丸紅旗）。空窿空窿百門巨砲齊發。天津砲台淪陷囉，北京城門倒塌囉。銀幕上火光熠熠硝煙瀰漫。殺豬也似一陣陣哀嚎慘叫聲中，但見一隊隊清兵，脖子後拖著一根長長的豬尾巴，胸前軍服上繡著一個「勇」字（特寫鏡頭），手持長矛和大刀，狼奔狗突四處流竄，在八國砲火轟擊下頃刻間化為一條條焦黑的木炭。支那老巫婆披頭散髮，挾著她的兒皇帝倉皇出奔。黃龍旗著火啦，噼噼啪啪，好久好久迴響在偌大的美麗華大戲院龍鳳廳中。滿堂小學生張開嘴巴，看得出神了。走道左邊悄沒聲，偶爾聽到不知哪位老師幽幽發出兩三聲嘆息；走道右邊，驟然迸發出一波掌聲……

——八國聯軍凱旋進入北京城。

——對！ㄚ頭妳瞧卻爾登．希斯頓（他飾演美軍指揮官）鼓起胸膛昂起斗大頭顱，胯下夾著一匹雪白駿馬，遊走北京城前門大街，顧盼睥睨，不時伸出胳臂，指點著街道兩旁櫛比鱗次的店鋪招牌，同仁堂啦，聚豐樓啦，仙露居采石齋寶芝林啦。忽地，他扭轉脖子回過頭來，瞪住他手下那幫弟兄，板起臉孔講幾句葷笑話，惹得這夥美國大兵一個個當街嘻哈絕倒，前俯後仰樂不可支。（美式幽默，那時我聽不懂，只聽得走道右邊滿堂噗哧聲，聖瑪嘉烈學校闔座師生笑成一團。）進城途中，這隊美軍遇到一群身穿大紅繡花唐裝衫裙，脖子後，紮著一根粗油麻花大辮子，呆呆站在街邊看西洋兵的支那大姑娘。眼眸一亮，卻爾登．希斯頓趕忙端整起臉容，乜起他那雙海藍眼珠，瞅住姑娘們溫柔地點點頭，伸出兩根手指，颼地敬個禮，猛一甩馬鞭潑剌潑剌絕塵而去，馳騁向紫禁城。滿堂喝采。好一派騎士風度哦！走道右邊女生群中讚嘆聲四起。

——賤！

——不要罵她們，朱鴒。唉，我回頭望望龐征鴻神父，只見他挺起腰桿子坐在最後一排座位上，只管繃著一張黃臉孔，凝起眼睛瞪著銀幕……

——可憐的龐神父！他跟你們聖保祿學生一樣，原也以為《北京五十五天》是一部中國古都風光紀錄片。

——他上了艾修女的當，丫頭。

——咦？艾修女呢？她坐在哪裡？

——艾莉雅修女戴上她那副銀絲框小眼鏡，隔著走道，端坐在龐神父身旁，笑吟吟望著銀幕呢。這會兒，卻爾登．希斯頓身上換了一套西部大開拓時期美國騎兵制服，頭戴一頂牛仔帽，腰掛一把指揮刀，橐橐橐邁步進入紫禁城中，走著瞧著，突然伸出腳上那隻長統牛皮靴，一腳踩在台階旁那排晶瑩剔透的漢白玉欄杆上，使勁擦了兩下，頭一昂，腳一跺，翹起屁股蹬蹬蹬邁步上殿，猛抬頭，望見殿中的大梁上，懸掛著一塊金碧輝煌氣象萬千的匾額，上面寫著四個大字……

——正大光明。

——咦？丫頭妳怎麼知道呢？台視八點檔連續劇的清裝大戲，常常出現這個鏡頭？哦！一抬腳，卻爾登．希斯頓跨過殿門下那道金漆雕花的門檻，排闥直入，闖進中國皇帝的龍宮。只見他背起雙手來，鼓起胸脯四處走動巡查，一會兒賞玩滿殿陳列的支那骨董，一會兒昂起頭，瀏覽寶座兩旁龍柱上鐫刻的金字對聯，滿臉鄙夷，時而點頭時而搖頭，倏地一轉身，橐躂橐躂，蹬著馬靴走到殿中央擺著的一隻香爐旁，睜大眼睛瞪著那條蟠蜷在爐身的五爪金龍，若有所思，端詳了好半晌，忽然抬起腳來踩到龍頭上，逗弄哈巴狗似的，溫柔地踢了兩下……戲院中滿堂哄笑。我悄悄轉過脖子，睨了睨隔著走道坐在我身旁的司徒瑪麗，但見她眼波流轉，水汪汪，乜起她那兩隻小丹鳳眼兒，滿臉愛慕，瞅著銀幕上那一屁股坐進龍椅中顧盼自雄的美軍指揮官。驀地，司徒瑪麗撩過一眼來，睼了睼我，猛然扭頭又自管望向銀幕。我垂下了頭來悄悄闔起眼皮，好久，耳旁只聽到走道右邊黑鴉鴉一堆細小頭顱中，不時爆出司徒瑪麗一聲嬌笑。忽然口哨聲四起。滿堂小男生紛紛伸出手掌拍打座椅扶手，爭相歡呼鼓譟起來。艾娃·嘉娜終於出場囉！一個好萊塢大肉彈怎麼會在《北京五十五天》軋上一角？好萊塢電影，沒事總要來一段羅曼史。艾娃·嘉娜扮演一位風華絕代的歐洲貴婦，不知怎的流落北京城，又不知怎的鬼迷心竅，愛上一個成天瞇著兩隻丹鳳眼、脖子後拖著一根豬尾巴的支那男人。朱鴒，妳知道這隻色膽包天、竟敢誘姦白種美女的支那豬，是何許人也？中國近代史上赫赫有名的榮祿唄！榮祿是慈禧太后的心腹大臣，聽說也是老佛爺的老相好呢。銀幕上，每回艾娃·嘉娜一露臉，銀幕下，走道右邊的聖瑪嘉烈學校全體師生，就一齊噘起嘴唇，噓噓噓，朝向她猛開汽水。整個戲院鬧哄哄。

不知為了什麼緣故，一言不合，卻爾登．希斯頓颼地綳起臉孔，正氣凜然，伸手狠狠甩了艾娃．嘉娜兩記清脆響亮的耳光。大夥歡聲雷動，鼓掌叫好……電影演到這裡我看不下去啦，自管低著頭閉上眼睛，想自己的心事。《北京五十五天》的結局怎樣？卻爾登．希斯頓和艾娃．嘉娜的羅曼史如何發展？我不知道。直到電影快演完，聽見走道右邊，聖瑪嘉烈學校師生春雷般驀地綻響起滿堂采聲（我們聖保祿學校這邊，原本死寂一片，大夥噤若寒蟬呆若木雞，這時竟也傳出零零落落幾下掌聲呢），我才勉強撐開眼皮，抬頭往銀幕上一看。原來那美國摩西卻爾登．希斯頓，繼《十誡》之後又完成一項上帝交付的任務，這當口騎著雪白駿馬，左顧右盼一臉悲憫，正率領部隊開拔出北京城哩。看啊，前門大街店簷上，那一幅幅七零八落彈痕纍纍的招牌底下，白頭蒼蒼，滿城父老們穿起長袍馬褂，弓起腰桿子，搖晃起腦勺下紮著的一根根長辮子，打躬作揖夾道相送。喇叭齊鳴戰鼓鼕鼕，美國騎兵隊高奏星條旗歌：

看啊，君不見
映著黎明曙光
我們昨夜在夕陽裡升起的星條旗

條紋寬，星徽亮
徹夜矗立飛揚……
看啊，那面星徽燦爛閃爍的旗幟
願它永遠飄揚在
勇士國、自由邦！

銀幕下嘰嘰喳喳，宛如一群出谷的黃鶯，幾百條嬌嫩小嗓子，伴隨銀幕上美國大兵的雄壯歌聲，歡天喜地唱起星條旗歌。老師們搖頭晃腦，擊掌吟哦。悄悄回頭，我看見龐征鴻神父雙手合十，癱坐在後排椅子上，垂著頭只顧閉目養神。艾莉雅修女滿臉笑盈盈，端坐一旁。滿堂如雷掌聲中整間戲院燈光大亮，幕急落……劇終。咦？丫頭妳到底怎麼了嘛？聽呆啦？中了蠱似的癡癡呆呆不吭聲！瞧妳，只顧聳著妳脖子上那一叢被河風吹亂的頭髮，迎著月光，仰起妳那水白白一張小瓜子臉龐，俏生生站在台北華江橋上，聽我訴說童年的這樁經驗，好久好久不聲不響。朱鴒，聽完這個故事，妳心裡到底有什麼話要跟我講呢？

——好，那我就問你！那天你們兩校師生一起觀賞《北京五十五天》，戲院裡，走道左邊，你們聖保祿學校師生們，怎麼一直都沒反應呢？從頭到尾悶聲不響，一個個變成了呆頭鵝。走道右邊，聖瑪嘉烈學校師生卻興高采烈，一個勁替八國聯軍鼓掌加油，歡呼喝采……

——興奮得就像一窩在熱鐵皮上跳躍的小貓咪！

——那你呢？怎麼一直沒吭聲呢？只顧低頭想心事。

——朱鴒，妳到底要我們這群小孩子怎樣做？怒氣沖沖站起來，指住銀幕上的卻爾登．希斯頓，破口大罵？還是要我們聖保祿師生相擁在一起，為支那母親蒙受的恥辱，同聲一哭？媽的！我們是殖民地百姓，我們是英女皇的子民。

——那天我朱鴒若是在場，電影演完時，我必定會跳起身來大叫三聲：支那萬歲！

——天地良心，那時我心裡也好想這樣做哦，但不知為什麼我偏偏叫不出來。我沒種。可那天看完電影回到家裡，晚上我就做了個怪夢，冒出一身冷汗來。

——什麼夢那樣恐怖？你夢見司徒瑪麗，對不？瞧你這會兒想起這個夢來，渾身還打起哆嗦，月光下臉青青就像死人一樣呢。

——我夢見日出。

——日出？那有什麼稀奇？

——丫頭妳聽我講嘛！破曉，東方紅太陽升，我小小一個人獨自佇立在古晉城外馬當山巔，放眼望去只見城中滿街招牌上，一蕾蕾奼紫嫣紅的方塊字，那千百幅詭祕妖豔的符咒圖騰，驀地裡，一齊綻放開來，好似萬千朵血花，盛開在婆羅洲天際一輪火紅的大日頭下。忽然不知怎麼，那漫城燦開的一蕊蕊春花枯萎了，融化了，又不知怎麼，忽然就幻變成幾千灘血水，淅瀝淅瀝從滿街店簷上滴落下來，流淌到城中街道上，匯聚成千百條血溪，潺潺流進古晉城旁沙勞越河中，挾著婆羅洲叢林的泥沙嘩喇嘩喇直往北流，注入大海。一眨眼，南中國海變成了一片黃色的血海，波濤滾滾洶湧向西方，吞噬地中海，淹沒了羅馬城中七座山丘下的鬥獸場，淹沒了巴黎凱旋門，淹沒了第三帝國的布亨瓦德集中營，淹沒了倫敦橋畔的大笨鐘和大英博物館，淹沒了帝國大廈，淹沒了櫻花盛開的扶桑四島……看啊，君不見，映著黎明的曙光，紫禁城金鑾殿金光燦爛，矗立在紅豔豔一望無際的金黃色血海中。太陽出來滿天紅喲……

——拜託你別唱！每次你唱起歌來就像鬼哭神號一樣，聽得我心裡發毛。我問你，司徒瑪麗有出現在你這個夢裡嗎？

——有啊，她早就溺死在血海中。

——唉，你為什麼那樣恨司徒瑪麗？

——因為看電影《北京五十五天》的時候，從頭到尾，司徒瑪麗一逕搖甩她腰間那烏溜溜一把小黑瀑布似的長髮絲，抿著嘴唇吃吃笑不停，一副樂不可支的樣子。

——你這個人的心腸，唉，好硬喲。

——誰叫我是「支那人李永平」呢！嘿嘿，我就是這樣子在英屬婆羅洲，沙勞越邦古晉城長大的呀。

——喂，你知道嗎？你現在的樣子好可怕哦。瞧你陰沉著一張臉孔，扠著腰，齜著牙，站在月光下台北市滿城閃閃爍爍的霓虹燈火中，只顧嘿嘿嘿冷笑，臉色一霎青一霎白一霎紅，就像艾修女口中的撒旦。我現在開始有點怕你了。

——哈哈哈，朱鴒丫頭妳莫怕！妳比我還像支那人呢。

——是嗎？謝謝李大哥，讓我聽了心寒寒。咦？為什麼你不讓艾修女也溺死在血海中呢？

——因為我愛她呀。

——哦！難怪，那天在美麗華戲院看《北京五十五天》，時不時你就回過頭去，往後排座位瞧一瞧。原來你不是看龐征鴻神父，而是看艾莉雅修女。我現在終於明白了。

——丫頭，她是那麼的溫柔婉約、親切和藹，讓我們聖保祿的男生忍不住打心裡仰慕她、愛戀她。那天，是她親自安排我們來看這部美國電影。這可是我生平看過的最恐怖、最怪誕、最讓我刻骨銘心的電影啊。《北京五十五天》！

追憶七：一個游擊隊員的死

太陽出來滿天紅喲……丫頭，就這麼樣我受撒旦的誘惑，與支那的方塊字結下一世的緣，難分難解至死不渝。就這麼樣，我對聖瑪嘉烈的司徒瑪麗死了心，一刀兩斷，從此不再與她共乘巴士上學了。就這麼樣我變成了早熟的民族主義者、大中華的狂熱信徒、自我放逐的流亡客——妳說我心中充滿怨懟，把自己和親人弄得痛苦不堪，何苦呢？朱鴒丫頭，那時我原本還只是個天真未鑿的孩童。《北京五十五天》！一部美國好萊塢電影和一個愛爾蘭修女，竟有恁大的魔力，可以扭轉一個華僑子弟的命運。

好啦，不談婆羅洲童年往事了。丫頭妳看，月娘不知什麼時候巡行到了淡水河口海峽上空，睜開一雙丹鳳眼，滿臉悲愁，俯瞰咱們台北城，望著望著忽然掀開面紗，挑起眉梢，瞅住觀音山頭那一窩子迸迸濺濺，煞似一群戲水頑童的星星，眼一柔，抿住嘴唇笑起來。漫天清光下，淡水河上一座座大橋驀地洶湧起滾滾車潮，萬千輛計程車從城中各處奔馳向河畔，首尾相啣，爭相過河，乍看宛如一條條游走追逐在水銀路燈下的金黃長蟲。滿城尋歡作樂的男人們，這當口急急慌慌，醉醺醺趕回家面對老母妻小去了。火燒火燎，熱鬧了大半個夜晚的台北市，霎時間沉黯下來，只剩下中山北路九條通那頭，兀自點燃著三兩簇妖嬌霓虹燈，一窩花蛇樣，癲癲狂狂不住兜轉閃爍交尾。可妳看華江橋下那有名的華西街夜市，這會兒卻依舊燈火高燒人聲鼎沸……咦？朱鴒丫頭，妳只顧低著頭瞇著眼睛窺望什麼呢？哦，華西街夜市隔壁的寶斗里！瞧，里門口開進來了兩輛遊覽車。白頭蒼蒼，一群歐吉桑披著鵝黃色羊毛呢雙排釦法國西裝，弓起腰桿子，痀瘻著身子魚貫鑽出車門來了。看哪，月光下幾十個少小姑娘穿著花短裙，裸著胳膀，踩起三寸高跟鞋，蹦蹬蹦蹬鑽出各家紅門洞，屋簷下倏地一字排開，哈腰迎接這群老郎客。嘩喇嘩喇潮水般，那一堆深更半夜匯集在花街柳巷徘徊窺望的閒人們，眼一亮，看見東洋老嫖客前來參觀隨喜，紛紛挪動腳步往兩旁退開，讓出一條通道。場面可壯觀！朱鴒請妳豎起耳朵聽一聽。聽到沒？寶斗里中央紅霓深處那座小小的粉紫色四合院，幽紅幽紅點著兩盞佛燈，人影交纏，梆梆梆箜箜箜，綻響起一陣急似一陣的木魚聲。丫頭哇，那座院子就是當初我剛來台灣，隆冬夜晚下著冷雨，我獨自個在華西街夜市遊逛時，迷了路，一不小心就闖進去的洞天福地：臨春閣、望仙閣、結綺閣……

咱們不再談那檔子事啦，免得妳又生氣。咕嚕咕嚕，我聽見妳肚裡的腸子叫鬧起來了。丫頭妳肚子餓囉？我們到華西街吃消夜吧。今晚一口氣，給妳講了好幾個故事，絮絮叨叨，向妳訴說我在英屬婆羅洲的成長過程，這會兒我感到好渴哦，只想來一杯冰鎮的台灣啤酒，昂起脖子一飲而盡。呼乾啦！

河上又颳起了大風。月娘拿起面紗遮住皎白的臉龐，笑吟吟躲藏進雲堆。觀音山頭那群光著身子潑水嬉戲的小精靈，早就一哄而散啦。咱們走吧！再不走，守橋的憲兵可要端著槍衝上前來，盤查我們這一大一小兩個深夜在橋上流連的男女。朱鴒，跑啊，下了華江橋，只管朝向寶斗里隔鄰那一片夜市人潮走過去。喏，威名赫赫、據報導曾當場嚇死過兩個老美觀光客的台北蛇街，燈火輝煌，豁然出現在丫頭妳眼前啦。

看哪，映著朦朧的月光，滿坑人頭堆中矗立起一座東方宮殿牌樓！雪花花十盞水銀大燈潑照下，飛簷畫棟氣象萬千，好似一隻展翅欲飛的金鳳凰，棲停古艋舺城渡河口，居高臨下，守護著龍山寺山門外，華西街國際觀光夜市入口處，俯瞰滿町遊人……慢！朱鴒，且收回妳那兩隻髒兮兮的腳丫子，給我站住，先別忙著闖進牌樓裡頭。來，讓我蹲下來，把妳腳上踢躂踢躂趿著的一雙破鞋穿好，將鞋帶給綁上──咦？妳的鞋帶脫落到哪裡去了？這小妮子伴隨我在台北街頭遊逛了一夜，蓬頭垢面滿身臭汗，活像個小叫化子……好啦，鞋子穿好了，現在掏出手帕來吧，把妳那兩隻布滿血絲的眼睛擦一擦，然後伸出手來舉到眉心上，跂起腳跟，放眼望過去。瞧，子夜時分的華西街夜市多熱鬧！丫頭告訴我，在牌樓裡頭妳看到什麼？「一大堆人頭！男女老少各色各樣的人頭，滿坑滿谷洶湧鑽動。」丫頭妳真會描述。現在豎起妳的耳朵仔細聽聽，告訴我夜市中傳出什麼聲音？「刀聲霍霍鍋鏟鏘鏘人頭滾滾，街頭巷尾火燒火燎霹靂啪啦。」有意思！我早就說過嘛，人家的心只有一個竅，而朱鴒這小姑娘的心卻生了七八個竅，晶瑩剔透冰雪聰明，說不定她將來會成為一位傑出的小說家，所以我才會帶她出來遊蕩，見識見識人生。怎麼了，朱丫頭抿住嘴唇噗哧噗哧笑起來啦？妳說，妳做夢也從沒想過要當什麼小說家。那妳長大後想幹什麼？四處漂泊流浪當個女迌迌人？「漂泊迌迌人漂泊迌迌人，迌迌人，因何你那目眶紅，是不是你的心沉重，後悔走入黑暗巷……」得了得了，拜託妳別再唱下去了。瞧妳，只顧聳著妳頭頂上那一蓬灰撲撲的亂髮絲，滿面風塵，孤零零的挺著細小的身子，佇立在台北國際觀光夜市大牌樓下，咬著牙，絞起眉心，硬裝出一臉淒苦的表情，舉頭望向城頭月，哀哀扯起妳那條尖細的小嗓子厲聲唱起歌來：「漂泊迌迌人……」歌聲招引來一群老美觀光客，團團將妳圍住，滿眼悲憫瞅著妳，從口袋中掏摸出幾枚銅板，塞進妳手心。他們還以為妳是個身世飄零、賣唱街頭的支那小孤女呢！走，咱倆手牽手逛夜市去。我現在又要考妳一個問題囉。請妳閉上雙眼，伸出妳臉上那隻亮晶晶綴著三顆汗珠的小鼻子，使勁嗅一嗅，然後告訴我，這會兒行走在華西街夜市通道上，那櫛比鱗次一攤攤小吃店之間，妳聞到什麼好吃的東西？「魷魚羹麻油土雞燒酒蝦，現殺活鱉三吃，各色炒菜各式火鍋搭配麒麟一番搾生啤酒。」來吧，丫頭，咱們這就找一家海產店，坐在門口臨街檯子旁，一邊吃消夜一邊看街景。老闆娘，先給我來兩瓶冰冰的台灣啤酒，給這位小女生一瓶蘋果西打——朱丫頭妳說什麼？今晚妳也想喝一杯啤酒？

——嗯！陪伴你遊逛了整天，一路聽你講你在婆羅洲長大時，發生的那些又淒涼又恐怖的故事，讓我聽得心酸酸，一顆心直往下沉墜！這會兒也好想來一杯冰啤酒哦。拜託讓我喝一小杯。

——不讓！小孩子不許喝酒。

——真不讓嗎？那我就自己一個人半夜走路回家囉。

——咦？說著說著，丫頭妳怎麼就霍地站起身，拔起腳來一甩頭就氣鼓鼓跑掉了呢？朱鴒，趕快回來！

——讓還是不讓喝酒？

——讓，讓。今晚就破例讓妳喝一小半杯啤酒。敬妳，朱鴒，我這個婆羅洲浪子有緣在台北街頭，結識的一個既絕頂聰明可又……十分難纏的小姑娘。我乾杯，妳隨意。丫頭吃菜吧。怎麼妳那兩隻烏晶晶的眼瞳子還只顧轉啊轉，直盯著我的眼睛瞧呢？妳心裡又想到了什麼古怪的問題呀？

——我還在回味剛才在橋上你給我講的故事《北京五十五天》。你知道嗎？我心裡忽然想起一個人。

——誰？

——田玉娘。

——丫頭好記性！到現在還記得田玉娘。

——咦，怎能夠忘記她呢？那是你給我講的第一個故事呀。雨雪霏霏四牡騑騑……記得嗎？你講小時候在婆羅洲讀書，你的同班同學田玉娘，有一天怎樣跟隨你進入叢林尋找葉月明老師，沒找著，你們兩人怎樣在達雅克人的長屋度過一夜，田玉娘怎樣染上猩紅熱，回到城裡，三天沒來上學就死掉了……講著講著你的眼睛就紅了，聲音顫抖了。好幾次你摔開了臉去，隔著大海怔怔眺望那個遙遠的地方，悄悄伸手撥掉臉頰上的淚珠。別以為我沒看到！我們走在街上，你一路訴說田玉娘的故事，我一路乜斜起眼睛偷偷瞄你。我看得出來，你一生最憐惜、最感到虧欠的女孩，就是你這個小學同班女同學。她跟隨你在婆羅洲森林歷險，出生入死，而你，卻沒有跟她同生共死——你把她拋棄在婆羅洲。月光下荒涼涼一座小墳墓，埋著孤零零一堆小白骨。你獨自溜到台灣，說是要尋找……瞧你眼眶又泛紅了。我不說啦，只是剛才在橋上聽你講你和司徒瑪麗那段情，我心裡就一直惦著田玉娘。唉，你這個男人沒良心，田玉娘才死掉，你就愛上另一個女生。那個司徒瑪麗有什麼好？陰陽怪氣裝腔作態——那次她跟老師和同學們在美麗華戲院看電影《北京五十五天》，從頭到尾，她不是只顧甩著頭髮格格嬌笑嗎？一副樂不可支的樣子！這種女孩虧你會喜歡上她，而且為她做了個怪夢呢。

——丫頭妳誤會了！只怪我沒交待清楚。我在聖保祿學校讀了兩年書。迷戀司徒瑪麗是在頭一年，看《北京五十五天》也是在那一年，可看完那場電影，我就對司徒瑪麗死了心啦。第二年才結識田玉娘……

——真是這樣的嗎？

——是這樣！吃菜呀，炸蚵仔涼了就不好吃。怎麼妳那兩粒眼珠還只管骨碌骨碌打轉，斜斜睨著我，臉上表情似笑非笑好古怪。妳這鬼靈精的小姑娘，莫非又想到一個像刀般銳利、叫人吃不消的問題啦？

——其實我早就感覺出來了，你心裡真正愛的不是田玉娘，更不是司徒瑪麗，而是你們的葉月明老師！你和田玉娘進入森林尋找的人。

——什麼？丫頭妳真會想喔。

——好，現在請你當著我的面，伸手摸摸你的心，然後看著我的眼睛，回答我：你小時候深深愛上的、這些年來日夜思念記掛的人，是不是這位擔任你們級任老師，安排你和田玉娘坐在一塊共用一張書桌，後來忽然離開學校，揹著槍，跟隨丈夫進入森林打游擊，結果被英軍打死的女老師葉月明？你跟我講這個故事的時候，我就猜到你的心意了。我還記得葉月明的丈夫也是你們學校的老師，名字叫何存厚，對不對？

——丫頭，我對葉老師的感情就像……

——你不用解釋。我了解！現在我只想知道，葉月明老師是不是真的死了？

——沒有人看過她的屍體。

——唔！說不定她還活著呢，這會兒正躲藏在婆羅洲森林一座長屋裡。

——傳聞很多。有人說……

——等一下！我先到那邊看看。

——妳這丫頭又發現了什麼新奇事？瞧妳，說著說著，忽然就豎起耳朵挑起眉梢，好像在傾聽夜市中傳出的什麼訊息，隨即眼睛一亮，霍地撂下筷子，跳起身，三步併著兩步跑出小吃店，一頭鑽進對面那家蛇店門口聚集的人堆裡，看熱鬧去啦。朱鴒回來！好好坐著聽我講葉月明老師的故事嘛。

——回頭等我看完殺蛇回來，你再跟我講吧。

——朱鴒，唉。小妮子一顆心生了七八個竅，鬼靈精，天生又是那麼的好奇。初次遇見這個滿臉風塵，放學後不回家，獨自個蹲在校門口，一邊寫字一邊睜著眼睛打量過往路人的小女生，我就忍不住問她：「喂，妳為什麼那樣好奇？」「不知道！我生來就這樣。」猛一甩頭，小姑娘仰起臉龐瞇起眼睛，睨著我這個陌生人格格笑，樂歪了。葉老師，您應該來台北看看這個女孩。您看她兩隻烏黑眼眸，總是睜得圓圓地瞅住你，彷彿探索什麼似的，好久好久只管轉著眨著，眼瞳子忽然狡黠一亮，霎時間看透了你埋藏在心底多年的祕密。在朱鴒那雙清澈的眼睛前，你不想（可也不敢）隱瞞什麼，你會忍不住向她娓娓訴說你不屑對別人講的心事，不管小女生聽得懂聽不懂，可你知道朱鴒她心裡了解。她是個蘭心蕙質冰雪聰明的女孩啊。是的，朱鴒一眼就看穿了我的心思。離開婆羅洲漂蕩在外這些年，我時時刻刻牽記著您，葉老師。夕陽斜晚風吹，大家來唱採蓮謠……老師還記得您教我們唱的這首歌謠嗎？紅花豔白花嬌，撲面香風暑氣消，你打槳我撐篙，欸乃一聲過小橋……您記得那時我們全班同學五十四人，排排端坐木板凳上，挺起腰桿子仰起臉龐，睜著一雙雙黑幽幽丹鳳眼兒，瞅望著您，在您鋼琴伴奏下引吭高歌。老師如今還聽得見嗎？英屬婆羅洲落日下的聖保祿小學堂，五十四條細嫩的嗓子驀地一齊飛揚起來，合唱〈採蓮謠〉，一聲聲清脆地、悲涼地，迴響在從窗口灑進來的那灘火紅的赤道晚霞中。那時您新婚未久。校園裡，早晚看見您抱著課本和學生作業簿子，小鳥依人般，把身子倚靠在我們師丈何存厚老師肩膀下，雙雙徜徉花徑上、長廊中，一路走一路低頭躲避學生們調皮的眼光，漲紅著臉兒，悄聲笑。偶爾您從師丈的手心裡掙脫出一隻手來，幽幽嘆口氣，迎向夕照晚風，仰起您那張娟秀的、給淡淡抹上兩片水紅臙脂的素白臉龐，勾起小指頭，一縷一縷挑弄鬢邊汗湫湫的髮絲。忽然眉心一蹙，您瞇攏起眼睛，怔怔眺望城外一輪紅日下，那座陰森森地浮盪在叢林中的翠藍大山——馬當山。那一霎，老師，您那兩隻清亮的眼瞳子變得無比深邃、遙迢，日頭下閃爍著一星奇異的光采，眼神中彷彿隱藏著某種神祕的憧憬。心酸酸，我躲在暗處，望著你們夫妻倆並肩漫步校園中的恩愛身影，看著看著，不知怎的就妒火中燒，鬼迷心竅，後來竟然就編造了一個謊言，說我親眼撞見您跟另一位男老師，教體育的羅庭強，青天白日躲在學校廚房後面黑影地裡，兩個廝抱著偷偷親嘴。謠言傳開，舉校沸騰。您氣得滿身發抖臉色蒼白，上課時將我從座位中一把揪起來，拖到講台上，咬著牙，命令我，背對全班同學褪下褲子，然後拿起籐條狠狠抽我的屁股，一鞭兩鞭三鞭……抽到第三十九鞭（老師您瞧我記得多清楚）您丟下籐條轉過身子，面向黑板，從腋窩裡抽出手絹，悄悄擦拭眼角的淚水，沉沉嘆口氣。那時我光著屁股弓著腰佇立講台上，真想立刻死掉，可您知道後來我有多追悔嗎？您問田玉娘就曉得。可是為了尋找您，田玉娘在叢林達雅克人的長屋裡染上猩紅熱，病死了……夕陽斜晚風吹，大家來唱採蓮謠……船行急浪又高，採得蓮花樂陶陶……聖保祿學校的葉月明老師，今晚學生李永平坐在台灣古艋舺城、華西街夜市一家小吃店裡，苦苦思念您，隔著煙波浩渺的南中國海，月下舉起一杯台灣啤酒，遙遙敬您和我們尊崇的師丈何存厚老師，不管您是死是活，這會兒人在何方……喲，朱鴒丫頭妳看完了熱鬧終於跑回來啦！我還以為妳真的生氣了，不聲不響把我撇在這兒，獨自溜回家去了。咦，怎麼臉色恁地慘白？妳剛才在對面那家蛇店門口，到底看見什麼東西，把妳嚇成這個樣子。

——蛇！一大籠的蛇擺在店門口，各各各種各類各奇形怪狀五顏六色的蛇，交纏成一窩，窸窣窸窣，格格，不住蠕啊蠕齜啊齜，望著我吐出舌頭嘶嘶嘶格格格。

——瞧妳這平日伶牙俐齒的丫頭，怎麼忽然變得結結巴巴了呢？一邊說話還一邊格格格直打牙戰！快坐下來喝兩口冰啤酒，吃點菜，歇口氣再慢慢告訴我吧。

——吁！格格，打出娘胎以來，我從沒看見過那麼多條蛇被關在一個籠子裡呢。老闆身穿白色功夫裝，手拿一根鐵鈎，把一條條毒蛇從籠子裡勾引出來，向參觀蛇店的遊客介紹：這條蛇三角頭，鼻子尖尖長長，就是咱台灣原住民最崇拜的百步蛇囉，給牠咬到一口肯定死翹翹，格格。下面這條雨傘節最羅曼蒂克，身上的花紋一節青一節白，看起來好像一支可愛的小雨傘。咱兩人，結伴遮著一支小雨傘，雨愈大，我來照顧妳格格妳來照顧我，妳我雙人行，相偎遇著風雨這呢大，坎坷小路又難行，妳和我格格結伴遮著一支小雨傘……老闆向觀眾介紹毒蛇，一時興起就搖頭晃腦，扯起嗓門唱起台灣小調來了。謝謝各位來賓鼓勵的掌聲！現在請看這條土黃色、九十公分長的蛇，背上的花紋像那個烏烏龜的殼，格格，牠的名字就叫龜殼花囉。這條飯匙倩，頭圓圓臉扁扁，看起來就像阿母用來剷飯的飯鏟，所以也有人叫牠飯鏟頭。這種蛇最詭異！各位鄉親格格，你們看伊那兩粒目珠，金金的瞪著查埔人的那一支，想要撲上前去咬它一口……圍在蛇店門口看殺蛇的一群遊客，聽老闆介紹台灣蛇，聽得津津有味，個個笑咪咪。有個年輕的小姐在貿易公司做事，手上提著公事包，陪外國客戶逛我們台北市蛇街。（我怎知道她在貿易公司上班？格格，她胸前不是別著一塊名牌，上面寫著「臺芳貿易公司何小蓉」嗎？）她就問老闆：頭家，你說飯鏟頭想咬的是哪一支呀？老闆呵呵笑：就是男子漢大丈夫都有的那一支嘛，格格！喂，那位阿凸仔美國朋友，請你小心保護你的那一支，免得被咱這條飯鏟頭不小心咬到，咔嚓，去了了，回去美國只好做白宮太監囉。來來來這兩位小朋友莫害怕，你們不必伸手摀住褲襠，把頭鑽進媽媽裙子裡面，飯鏟頭還看不上你們那一支呢！老闆邊講邊搖晃鐵鉤上吊掛的那條毒蛇。店門口大夥兒聽了，當場笑得人仰馬翻。貿易公司女副理，把老闆的話翻譯給外國客戶聽。那個老美腆起啤酒肚，歪著大腦袋瓜，把一隻耳朵湊到女副理嘴旁，一邊聽她唧唧咴咴翻譯，一邊乜斜起眼睛偷瞄自己的褲襠，格格格格笑得好不尷尬得意。看到這裡，我實在看不下去了，格格就跑回來啦。

——丫頭慢慢喝！怎麼兩三口就乾掉半杯啤酒呢？

——壓驚，嘻嘻格格。

——瞧妳到現在還一個勁格格打牙戰。

——咦，剛才我們說到哪兒啦？哦，葉月明老師到底死了沒？如果她真的死了，那她到底是怎麼死的呢？

——傳言很多。從森林裡出來的同志說，葉月明死了，但不是被英軍和馬來西亞部隊打死的。

——那究竟是誰下的毒手呢？

——這是一個謎。

——有意思！可以寫成一部精彩的推理小說。

——唔。我在台灣讀完大學，回婆羅洲老家省親，四處打聽葉月明老師的下落，甚至還請託我們小學校長龐征鴻神父，透過天主教會，向馬來西亞聯邦政府國防部查詢。所得到的答覆是：經查，被政府軍擊斃的北加里曼丹人民軍游擊隊隊員名單中，並沒有「葉月明」這個名字，然而，情報顯示，此人確實已經死在婆羅洲叢林裡。北加里曼丹就是北婆羅洲。

——哦！那麼葉月明的丈夫何存厚呢？當初，他帶新婚妻子進入森林打游擊，如今肯定跟妻子一起死在森林裡囉。

——他沒死。

——怎會這樣子？他們夫妻不是很恩愛嗎？

——何存厚老師活著走出森林來了。

——咦？幹嘛不打游擊了呢？

接受招安。

——我懂了！就像《水滸傳》一百零八條好漢。

——北加里曼丹人民軍游擊隊可不只一百零八個人哦。當初，三千人進入森林，拿起武器展開武裝鬥爭，夢想在北婆羅洲沙勞越建立一個社會主義烏托邦、美麗新支那。十年後，他們放下武器走出森林，全軍只剩下六百人，男男女女一個個衣衫襤褸面黃肌瘦，活像一群討飯的叫化子。丫頭，告訴妳，這群反對英美帝國資本主義的熱血青年，有好多是我的老師和同學！記得念中學時，有一天上學，發現班上同學忽然間消失了一大半，原來，昨天夜裡他們集體蹺家，瞞著父母親，偷偷跟隨老師走進森林裡去了……

——你為什麼沒有跟同學們進入森林呢？

——我？我要念書啊。

——是嗎？

——我……我心裡害怕。我怕死。我覺得他們太天真，夢想在別人的土地上建立一個新支那烏托邦，注定要失敗的！事實證明我的看法正確。

——嘿。原來如此。

——朱丫頭，拜託妳不要冷笑！好，我承認我孬種，請妳不要乜斜起妳那兩隻吊梢丹鳳眼，用鄙夷的眼光看我，行不行？妳那雙烏晶晶的眼瞳子打量我，就像一把剃刀，冷森森剮著我……

——我沒有看你啊。這會兒，我正在觀賞蛇店門口掛著的那盞彩色琉璃宮燈，聽老闆介紹，那是唐山老師傅打造的嘢！對不起，我剛才不該問你那個敏感的問題，好像突然踩到你的痛腳似的，瞧你臉色颼地變了，嚇了我一大跳。唔，那次你回婆羅洲探親，有看到從森林裡出來的何存厚老師嗎？

——有！回家第一天，見了我母親和小妹子翠堤，我便央求大哥陪我到古晉市區走走，看看我出生長大一別七年的鄉城。丫頭記得嗎？我跟妳講過，古晉市河濱市場旁邊有條暗巷，巷裡有成排的三十幾間小鐵皮屋，屋裡住著一群姑娘。小時候，有天中午我一時禁不住好奇心，獨個兒闖進這條巷子，躡手躡腳邊走邊看，只見門洞口一粒紅燈泡下，每間鐵皮屋裡擺著一張木板床，床上鋪著一條黏搭搭大紅鴛鴦被，被子上，擺著兩隻髒兮兮的繡花枕頭，枕頭旁，端坐著個十七、八歲的支那姑娘。姑娘看見我把小小一顆頭顱探進門口來張望，就伸出尖尖五指，招啊招，滿臉笑，咧開她那兩片塗抹著猩紅口紅的小嘴唇，綻露出兩排血漬漬的小白牙，柔聲呼喚我進屋來坐，喝瓶汽水，神態親切得就像招呼自家的小兄弟……二十年後，這群大姊姊年華老去，早就不知流落到哪裡，巷裡的鐵皮屋換了一批年輕的姑娘，依舊端坐在床沿，笑吟吟，守著那床鴛鴦被和那雙繡花枕頭。巷裡依舊挨挨擠擠探頭探腦，搔著褲襠，穿梭徘徊著各色人種的男子，馬來人印度人歐洲人高等華人，晌午大日頭下汗燻燻，五味雜陳狐臭四溢就像個小聯合國。咯吱——咯吱——咯咯吱吱——整條弄堂幾十張木板床，青天白日依舊顛簸震盪迴響個不停，就像二十年前那樣，咯吱咯吱咯咯吱吱……我跟隨大哥鑽出巷子，膝頭一軟就在沙勞越河畔蹲下來，好久好久只管昂起脖子，眺望傍晚時分莽莽叢林中，一輪紅日下炊煙四起的古晉城，心中一片迷茫。忽然，大哥伸出手臂，直直指著市場上那個身穿汗衫、腰插手槍、悶聲不響的繃著一張黧黑臉孔、握著菜刀剁剁剁、獨自在臨街一家攤子上賣豬肉的中年男子：「瞧，那就是何存厚，北加里曼丹人民軍政委兼司令員。」十多年不見，我終於又看到何老師啦！丫頭，可我做夢也沒想到，當年那個文質彬彬的白面書生，今天會變成這副模樣。

——哇噻！何存厚老師走出森林，在市場賣起豬肉來啦。

——政府安排他轉業，發給他一張攤販執照，給他一碗飯吃，好讓他安安份份當個良民。

——賣豬肉，為什麼要在腰上插一把手槍呢？好怪異。

——為了防身！政府特准何政委，走出森林後得隨身配帶一把點四五制式手槍。為什麼？因為何存厚的仇家太多了，遍布全沙勞越。

——他的敵人當然恨他囉。

——不。真正想殺何存厚的人，是他自己的同志。

——跟他一起接受招安、放下武器走出森林的那六百個人嗎？

——是的，死心塌地追隨何存厚、出生入死、在婆羅洲原始叢林裡共同生活，並肩作戰十年的男女同志。

——唉，同志們為什麼那樣憎恨何存厚呢？

——何存厚在森林裡殺了太多同志。

——我明白了！因為那些同志受不了苦，密謀背叛他們的領袖何存厚將軍。變心的人該殺。

——哈，朱鴒丫頭，我就知道妳心裡開始仰慕這位游擊隊首領了。「何存厚將軍！」這一聲叫得好不親熱。可是丫頭啊，事情的真相，也許不如妳這小姑娘想像的那麼浪漫、單純。

——那你告訴我，森林裡到底發生了什麼事？相依為命的一群人，為什麼會反目成仇自相殘殺呢？天哪，葉月明老師到底是怎麼死的？她的丈夫何存厚老師，為什麼要殺那麼多同志？

——報紙說那是因為北加人民軍內部爆發路線之爭，講得白一點就是權力鬥爭囉，可我總覺得真正的原因……上回跟妳講〈第一顆石頭〉的故事，我們不是談到人心中的那個「魔」嗎？

——魔不在叢林中，而是在人心裡。說不定在森林裡，他們也玩起你們七兄弟姊妹小時玩的那種遊戲。

——丫頭真聰明，一點就透。

——當然囉，魔也不在婆羅洲山坳子你們家的胡椒園裡，而是在你、你小妹子翠堤、你母親和你全家兄弟姊妹心中。小烏的死……小烏和葉月明老師同樣的下場……

——朱鴒，拜託妳別再提我們家這隻老狗，可以嗎？好不容易，我才把小烏的故事講出來了……把牠從我心中祛除掉了。

——噫，是你自己先提起〈第一顆石頭〉那場血腥遊戲。

——對不起，我說溜了嘴。

——可見你並沒忘記你們家這隻忠心耿耿的看門狗！你永遠忘不了。你一家人都忘不了。瞧你一聽到我說出「小鳥」這兩個字，登時就變臉，好像有人故意捅你的傷疤。

——陰魂不散啊，丫頭！咱們不再談這隻早已經化成一堆小白骨的老狗，好不好？反正……剛才說到哪了？對了，在森林裡月光下，何存厚率領北加人民軍的同志們，端著槍一擁而上，把我們葉月明老師……

——且慢！又有狀況了。對面那家蛇店門口一下子擠上好多人。你看，整條華西街夜市的遊客，忽然發現了什麼好玩的事，倏地紛紛拔起腳，拖兒帶女，攙扶阿公阿嬤，潮水般嘩喇嘩喇一波波衝向蛇店。瞧，頂篷那兩盞五彩琉璃宮燈照耀下，黑鴉鴉，滿坑滿谷各色人頭鑽動，一大群觀光客圍聚在蛇店門口，個個伸長脖子睜大眼睛，臉上的表情挺怪異，就像古時候在菜市口看殺頭，心裡又是害怕又是興奮又是好奇。咔嚓一刀！那個阿凸仔美國人也來湊熱鬧了。你看他穿著花襯衫紅短褲，渾身毛絨絨汗湫湫，在那位身穿粉藍套裝、手拎公事包的貿易公司女副理陪伴下，皺起啤酒肚腩，矗立人頭堆中，睜著他那兩粒海藍眼珠，骨碌碌朝向店堂裡睃望，期待一場精彩的表演。眾人引頸企盼下，蛇店老闆終於亮相啦。他老人家穿著一套雪白綢布功夫裝，一手揸住麥克風一手揑著鐵鉤子，搖頭晃腦，慢吞吞踱出店堂，站到門口簷下來，兩道目光猛一掃，瞅住了那個抖簌簌地依偎在台灣小姐身旁的阿凸仔：「米國朋友，威爾剛！」嘩喇嘩喇，蛇店簷下忽然又湧起一陣波濤，遊客們爭相擠上前，團團包圍住了老闆和他那兩籠擺在門口的花蛇。好戲登場囉！我過去看看。你自己坐在這裡喝啤酒想心事，可別走開哦，等我回來，你再繼續講何存厚和葉月明夫妻倆的故事。

——好，我就自己坐著喝悶酒吧！這小妮子跟別的女孩就是不一樣，瞧她，靜如處子動若狡兔，喝了半杯啤酒就顯露出她的本性來啦。葉老師，您看這個台北姑娘朱鴒，一會兒乖乖坐著，聽我講述北加人民軍一個游擊隊員的生死之謎，兩隻眼睛呆呆盯著我，眨也不眨，臉上表情好不肅穆，可一會卻又霍地跳起身，狠狠把頭髮一甩，趿起破鞋踢躂踢躂一溜風跑出小吃店，帶著她臉頰上兩朵小桃花，醉醺醺地鑽進夜市人堆裡，看新奇事去了，好半天才跑回來，格格格打著牙戰向我訴說所見所聞，報告完畢，舉起酒杯骨嘟骨嘟喝下三口啤酒，喘回一口氣，再央求我繼續講述婆羅洲童年故事⋯⋯來，朱鴒，我有緣在台北街頭邂逅、相約一起迢迢的謎樣小姑娘，我敬妳三杯，只盼妳不會像我生命中其他女子，忽然消失不見，到頭來害我落得一場空⋯⋯夕陽斜晚風吹，大家來唱採蓮謠⋯⋯敬愛的何存厚老師和葉月明老師，不管您兩位如今是生是死，學生這會兒在千里外的月光下、南中國海此岸的台北市華西街觀光夜市小吃店，舉起酒盅遙敬您夫妻倆一杯！你打槳我撐篙，欸乃一聲過小橋⋯⋯司徒瑪麗、卻爾登・希斯頓、艾莉雅修女和龐征鴻神父一齊來吧，讓我們舉杯敬咱們的學校——啊！那驅使我進入方塊字的世界、逼迫我接納支那的圖騰、害我從此變成一個無可救藥的民族主義者的聖保祿和聖瑪嘉烈學校——敬兩位聖徒，滿滿三杯台灣啤酒！青草坡上校旗飛舞，這是保祿的漢校，我們要努力我們要用功，預備作救世的先鋒……來，母親大人和親愛的小妹子翠堤……小白菜喲天地荒喲兩三歲喲死了娘喲！咱娘兒仨，呼乾啦。咦，朱鴒丫頭妳妳妳並沒有忽然消失掉，妳可回來啦。這次妳怎麼去了那麼久呢？

——對不起，讓你久等啦。我看完殺蛇又到隔壁那家鱉店去看斬鱉。

——華西街夜市殺蛇斬鱉的節目，名聞中外喔！報紙上說，曾經當場嚇死過兩個有心臟病的老美觀光客。

——哦？有那麼嚴重嗎？蛇店老闆看見觀眾到齊了，就把手裡那根鐵鉤子伸進蛇籠裡，裝神弄鬼一番，勾出一條八十公分長的花錦蛇，兜啊兜，送到圍觀的小朋友們面前，叫他們伸出手來逗牠。敢摸蛇頭的囡仔有糖果吃哦！小男生紛紛掙脫媽媽的懷抱，爭相伸出手指碰觸一下蛇頭，然後從老闆娘手裡抓取一顆和菓子。小女生們嚇得縮起脖子，臉煞白，一頭鑽到爸爸屁股後面躲藏起來。那條蛇被撩撥得性起，昂起頭顱，白森森齜起兩排尖牙，睜著兩粒冰藍眼珠盯住老闆的褲襠。老闆笑嘻嘻，拿出一支小鐵夾條地伸過去，喀嗒一聲，把蛇的腦袋硬生生鉗住了，二話不說就將蛇頭揿在砧板上，咚！一榔頭敲下去，當場把那條蛇敲得暈頭轉向。咂巴咂巴，小朋友們舔著和菓子，跂起腳伸出脖子往前一看，嚇得跳起腳來，掉頭鑽回媽媽懷抱裡。笑嗨嗨，老闆伸出手一把掐住蛇的七寸罩門，用繩圈拴住牠的脖子，掛在頂頭鈎子上，把整條蛇高高吊將起來，然後用兩根手指捏住蛇尾巴，猛一扯，把這條八十公分長蠕啊蠕在半空中兜盪不停的錦蛇，狠狠拉直了，隨即拿出一把剪刀，刷地，一刀剪開蛇肚。站在旁邊伺候的老闆娘趕緊伸出食指頭，只一挖，就掏出了蛇心和蛇膽。瞧，那顆心臟噗噗噗還只管跳動不停呢。參觀殺蛇的外賓，一個個伸長脖子張開嘴巴，看傻啦！門口兩盞宮燈照耀下，只見幾十顆各色眼珠，藍的綠的灰的全都凸出來，愣愣地，瞪住解剖台上高高吊著的那條被開膛破肚、兀自扭擺身子的錦蛇。這當口，小朋友們都安靜下來啦，臉青青，只顧張開嘴巴格格格打牙戰，嘴裡啥著的和菓子溜了出來，撲通撲通掉落到地板上。只聽得猛一聲吆喝，老闆吩咐老闆娘拿來一隻酒杯，將杯口湊到錦蛇心窩上，盛住那潺潺流淌出來的鮮血。瞇笑瞇笑，老闆端著滿滿的酒杯，畢恭畢敬送到阿凸仔那隻紅酒糟鷹鈎鼻底下：「米國朋友，威爾剛！請飲一杯蛇血加米酒，然後去隔壁寶斗里開一個查某囡仔，保證清肝消毒退火咧！」店門口那群大人小孩聽了老闆這話，登時樂不可支，笑得直打跌，連阿凸仔身邊的那位小姐，也忍不住抿起嘴唇噗哧笑出聲來。威爾剛先生嚇得連連擺手，一把抓住臺芳小姐的臂膀，脖子一縮，掉頭鑽出人堆去了。

——好啦好啦！瞧妳這丫頭兒講起殺蛇來，眉飛色舞，興奮得什麼似的。看完了華西街夜市每晚上演的這齣壓軸大戲，夜也深了，大夥也該散啦。

——還沒，還沒完呢！讓我喝兩口啤酒歇口氣再繼續講下去。哇，痛快！看完殺蛇，大夥覺得還不過癮。在小朋友們齊聲請求下，父母們於是就浩浩蕩蕩移駕，轉往隔壁那家鱉店參觀。下面這個節目保證精彩。你別插嘴，好好聽著！

鱉老闆挺著肚膛，扠著腰笑咪咪站在檯子後，手裡拈根牙籤，一邊閒閒剔著牙，一邊瀏覽店門外那片燈火通明人頭鑽動，越晚越熱鬧的夜市。等觀眾到齊了，在店門口圍聚成一圈，探頭探腦朝店堂裡張望，他老人家才不慌不忙，從鐵籠裡抓出一隻碗公般大、怯生生縮起脖子躲藏在甲殼裡的鱉，叫他女兒美雪好生捧著，端送到觀眾眼前，讓小朋友們摸一摸鱉頭。（我怎知道鱉店老闆的女兒叫美雪？老闆有叫她的名字！美雪姑娘長得挺標致，十六、七歲，脖子後紮著一根長長的粗油麻花辮子。）小朋友們撩撥了半天，那隻鱉終於悄悄伸出牠那顆腦袋，龜頭龜腦，睜起兩粒小眼珠，朝向店門口黑鴉鴉一堆人頭，骨碌骨碌睃望起來。威爾剛先生腆著肚腩站在前排，挽著臺芳公司女副理的腰肢，涎瞪瞪，乜斜起水藍眼珠，打量眼前這顆一伸一縮不住抽搐顫抖的鱉頭，忽地吐出舌尖，把兩隻手豎到耳朵上，向那隻鱉做個西洋鬼臉兒。那隻鱉一呆，慌忙縮回頸子。小朋友們被阿凸仔逗得好不開心，嘻哈絕倒。說時遲那時快，老闆倏地伸出手爪，捉住鱉頭，使勁一扯，把整株鱉頸子從鱉殼中硬生生拉拔出來，緊緊握住，反手抄起一把尖尖的鐵錐子，只一戳，就將那顆鱉頭牢牢釘在木砧板上，然後命令女兒阿雪舉起菜刀，咔嚓，一刀砍斷鱉頸子，斬下龜頭。噗吐噗吐一蓬血從鱉殼缺口噴灑出來，日光燈下乍看，就像一蕊蕊鮮豔的桃花，忽地在華西街夜市綻放開來。媽媽咪呀！前排站著的小朋友們慌忙縮回脖子，大喊一聲，蹦起腳來四下逃竄開去。店門口排排站著的各國觀光客看傻了，一齊拔起腳跟，嘩喇嘩喇潮水般往後退出五六步。男人們看得心驚肉跳，紛紛低下頭來，乜起眼睛偷瞄自己的褲襠，猛一哆嗦，緊緊夾住雙腿，好像在保護自己的寶貝命根子似的，臉上的表情說不出有多古怪。女人們看得面紅耳赤，嬌滴滴羞答答，瞅著她們的男人吃吃笑成一團。阿雪姑娘攤開雙手，捧住那顆被她一刀斬下的龜頭，笑盈盈端送到觀眾眼前。阿凸仔看呆啦，好一會兒只顧舉著手，扒搔他那顆油光光腦袋上稀稀疏疏長著的一小簇黃毛，滿臉狐疑，左看右看，端詳姑娘手上捧著的那顆突突跳動的龜頭，久久才回過神來，長長噓出兩口氣，猛一挺腰桿，鼓起啤酒肚，回頭嘶嘟起嘴巴，把他那兩片濕答答的嘴唇湊到臺芳小姐耳窩上，嘰哩咕嚕不知講什麼鬼話。女副理皺起眉頭縮住鼻子，轉過臉，避開她的美國客戶嘴洞裡噴出來的蒜味和酒氣，愛笑不笑的並沒答理他。講完了悄悄話，這兩個男女就拎起公事包，雙雙挽著手並肩走進鱉店，在老闆娘盛情推介下，點了三樣本店特製的鱉膳：兩碗香菇鱉肉小米粥、一籠枸杞鱉肉燒賣，配兩盅漢方藥燉鱉血湯。老闆娘斜眼睨瞅著美國佬，用台灣話神祕兮兮對小姐說：鱉肉滋陰、鱉膽養眼、鱉血退火，阿凸仔在他們米國三藩市唐人街吃不到的哦……咦？我講了半天，你怎麼只顧板起臉孔瞪著我，不吭聲呢？表情好嚴肅喔。

——丫頭，妳很會講故事！瞧妳這小姑娘嘰哩呱啦，連珠炮似的一口氣講下來，竟然把台北華西街夜市赫赫有名的「殺蛇斬鱉」節目，給講得活龍活現繪聲繪影，唱做俱佳，連我這個寫小說的人都聽呆啦。來，朱鴒女士，我敬妳一杯。咱們支那文學明日的女狄更斯，乾！

——寫《孤星淚》和《塊肉餘生錄》的那個狄更斯？小丫頭不敢當！我看你心中想念葉月明老師，心情鬱鬱，一個人坐在這裡喝悶酒，所以才把我在蛇鱉店看到的情景，加油添醋一番講給你聽，逗你開心呀。現在我講完啦，輪到你繼續講何存厚老師和葉月明老師的故事了。

——其實也沒什麼可講了。葉月明老師死了，北加里曼丹人民軍接受政府招安，放下武器走出森林了，而對我來說，這個故事也就結束了。

——還沒！那次回婆羅洲老家探親，見到何存厚老師，你有向他打聽他的妻子葉月明的下落嗎？葉月明老師到底死了沒？若是死了，她究竟是怎麼死的呢？

——我親口問過何存厚。

——他怎麼說？

——何老師只是繃著臉孔睜著眼睛，瞅住我……

——打死都不肯講，對不？

——嗯。那時市場打烊了，傍晚時分，何老師收拾好他的豬肉攤，脫下汗衫，拿條毛巾擦掉滿身臭汗血污，換件乾淨衣服，把我帶到市場旁的河濱露天咖啡座，若無其事地，拔出腰間掛著的那把手槍，砰的一聲放在檯子上，請我喝啤酒。一整個黃昏，我們師生兩個就坐在沙勞越河畔，迎著腥涼的河風，默不作聲，眺望城外的馬當山，和山腳下那片莽莽蒼蒼一路綿延到印尼境內的原始森林。河邊紅樹林中，只見髮鬟漂漂，成群馬來婦女腰上繫著花紗籠，裸著古銅色的膀子蹲在水裡洗澡。水花迸濺，河上不斷傳出孩兒們潑水戲耍的笑聲。大河兩岸的村莊四處升起炊煙，悄沒聲，一縷追纏一縷，嬝嬝飄漫在黃昏樹梢頭。看哪，多美好的一幅熱帶鄉野風光！可丫頭妳知道嗎？沒多久前，北加里曼丹人民軍三千游擊隊員就在這座叢林裡活動，鬼魅般飄忽出沒，把好幾個師團的英軍、馬來軍和印尼軍逗弄得團團轉，疲於奔命。記得讀中學時，有天下午同學們奔相走告，興匆匆騎上腳踏車呼嘯著飛馳到鎮口，迎接一營深入叢林剿匪歸來的英軍。大夥伸長脖子等著盼著，終於看到四輛軍用卡車首尾相啣，一縱隊慢吞吞從馬當路那頭駛過來啦。同學們趕忙擦亮眼睛一望，怔了怔，只見大日頭下，百來個官兵渾身赤條條只穿著內褲，分成兩排，面對面，挺起腰桿子板著臉孔呆呆坐在軍車上。原來他們在叢林裡——丫頭妳說什麼呀？妳說「中伏」？對！這支英軍浩浩蕩蕩進入叢林後，糊里糊塗掉進人民軍政委何存厚設下的陷阱，全都被繳了械，剝光衣服清潔溜溜送回城裡來囉。直到今天，大夥談起這場戰役還津津樂道呢！那陣子在學校上課，三天兩回我們聽到天上響起咯噠咯噠的聲音，探頭往窗外一看，喲！又有兩三架直升機出現在太陽下，運載傷兵和一具具用塑膠袋包裹、吊在機身下的死屍，直奔古晉中央醫院，滴答滴答一路流淌下血水。

那幾年，北加里曼丹人民軍囂張得不得了，光天化日，成群結夥大搖大擺走進城裡，如入無人之境；大白天，幾十個男女揹著步槍，在婆羅洲大河拉讓江上行舟，四下顧盼睥睨，把河防部隊看成一堆豬屎。可曾幾何時，這支震驚大英國協的游擊隊卻突然接受招安，放下武器走出森林來啦。那滿腔熱血、夢想在婆羅洲建立一個社會主義烏托邦的三千青年，而今，只剩下六百老弱婦孺，一個個面目黧黑衣衫破爛骨瘦如柴，活像一支叫化子部隊。可我們知道，被政府軍打死的游擊隊員並沒幾個呀。其他人是怎麼消失的？丫頭哇，森林裡究竟發生了什麼事？到底哪裡出了大岔錯？我詢問當初跟隨老師們進入森林、如今活著出來的同學。他們癡癡呆呆，望著我不肯講。我問他們，同學們最敬愛的葉月明老師到底是怎麼死的？死在誰手裡？同學們眼眶一紅卻撲簌簌掉下眼淚來，咬著牙，還是不肯講。那天見到何存厚老師，我向他打聽森林裡出了什麼事情。他繃著臉抿著嘴，不吭聲。河風習習。那整個漫長的婆羅洲黃昏，我們師生倆就這樣靜靜坐在沙勞越河畔，肩並肩，仰起臉龐瞇起眼睛，望著馬當山頭那一顆盪漾在叢林炊煙中，載浮載沉、越沉越紅的赤道落日，一口一口啜著啤酒，久久沒說話，只顧怔怔想著各自的心事。臨別時，我悄悄回過頭來看了看何存厚。向晚時分，紅潑潑漫天彩霞中，我彷彿看到，何老師眼角閃爍著兩蕊子血花似的淚光。

——他思念起他的妻子葉月明！

——唉，我懷疑我一時眼花，看錯了啦。

——為什麼？

——這種人不會流淚的。

——我就知道了！唉。

——丫頭，妳又知道什麼啦？

——我知道。但不能講。只是為什麼會變成這樣呢？

——我們就讓葉月明老師的生死，永遠成為一個謎團吧！朱鴒丫頭，人生有些事情，切莫打破砂鍋問到底，那會傷害我們最敬愛的人。我們心裡知道就好了。就這樣在婆羅洲老家住二十天，我拜別母親，留下一筆錢給我的小妹子翠堤，隻身返回台灣啦。那天下午兩點上飛機前，我央求大妹開車帶我繞到沙勞越河濱，作最後的憑弔。日正當中。我坐在車裡，望著市場上那個身穿汗衫、腰插手槍、陰沉沉繃著一張黝黑臉膛、握著菜刀剁剁剁，在攤子上切割豬肉的中年男子。猛一哆嗦，大妹把手臂伸出車窗外，咬著牙，指著這個人的身影說：「瞧，那傢伙就是何存厚，北加里曼丹人民軍政委兼司令員，背叛了他的同志和妻子，葉月明。」恍惚間，我又看到了聖保祿學校操場上那輪火紅的婆羅洲落日，聽到了〈採蓮謠〉的歌聲。鐺鐺鐺，放學了，孩子們揹著書囊蜂擁出教室，四下流竄在校園裡。看哪，新婚燕爾的何存厚老師一身素白裝束，手裡捧著課本，羞答答伴隨我們的師母葉月明老師，兩人肩並肩，漫步行走在長廊中。何老師不時回過頭來，扶扶鼻梁上那副銀絲框小眼鏡，瞅住妻子，眼瞳中閃亮著溫柔的光彩……

追憶八：司徒瑪麗

——丫頭，人生的緣份多奇妙！就拿今晚的際遇來說吧。我李永平，來自南洋的一個支那浪子，落腳在東海中的一座蓬萊寶島，這會兒坐在島上夜市一家小吃店門口檯子旁，品嘗海鮮，喝冰涼的台灣啤酒，邊看殺蛇斬鱉，邊回憶童年往事，燈下面對一個名叫「朱鴒」、與我偶然相識街頭、相約一起浪遊台北的小女生，喋喋不休，講述婆羅洲森林中一個名叫「葉月明」的女游擊隊員生死之謎。這種機緣可真奇妙。咦？丫頭妳怎麼不吭聲呢？只顧呆呆坐在那裡，仰起小瓜子臉，聳著妳脖子上那一蓬子刀切般齊耳的短髮絲，睜著兩隻漆黑眼眸，好像在探索我心底祕密似的，斜斜睨住我，端著酒杯一小口一小口啜著啤酒，欲言又止……

——你為什麼要跟我講這些故事？你真的從沒跟別的女生講過嗎？

——沒！有些事我還不願跟別人講呢。

──你講給我聽，是因為我年紀小，有聽沒有懂。

──不對！人生的一些微妙複雜的事情，小女生也許還不懂，可我知道朱鴒妳心裡明白、了解。（我不是常說嗎？人家的心都只有一個竅，而妳那顆心卻生七八個竅，心思敏銳得叫我有點怕妳哪！）所以，我就忍不住向妳這丫頭兒傾訴囉。喂，妳那雙眼睛直勾勾睨著我，烏溜溜清靈靈轉動著，眼瞳子驀地一亮，莫非妳又看出我心中什麼祕密來啦？

──你有滿肚子的心事，憋了很久，好想找一個人訴說，對不對？

──對。妳覺得奇怪？瞧妳滿瞳子狐疑，眼上眼下不住打量我，難道妳懷疑我心懷鬼胎，想打妳這個小女生的什麼鬼主意？

──那你為什麼選上我，跟我講你的這些心事呢？

──緣哪！丫頭。

──咦？我怎會跟你這浪蕩子有緣？肯定是老天爺惡作劇，開我的玩笑。

──丫頭終於被我逗樂了啦。瞧妳，兩眼一瞇覷，倏地綻開臉頰上那兩朵紅酡酡的小桃花，放下酒杯，甩起頭髮格格笑起來囉。好，今晚我就給妳講一個「緣」的故事。且慢！夜深了，華西街夜市打烊了，遊客們扶老攜幼觀賞完壓軸節目，活斬鱉頭，早就一哄而散，咱倆在街上遊逛了大半夜，這會兒吃完消夜喝了兩瓶啤酒也該回家啦，故事明天再講吧。怎麼？眉一皺，妳又沉下臉來噘嘟起嘴唇，一副悶悶不樂的樣子。妳說我存心吊妳的胃口，害妳今晚整夜睡不著覺，心裡老記掛明天我會跟妳說什麼恐怖的故事？丫頭，我怎會戲弄妳呢！這樣吧，我們往東園那個方向走，沿著新店溪河堤一路走到中正橋頭，下了河堤，就順著師大路走到羅斯福路三段的古亭小學（那兒就是我們今天出發的地點），然後我們就分手，各自回家，結束妳我之間這樁奇妙的、似幻似真的邂逅，好嗎？瞧這小妮子！一聽我答應陪伴她廹廹走路回家，邊走邊講故事給她聽，登時就眉開眼笑，霍地站起身來，拂拂她那滿頭野草般四下怒張的亂髮，抹抹臉上的煙塵汗水，揹起書包，一把抓住我的衣袖，拖著我，一頭鑽出華西街國際觀光夜市大牌樓，遊走在滿町歸人中，穿梭過和平西路上那午夜時分湧起的一濤濤車潮，跑啊，氣喘吁吁，髮絲飛颺，爬上了新店溪畔水源路旁那座高聳的水泥堤壩。

* * *

海天寥闊，水月玲瓏。佇立河堤上踮著腳放眼瞭望，丫頭，看哪，海上一穹窿星空照耀下，咱們的台北市，可不像一座粉雕玉琢花燈紛陳的水晶都城，半夜霓虹高掛，笙歌四起。三更時分，一城燈火樓台，盪漾在島上瀰漫起的紅塵夜霧中，乍看可不像東海中幽然浮現起的一簇海市蜃樓？滿天星笑靨靨。月娘她啊，悄悄鑽出了觀音山那水濛濛一山頭縹緲的煙嵐，掀開面紗來，探出她那張姣白的圓臉膛，二話不說，就把手裡提著的一桶子雪水般晶亮的月光，颼地潑灑在新店溪上。瞧，月下紛紛雪雪一溪芒花翻滾。風起了。深秋時節，那叢生溪畔的水芒草早已結穗開花，白茫茫一片，迎向月光隨風搖曳。在月娘手中那根魔棒點撥下，霎時間，萬千株呼嘯的芒草，幻變成了萬千個活蹦亂跳的老頑童，個個頂著滿頭銀白的髮絲，成群結夥，只顧在河床上翻筋斗追逐嬉戲，捉對兒婆娑起舞，嘩喇嘩喇呼颻呼颻好不壯觀熱鬧……丫頭，準備聽故事囉！猜，現在我要講的這一則婆羅洲故事，主角是誰？

——司徒瑪麗。

——噫？妳怎麼一猜就知道我要講她？

——這還用猜嗎？上次你跟我講支那的故事，從你的口氣我就聽出來了，你和司徒瑪麗之間的糾葛還沒完。你口口聲聲說，看電影《北京五十五天》的時候，你冷眼旁觀她在戲院裡的表現，傷透了心，決定跟她一刀兩斷。（其實你們之間啥事也沒發生，你只是在單戀她，連半句話都沒跟她講過！）你說，從此你就不再一大早跑到站牌下癡癡守候，跟她一起搭巴士上學，但我不相信。我聽得出來，你心裡還念著司徒瑪麗。以後你肯定曾跟她見過面，在巴士上或別的地方遇到她，否則，你何必急急的跟我講她的故事呢？你和司徒瑪麗……情盡緣未了。你不是說這次要給我講一個緣的故事嗎？

——喲，小妮子也懂得男女情緣喔！瞧妳這丫頭兒板起臉孔教訓我這個大男人呢。其實啊，朱鴒，司徒瑪麗和我從小住在一個城裡，而古晉又是個芝麻大的鎮甸（我小時候，這個英屬婆羅洲沙勞越邦首府人口才七萬，跟台東市差不多），我們兩人想不見面也難哪。三不五時，晨昏早晚，總會在城中某處不期而遇，兩下打個照面，挑起眼皮冷冷互望一眼，擦肩而過。上下學偶爾我也會在巴士上遇見她：猛抬頭，赫然發現司徒瑪麗睜著她那雙幽黑丹鳳眼，木無表情，端坐在我對面座位上！那時我們小學畢業了，司徒瑪麗以優異的成績，從聖瑪嘉烈學校直升聖德肋莎女校（這可是當時全沙勞越邦最貴族、最英國化的女子中學），我呢，沒甚出息，從聖保祿學校轉到僑辦的古晉中華第二中學。以後好一陣子沒見到她。在巴士上跟司徒瑪麗初次重逢是在念初二時。那天我大早起床，搭頭班車趕到學校畫壁報。坐在車上閉目養神的當兒，噫，忽然聞到一股沁涼的洗髮精香隨風飄送過來，幽幽地只管撩逗我的鼻尖。心中一凜，我慌忙睜開眼睛，使勁揉揉眼皮。司徒瑪麗可不就坐在對面那張座椅上！她依舊獨自一人，依舊倚在車窗旁想心事，依舊留著一頭及腰的長髮，大清早梳理得烏晶水亮，乍看依舊像一條黑色小瀑布，從她後腦勺直直流瀉下來，倏地停駐在腰間，隨著車窗口吹進的晨風，飄飄颼颼不住飛蕩，可她那張瓜子臉卻變得更加娟秀皎白，眼角眉梢竟然沾染上了些許風霜。丫頭，不怕妳見笑，那一霎，我就像念小學時，在巴士上遇到聖瑪嘉烈的司徒瑪麗那樣，心坎兒猛一抖，脈搏險些停頓。這半個多鐘頭的車程，我坐在她對面一逕垂目低眉，好似老僧入定一般，只敢偷偷伸出鼻子嗅她髮梢飄來的洗髮精香，一小口一小口，如飢似渴，吸著她身上散發出的麗仕香皂味。丫頭別撇著嘴噗哧笑！聽我講下去嘛。可是她卻不瞅不睬，依舊繃著臉，倚在窗旁，睇起眼睛迎向城頭天際那一片猩紅的婆羅洲朝霞，只顧想自己的心事，不時伸出手來，把腮幫上那兩三縷被風吹亂的髮絲，挑一挑，狠狠掃撥到耳脖後，一甩頭又出神地望向車窗外。丫頭哇，司徒瑪麗那雙眼眸依舊那樣漆黑，那樣孤寂、遙迢，可兩年不見，她眼瞳中閃爍的一星光采，似乎變得更加清冷深沉。偶爾她會把視線從車窗外面收回來，打開書包，拿出一本企鵝版英文小說，絞起眉心自顧自讀起來。丫頭，妳看她那股專注勁兒，彷彿整個人一下子沉浸入維多利亞時代的英國莊園中，神遊太虛，把自己幻變成那位嬌生慣養、剛愎自用的愛瑪小姐，或那個被情郎出賣、慘死在絞刑架上的薄命女子黛絲姑娘。妳問，這個時候我究竟在幹什麼？

嘿，我坐在她對面，斜睨起眼睛偷偷瞄她，端詳半天，心一沉，就打開書包拿出厚厚的一本繡像紅樓夢，假裝專心讀起來囉。丫頭莫笑！念初中那三年，我真的迷上支那文學的古典世界，書包裡總是放著兩三本章回小說。就這樣面對面，我們兩個人端坐在巴士上各看各的小說，各想各的心事。久別重逢（其實只是兩年沒見罷了）我倆竟相對無語，連眼神都沒交會過一次呢。時間過得好快，一轉眼，聖德肋莎女校到了。司徒瑪麗從英國莊園夢中驚醒，闔上書本，幽幽怨怨嘆出兩口氣來，站起身，撣撣身上的白衫子蘇格蘭呢格子裙，拎起書囊，狠狠一甩腰肢上那把烏亮長髮絲，帶著她那滿身飄漾的洗髮精香和麗仕皂香，準備下車。猛抬頭，睜開眼睛，她終於發現我癡癡坐在對面，瞅著她。兩下裡打個照面。四目交投。她呆了呆猛然把臉一揚，咧開嘴巴笑了笑。

——喲！司徒瑪麗終於對你笑啦？

——朱鴒，說實話，我們倆四目交投那一瞬間，司徒瑪麗究竟對我笑了沒，直到多年後的今天，我想破了頭也無法確定！可我明明記得，她那兩片平日裡總是緊緊抿著的嘴唇，剎那間，咧了開來，滿城朝陽中綻露出兩排皎潔的小白牙。那幅景象歷歷如繪，丫頭！可恨司徒瑪麗這一笑，害我憂疑不定、牽腸掛肚了好長好長一段日子。

——唉，那以後你們兩個還有再相逢嗎？

——住在這芝麻大的小城裡，怎能不相逢呢？後來我發現（不，是我特意打聽出來的）每天放學後，司徒瑪麗不知怎的總愛流連在街上，漫無目的四處徜徉，而我是天生的浪子，每天傍晚非要遊逛到天黑不回家。緣哪，丫頭！我和她就像兩個陌生卻又被逼相依為命的遊魂，時聚時散若即若離，相對無語，結伴一起飄蕩在南中國海古晉城中，那白花花赤道豔陽裡。於是，三天兩回我們兩個就不期而遇，有時在鬧烘烘的港邊碼頭，有時在香火冷清的天后宮，有時在晚禱時分，馬來信眾群集仰天呼號的清真寺門前，有時在市中心的印度街，有時在城郊孤墳纍纍、太陽下極目荒煙蔓草的華僑義山……有時在城中暗巷轉角處，迎面走來驀然相逢，倏地煞住腳步，兩個人沒頭沒腦險些撞個滿懷，可她總是把臉一揚，呆了呆，隨即挪開眼睛望向別處，臉色依舊那樣的漠然，那雙漆黑眼眸子依舊冰冷地閃亮著一星遙迢孤寂的光采。直到高中畢業，那幾年，晨昏早晚我總會看見她漫步古晉城中，踽踽獨行。太陽下孤零零一條人影漂漾。髮絲飛飀，司徒瑪麗身穿白上衣蘇格蘭格子裙制服，胸前別著聖德肋莎女校校徽，懷裡抱著幾本英文書，手上兜啊兜的拈著一枝胡姬花，夢遊也似含笑行走在大街上，店簷下。偶爾，她仰起臉龐挑起眼皮，滿瞳子迷惘，望著那滿街綢布莊、藥材店、南北雜貨鋪門上懸掛的招牌，端詳那一個個斗大的龍飛鳳舞的金漆方塊字，忽然幽幽嘆息一聲……

——哦，司徒瑪麗！一身雪白肌膚一把漆黑長髮，幽魂般，獨自個飄蕩遊走在南洋大日頭下的古晉城。

——那幾年，丫頭啊，我變成了一隻獵狗，鎮日裡聳出鼻子吸吸嗅嗅，四處搜尋司徒瑪麗身上腋下飄漫出的那一股麗仕皂香，中了蠱似的身不由主，躡手躡腳，悄悄跟蹤在她裙後，緊盯著她那細條條、一株水柳般搖曳在大街小巷人群中的腰肢，追隨她，走遍古晉城裡城外……

——慢著！你怎麼對女人身上的肥皂味那樣感興趣？你有病啊？好奇怪喔，光天化日下像獵狗一樣伸出鼻子，滿街窸窣吸嗅。

——南洋天氣熱，人們身上一早就散發出濃濃的汗酸味，太陽下滿城瀰漫，膠結成一團。從小，不知怎麼我就討厭這種氣息，所以每次在汗燻燻人堆中，忽然聞到有個女人身上飄散出一股沁涼、潔淨的肥皂香，我就會感動莫名，心神一爽！（就是為了這個緣故，直到今天在台北我依舊喜歡搭乘公共汽車，尤其是在悶熱的夏日午後。）我頂記得小時候的一樁經驗。那時我們家住在婆羅洲山坳胡椒園裡。有一回我小阿姨來訪，在山中玩了一天，傍晚就在河裡洗澡，用一塊從城裡帶來的麗仕香皂慢慢擦洗身子。晚上她就摟著我睡。那時我還是個小男孩呢！那一整夜我都捨不得睡著，可我緊緊閉住眼睛假裝呼呼入睡。黑暗中，我蜷縮著身子躺在小阿姨懷裡，偷偷伸出鼻尖，一小口一小口吸嗅著、玩味著小阿姨胳肢窩中凝聚的肥皂香，心裡盼望天永遠不要亮。那夜我好像光著身子睡在天堂！後來到城裡讀書，有天中午我拎著書包在街上閒蕩，走著走著就跟上了一個女人。這個棕髮綠眼的英國婆娘，三十七、八歲，瘦高的身子穿著一襲清涼的白底藍花連身裙，豔陽天，撐著一支鵝黃遮陽傘，趿著紅涼鞋獨自在街上遛達。那天太陽分外毒熱，滿街行人汗涔涔，這洋婆子卻顯得一身沁涼，彷彿剛沖過澡。（我好想知道，她從城東樹蔭密布的官家庭園出來，行走在熱烘烘亂糟糟的唐人街，究竟是如何保持她那一身清爽白淨？）河風習習，我頂著正午的大日頭，跟上了她，不時從人群中悄悄探聳出鼻子，捕捉那一縷一縷似有若無嬝嬝漂漾在空氣中的皂香，夢遊似地，晃晃悠悠，追隨她腰下那迎風撩捲起的裙襬，一路從城北天后宮，跟蹤到城南馬吉街的郭氏婦科診所，眼睜睜看著她款擺起兩隻圓臀子，一扭腰，消失在那扇黑晶晶的玻璃門後。這一路走著，我想起了遠嫁的小阿姨，思念起了早夭的田玉娘。（還記得嗎？我這個小學同班女同學也愛用香皂洗澡，每天總要洗上兩三回呢！）接著我也惦記起了那時正在森林裡打游擊、生死不明的葉月明老師……想著念著，心一酸，竟然怨恨起了聖瑪嘉烈的司徒瑪麗。那陣子，我就像一隻餓慌了的獵狗，每天一放學就揹起書包聳出鼻尖，窸窸窣窣，四處尋覓司徒瑪麗的蹤跡，捕攫她的氣味，盯住她身上的白衫子和蘇格蘭裙，伴隨她那幽靈樣長髮飄飄的一條身影，忽東忽西時隱時現，捉迷藏似地，雙雙漂逐在赤道豔陽下，古晉城那迷宮般縱橫交錯的街道上，巷弄間……

——可是，從頭到尾啥事都沒發生過！

——嘿。在古晉中華第二中學讀書那幾年，丫頭啊，我迷上了中文，最愛「邂逅」這兩個字。「邂逅相遇，適我願兮。」詩經鄭風「野有蔓草篇」的這句詩，成天迴響在我心坎的最深處。如飢似渴，我讀了不知多少篇東西方文學中的邂逅文章，譬如《西廂記》啦，李商隱的〈錦瑟〉詩啦，福婁拜的《包法利夫人》啦，還有我在高二英文課上一讀就掉淚的史坦貝克短篇小說〈菊花〉……邂逅！妳懂得那是什麼意思嗎？緣盡情未了？丫頭，妳怎麼老把這句話掛在嘴皮上？好庸俗喔！妳在電視上看過李察．波頓和蘇菲亞．羅蘭演的一部電影，片名就叫《緣盡情未了》？那妳講講這個故事給我聽。

——兩個男女在陌生的地方相遇，發生一段情，然後分手，各奔前程，你走你的陽關道我過我的獨木橋，從此不再相見了，只留下一段刻骨銘心的回憶。

——此情只可成追憶，只是當時已惘然……朱鴒丫頭，這是人類最淒美的愛情！為什麼會那樣淒美？因為這種份外的情緣，命中注定不會有結果呀。

——哦？若是有了結果，這兩個男女結成了夫妻，白頭偕老，子孫滿堂，那就不夠淒美囉？

——文學家不會描寫這樣完滿的、無趣的愛情。

——哦！那你和司徒瑪麗之間的邂逅一定很淒美囉？

——我和她的關係……很奇特！三天兩回不期而遇，可啥事都不曾發生。每次在古晉城中某個角落迎面相逢，兩人總是四目交投互望一眼，默默無言擦身而過，就像兩個陌路人。我們之間的邂逅便是那樣的無奈、無望，我們的故事，聽起來好似一首荒誕的獨唱曲……

——咦？你不是說這回要給我講一個「緣」的故事嗎？老天爺賞你這個緣，給你很多機會，但每次你都莫名其妙平白讓它溜掉。你這個人呀只會唉聲嘆氣，哼哼唧唧，唱你的獨唱曲，讓我這個女生聽得滿身冒起雞母皮！難道你還記恨？難不成你還念念不忘讀小學時，你們一起看的好萊塢爛片《北京五十五天》？你這人到底怎麼回事？你不敢愛，對不對？

——朱鴒，妳說什麼？請妳再說一遍。

——你不敢愛，對不對？

——從沒有人敢這樣質問我哦！

——你沒回答我的問題。

——對，朱丫頭，妳罵得好！我這個大男生愛上一個女孩子，日思夜想如醉如癡，每天像獵狗一樣偷偷跟蹤她，三不五時從街角倏地竄冒出來，假裝和她邂逅，但每次都夾著尾巴溜走，始終鼓不起勇氣上前對她說一聲：我愛妳。

——你這個人真……彆扭。

——嘿，這下妳可滿意了吧？伶牙俐齒的鬼丫頭！兩片嘴皮子像一把剃刀，得理不饒人。

——對不起，我不小心一刀剮到了你心頭的傷疤。你別齜著牙，倒豎起眉毛，睜著你那兩隻血絲眼睛，恨恨瞪著我。我保證不再打岔。你繼續講司徒瑪麗的故事吧。後來呢？難道你們兩個成天就這樣，結伴在古晉城中遊逛、廝混、邂逅，過了一年又一年，連招呼都從不曾打過一句，就像兩個說陌生卻又不陌生、說相識卻又不相識的遊魂？

——念高二那年，有一陣子她突然消失掉了。我這隻獵狗登時變成了一條喪家之犬，惶惶不可終日，每天大早起床，連一碗稀飯也不吃就翹起鼻子揹著書包上街，孤魂野鬼般獨自在城中遊蕩，一路只管吸吸嗅嗅，街頭巷尾鑽進鑽出，四處搜索司徒瑪麗的氣味，尋覓她的蹤跡。後來我打聽出來，司徒瑪麗還在聖德肋莎女校讀書，明年就要畢業了，還聽說她參加牛津英文高級文憑考試，得到全沙勞越邦第七名呢，如今在老校長艾莉雅修女安排下，回到母校聖瑪嘉烈小學當起兼任老師。到底是貴族女校的高材生！司徒瑪麗家學淵源，祖父司徒賢生前擔任婆羅洲高等法院通譯，父親名叫「占士司徒」，在英商慕娘公司當個華籍經理或買辦什麼的……丫頭妳說什麼？妳說占士司徒差點當上我的岳丈，只因我一再鬧彆扭，趑趑趄趄蘑蘑菇菇，跟自己過不去，才平白錯失了上帝安排的這樁姻緣？唉。那年暑假，有一天晌午我到留台同學會找資料，準備明年高中畢業後申請來台灣升學，路過布政司公署，忽然看見司徒瑪麗眉開眼笑，甩起頭髮，迎向滿城白花花陽光，踩著倫巴舞步，翩翩躚躚搖盪起她身上那襲嬌豔無比、金底綠花的小荷葉裙，喜孜孜從移民事務處門口鑽出來。兩下裡猛一照面，險些撞在一起，這當口我想躲避也來不及啦。鼕鼕鼕，我心裡打著鼓，好半晌才從喉嚨裡硬擠出兩個字來：「哈囉。」「好久不見！你好嗎？」太陽下眼一燦，司徒瑪麗仰起娟秀的臉龐瞅住我，眨眨眼睛，隨即垂下頭，望望手裡捏著的那本簇新的大英帝國子民護照，靦腆地咧嘴笑起來。好皎潔的兩排牙齒！原來司徒瑪麗還會講幾句帶點廣東腔的華語，挺動聽的。這可是我生平第一次、也是僅有的一次跟司徒瑪麗打招呼，聊上幾句，分手時還揮手互道珍重再見呢。那晚，我又夢見小時候我光著身子摟著小阿姨睡在天堂中。幾天後，在河濱市場旁那條暗巷裡，我看見司徒瑪麗臉色蒼白，戴著墨鏡，把一頭長髮挽起來塞進頭上那頂草帽裡，一逕低垂著眼瞼，手裡握住兩包藥，悄悄從巷弄內那間鬼氣森森人影幢幢的支那草藥鋪子「孁安堂」走出來。她看見我，腳下猛然打個踉蹌，險些摔倒在簷下陰溝裡。這回不期而遇，我們倆一臉錯愕，面對面站在巷心，呆呆互望兩眼，擦肩而過。走出巷口，我彷彿聽見身後飄傳來她那招魂般幽幽一聲嘆息。我沒回頭。那陣子，北加里曼丹人民軍游擊隊聲勢浩大，鬧得很兇，大白天成群結夥揹著槍，招搖過市談笑風生。大批英軍開始進駐沙勞越。整個古晉城突然變成大英帝國的一座軍事堡壘，城郊處處堆起沙包，關卡森嚴，市中心卻驟然變得笙歌處處、燈紅酒綠起來。一天傍晚華燈初上，天時大熱，我獨自坐在河濱露天咖啡座吹風納涼，邊喝啤酒邊想心事。好久，我只管凝起眼睛，望著前方那座雄踞沙勞越河畔、夕陽下火燒般紅通通的花崗岩碉堡「聖安妮堡」，豎起耳朵，傾聽堡內英國軍官俱樂部傳出的倫巴舞曲。心旌搖蕩，神遊太虛之際，我忽然聞到一股似曾相識的清香，幽幽從花木間飄送出來，猛回頭，暮靄炊煙中，只見一個身材纖細高挑的支那女郎，搖曳著一襲朱紅緞子小腰身高開衩長旗袍，款擺著水柳腰，蹭蹬著三吋高跟金縷鞋，喝醉了酒般，嫋嫋娜娜獨自穿梭行走在河濱公園花影裡。玎玲璫瑯，一雙紅水晶耳墜子懸吊在她兩隻皎白耳朵下，兩滴鮮血也似，映照著城心霓虹燈，風中盪響不停。這當口我那獵狗本能又發作啦。窸窣窸窣，我伸出鼻子使勁嗅了嗅，細細捉摸那一縷一縷漂漾在夕照晚風中的麗仕皂香。心頭一顫，中了蠱般身不由主，我邁出腳步一路尾隨，跟著她走出幽黯的公園，來到聖安妮堡那燈火輝煌、成排吉普車停放的門洞前。燈下，衩襬子一飛颺，那條朱紅人影蹬著高跟鞋猛然打個踉蹌。女郎停下腳步，整整身上的旗袍，兜了兜手裡拎著的小黑皮包，舉起手來，解開她那一束挽在脖子上編成一顆圓髻的烏黑長髮絲，狠狠甩兩下，披散在腰間，忽然轉過身子望向我。果然是聖德肋莎女校的司徒瑪麗！她直挺起腰桿子，矗立在聖安妮堡大理石台階上，桀驁地仰起雪白瓜子臉，噘著她那兩片猩紅小嘴唇，冷冷瞅住我。那一瞬間，我的心凍結住了。那晚我就呆呆守望在英國軍官俱樂部門洞口，如醉如癡，傾聽了一夜的舞曲，但不知怎的，我心中老是浮現起，司徒瑪麗身上那件朱紅旗袍袖口下，黑毵毵，竄冒出的一小撮腋毛，亮晶晶，露珠似的綴著好幾顆汗珠。那一整個暑假，我真的變成了一個孤魂野鬼，鎮日裡，漂蕩在豔陽下戰雲密布刁斗森嚴的古晉城。有天深夜，我站在市中心十字路口，等綠燈準備過街，一回頭，看見身旁紅燈下停著一輛墨綠軍用轎車，燈影裡，只見後座煙霧瀰漫，中間端坐著一位繃著臉孔叼著雪茄、高高翹起兩撇赭紅色八字鬍的英國軍官。他身旁，小鳥依人般，挨靠著一個長髮披肩、臉色慘白的支那小女郎。

——聖瑪嘉烈的司徒瑪麗！唉。你繼續講吧。

——醉矇矇，那女郎睜開兩隻血絲眼瞳，咧開雪白臉龐上一蕾血滴般的小嘴唇，似笑非笑，乜著眼瞅了我兩眼。兩個人就這樣打個照面，車裡車外互相凝視半晌。綠燈亮。煙塵滾滾，司徒瑪麗倏地消失在城心那一窟喧囂燦爛的樓台燈火中，再也看不見。後來聽說司徒瑪麗懷孕了。又後來聽說司徒瑪麗流產了。有同學親眼看見她戴著墨鏡，出入河濱市場旁暗巷中那間中藥鋪「孌安堂」，但從此我再也沒遇見她。後來英軍走了，沙勞越獨立了，變成馬來西亞聯邦的一個州，馬來部隊開始進駐古晉城，聖安妮堡變成馬來軍官俱樂部⋯⋯高中畢業後，為了籌措去台灣升學的費用，在老校長龐征鴻神父安排下，我在他新近創辦的聖路加中學教華文，每天通勤，頂著大日頭，騎摩托車往返離城十英里的學校，累得半死，再也沒有工夫在城裡閒逛了。於是好長一陣子沒見到司徒瑪麗。咦？朱鴒丫頭，妳聽呆啦？怎麼一聲不吭，只顧睜著一雙眼睛怔怔望著我，眼角亮晶晶閃爍著兩顆淚珠呢？

——你可以救她的！

——救誰呀？救司徒瑪麗？

——嗯！你應該鼓起勇氣上前告訴她：「我愛妳！」然後帶她來台灣，跟你一起上大學。

——來不及了，丫頭！在聖路加中學教了一年書，存夠了錢，我準備來台灣啦。有個週末下午閒著沒事，心血來潮，我走到河濱市場探尋司徒瑪麗的蹤跡，才踅進巷裡，果然看見她撐著一支遮陽傘，晃晃悠悠，迎面朝向我走過來，長髮飄飄腰肢搖曳，就像以往那樣，可是這回她手裡提著一隻竹籃子，裡面躺著一個用黃緞子小被褥包紮起來的娃娃。仔細一看，那是個剛出生的嬰兒！

——好啊，這個嬰兒模樣一定很可愛，金髮碧眼，皮膚雪白像個洋娃娃。

——不！這個嬰兒面目黧黑，兩隻眼瞳烏晶烏晶的，一看就知道是馬來種。

——馬來人的嬰兒？那也挺可愛的呀！你有沒有走上前去把小娃娃抱起來，逗一逗，親兩下，跟這個娃娃的母親司徒瑪麗聊聊天，講幾句話呢？

——沒有。我掉頭而去。

——你這個人……沒良心。

——我還做了一件殘酷的事。

——還有什麼事比掉頭而去更殘忍呢？

——我……我在地上吐了一泡口水。

——你你你……怎麼可以吐口水！你在向司徒瑪麗報復！報復她小時候每天跟你一起搭巴士上學，卻從來沒看你一眼！報復她這些年來只顧逗你、耍你，把你變成一隻餓慌的獵狗，成天在街頭巷尾逡巡尋覓，聳出鼻子窸窣窸窣吸吸嗅嗅！報復她不知羞恥，跟占領古晉城的那幫英國軍官公開廝混，丟盡支那男人的臉！報復她自甘墮落，竟然跟馬來男人生孩子……可是你心裡還是深深的愛著她呀。

——隨妳怎麼講，朱鴒丫頭，反正那時我已決定離開婆羅洲，回到支那母親的懷抱（當時我確實這樣想）。來台前兩天，我在古晉城外沙勞越河口遇見司徒瑪麗。風潑潑，裙襬飛撩，她抱著她的娃娃佇立防波堤上，正眼也不看我一眼，好久好久只顧凝住眼眸，靜靜眺望港灣中停泊著的一艘艘彩旗飄颺、獵獵作響的大海船。夕陽西下，南中國海煙波蒼茫金光粼粼。台灣就在海的另一頭。如夢如幻，我悄悄走上防波堤，在她裙邊蹲下來，遮住臉孔哀哀啜泣，一口一口深深吸著她身上依舊隨風飄散出的肥皂香，恍惚間，前塵往事紛至沓來……丫頭，這輩子我還沒跟司徒瑪麗好好說過一句話呢，而我們倆是鄰居啊，從小住在一個城，三天兩回在街上不期而遇。那天傍晚在古晉港口見了她最後一面，我就來台北讀大學了，從此定居台灣。我不曉得這會兒她流落何方，更不知道，她現在活得好不好。但我心中永遠留存一個鮮明的意象：赤道中午，幽魂般，婆羅洲白花花大日頭下一條人影晃蕩。髮絲飄飄，那個女生把幾本英文小說摟在懷裡，孤單單，搖曳著她那一把水柳也似柔細的腰肢，沒聲沒息，遊走在古晉城鬧烘烘人來人往的唐人街，偶爾停歇腳步，駐足店簷下，仰起臉龐，望著那滿街懸掛橫七豎八、奼紫嫣紅的支那招牌，忽然幽幽嘆息一聲……嗳，聖瑪嘉烈的司徒瑪麗！

追憶九：望鄉

丫頭，妳怎不吭聲呢？聽我講完司徒瑪麗的故事，妳就一直繃著臉垂著頭怔怔瞅住自己的腳尖，踢躂，踢躂，踢踢躂躂，拖著妳那雙破球鞋自管走自己的路，好久好久，正眼也懶得看我一眼。妳心裡一定責怪我，怎麼可以對司徒瑪麗那樣殘忍？她是我死心塌地愛慕的對象呀。丫頭哇，我自己也迷惑了，搞不清楚事情為什麼會弄成這樣。莫非又是我心中那個壞東西在作祟？記得第一顆石頭的故事嗎？朱鴒，我現在向妳招認：那顆血腥的鵝卵石是我扔出去的——是我帶頭幹這殘酷的勾當，誘導我的七兄弟姊妹（天哪，包括我那個出生沒多久的小么弟）玩那場恐怖的遊戲，害我一家人遭受天譴，後來瘋的瘋，生怪病的生怪病，夭折的夭折，弄得那原本雖清寒但還算和樂的家，終年籠罩在愁雲慘霧中。我是罪人，你們拿起石頭打我吧！就像聖經中描寫的那樣。

嘿，丫頭終於仰起臉龐看我啦，可只睨了我兩眼，舉起手狠狠擦掉腮幫上的淚珠，又趕忙垂下頭去，依舊望著自己的腳尖走自己的路。月光下，朱鴒，妳那張小臉子霎時間變得好蒼白。妳知道嗎？這就是為什麼這些年我一直逃亡在外，漂泊徂徂，不敢回婆羅洲老家看望我的親人，面對我母親，面對我的小妹子翠提——面對聖瑪嘉烈的司徒瑪麗，儘管我壓根不曉得如今她流落何鄉，也不知道，她那個皮膚黝黑的孩子，到底有沒有存活下來。此外，還有一個名字叫月鸞的女人和她的兩個姊妹，我也沒臉回去見她們。如果到今天，這三姊妹還活著，她們應該還居住在古晉城外，廢鐵道旁荒地上那間台灣寮……丫頭，待會妳心情好些了，我再講三姊妹的歷史給妳聽。

拜託妳吭吭氣，跟我講講話好不好？別只顧悶著頭繃著臉踢躂踢躂走路，活像個受委屈的小媳婦。過來，把書包揹好，不要挨著堤邊行走，倘若一個不留神從幾十公尺高的河堤上摔下去，掉落進河畔芒草叢中，會扎死妳這個小女孩的。喂，抬起頭來看哪，觀音山頭一瓢月光下那滿江綻放迎風搖曳的芒花，映著城中高燒的霓虹燈火，蕭蕭瑟瑟多麼動人！不知怎的，每次看見台灣芒花，我就會想到婆羅洲台灣寮的故事，心中一酸，思念起那三個一身飄零、流寓南島的奇女子。記得當初剛來台灣，有一回我獨自搭火車遊玩，十月天，沿著西部縱貫鐵路南下，穿越那秋收時節一穹藍天下，遍地金穗翻滾浩瀚無際的雲嘉南平原。蹬窿蹬窿，列車奔馳過西螺大鐵橋。我倚著車窗口，驀一看，只見石頭纍纍砂礫滿布的河床上，突然洶湧出萬千株芒草，一簇簇一蓬蓬，頂著大太陽，嘩喇嘩喇搖甩起滿頭白花，迎風奔騰呼嘯。那一剎那，我看呆啦，忽然想起在古晉中學讀漢朝歷史時，我常做的一個夢（那陣子我迷上霍去病）：麗日中天，黃沙飛颺，一群白髮毿毿的老匈奴光著屁股，策馬馳騁在戈壁灘上，倉皇逃避嫖姚將軍霍去病的追擊……喲，朱鴒，妳終於噘起嘴唇噗哧一笑，吭聲囉！我這個夢是不是有點怪異，害妳忍不住笑出聲來？

——你的夢聽起來是怪怪的，但想想也有點道理。芒草專門生長在荒野，越是荒涼貧瘠、鳥不生蛋的地方，它越長得茂密旺盛，可不就像居住在沙漠的匈奴人嗎？

——我明白了，芒草是台灣生命力的象徵！當初剛來台灣，最讓我感動的不是日月潭的湖光山色，不是阿里山的日出，而是那一大片一大片叢生在荒原上、亂石河邊的芒草，太陽下月光中，不住迎風搖蕩，窸窸窣窣嘩喇嘩喇嗚颼颼，那聲調聽起來多荒古、蕭瑟，卻又是那樣的桀驁活潑！我在北部大屯山巔荒草坡，黑天半夜，看見過台灣芒張牙舞爪迎向海峽的風濤，厲聲呼嘯；向晚時分，搭火車穿渡中南部平原的濁水溪、北港溪和曾文溪，河口海平線上，一丸子瘀血般的落日下，我聽見台灣芒招魂般的嗚咽；浪遊花東縱谷，在秀姑巒溪畔三家村小旅社投宿，一覺醒來探頭簷外，發現它們——

——光著身子迎著朝霞在溪中洗澡，一個追逐著一個，濺濺潑潑，甩起腰肢上那一把長長的金亮髮絲，只顧玩水，嬉笑打鬧，活像一群快樂的山林仙子。

——唔，希臘神話中的寧芙！妳這個譬喻有意思，比我夢見的那群光著屁股騎馬逃命的白頭老匈奴，可愛多了。我早就說過嘛，朱鴒這個小姑娘天生冰雪聰明，人家的心都只有一個竅，而這個丫頭子，胸窩裡那顆鵪鶉蛋一般大的心，卻生了七八個竅，心思可真多……

——你又來這一套了！別只顧拍馬屁！我現在還沒原諒你呢。

——拜託妳別再提司徒瑪麗，好不好？這會兒咱們倆肩並肩，行走在台北市水源路堤防頂端，舉起手來遮住眉心，放眼瞭望，瞧！偌大的河床雰雰霏霏滿眼盡是迎風飛蕩的芒花。月光下黑水白芒，可不像一幀黑白風景照片？我問妳，這條河叫什麼名字？

——新店溪。台灣的小學生都知道。

——那我再考妳：新店溪中有一項特產，那是台灣野生純種的原生魚，叫什麼名字？這下可考倒我們這位小才女啦。妳肯定不知道答案，因為這種魚早就被捕殺光了。記住！牠名叫庵仔魚，在地人管牠叫憨魚，學名叫圓吻鯝魚。以前，每年六月春夏之交西北雨季，新店溪水暴漲，庵仔魚就會成群結隊溯流而上。幹嘛那麼辛苦？為了繁殖下一代呀。月色茫茫，成千上萬隻魚兒浩浩蕩蕩出發，鼓著她們那裝滿卵子圓嘟嘟的大肚腩，趁著大雨初歇，迎向從山中奔流而下的溪水，逆游而上，一路翻翻騰騰劈劈啵啵，破浪前進。母魚們邊游泳邊產卵，那一粒粒卵子乍看就像一顆顆珍珠，亮晶晶漂蕩在溪上，映照著河口觀音山上那位披著白頭紗、悄悄探出臉龐來觀看的月娘……

——我想到了！這條溪好比女人的輸卵管，那群庵仔魚就像男人的精蟲，奮勇爭先溯游而上，進入子宮。當精子碰到卵子……對不起嘻嘻，這個譬喻有點不對勁。我本來想說，這條溪就像牛郎和織女一年一度相會的鵲橋，可是，前天晚上偷偷看了台視侯麗芳主持的《人之初》節目，心裡老想著精子和輸卵管。

——牛郎織女相會台北新店溪，好比喻！虧妳這丫頭兒想像得出來。

——產完卵後，這些庵仔魚回到哪裡？

——回到溪上的深水潭。平日牠們就成群躲藏在潭底，靜靜過牠們的日子，像人類的男女那樣生活、交配，等待明年春夏之交，西北雨季來臨時節，又一次結伴出發，乘著暴漲的溪水再度溯流而上……

——牠們躲在深水潭中交配，你看見過？

——丫頭，好好給我聽著！現在我要講一樁在台灣生活那麼多年，最令我難忘的經驗。當初來台北讀大學，我住在基隆路台大第七宿舍，有個室友名叫孫萬國——他現在哪裡？早就移民澳洲，在墨爾缽一所國立大學教中國近代史——有天晚上他半夜忽然把我從睡夢中叫醒：「李老三醒來醒來，跟我去新店溪看台灣郎捕庵仔魚，討幾尾回來煮湯下酒！」我揉開眼皮，看見孫萬國聳著他那張北方漢子特有的國字臉膛，賊笑嘻嘻佇立一窗月光中瞅著我。鏜！教官室的掛鐘敲了一響。我跳下床鋪，跟隨這位學長摸黑翻出後牆，拎著鞋子跋涉走過宿舍圍牆外那畦水稻田，穿越羅斯福路，滿城鼾聲中，朝向水源路河堤下、街堂裡、家家戶戶神龕中長年點著的兩盞幽紅佛燈，跫跫奔跑過去，一路來到巷底，躲過巡邏的憲兵，爬上國防醫學院後牆亂石坡，登上那座新築的水泥堤防。明月當頭。水聲嘩喇嘩喇嚀嚀叮叮。晌午下過一場驟雨，六月時節，觀音山下一江芒草迎著城中一簇煙火似的霓虹燈光，亮晶晶紅灩灩搖盪起滿身雨珠。哥倆打赤腳，行走在河床上，躡手躡腳踩著一灘灘沙洲泥坑，鑽過叢叢水芒，朝向河上游一路尋尋覓覓穿渡過去。雨後的新店溪，月光下驀一看，好似萬千條水蛇一窩子從群山中竄出來，銀鱗閃閃，爭相湧向台北市南郊景美鎮，倏地轉個彎，迸濺起蕊蕊水花，潑喇一聲，繞過福和橋頭那座雄踞河畔的石崖，喘口氣歇會兒，繼續往城中奔游。河床上沙洲中央高高凸隆起一畦芒草地。一群漁郎打著赤膊，渾身烏鰍鰍，弓起背脊抱住膝頭蹲在水邊，只管伸出脖子，睜起幾十隻血絲眼瞳，咂咂猛吞口水，愣瞪著石崖下那一窟幽黑的深水潭。鬼氣森森，水光閃爍中只見十幾張黧黑臉孔，漾亮著酒氣，腮幫酡紅酡紅。帶頭的老漁郎抖簌著頸脖上一顱子花髮，猛回頭，瞪住我們哥兒倆，呸地啐出兩團檳榔汁，眼皮一翻，暴露出嘴洞中那兩支猩紅門牙，低聲叱喝：「噓，禁聲！」孫萬國趕緊伸手搗住我的嘴巴，拖著我一路哈腰鞠躬，踮著腳涉渡過黑水潭邊那灘淺瀨，悄悄踏上沙洲中的芒草壟。「喂，來飲酒啦。」十五六歲的小漁郎笑嗨嗨，反手撈起搭掛在肩胛上的汗衫，抹掉胸口冒出的汗珠，噗哧一笑，綻露出五六顆血滴似的門牙，翹起屁股朝向我們哈個腰，遞來半瓶紅標米酒。我接過酒瓶，湊著瓶嘴啜兩口，猛一嗆，慌忙閉上眼睛憋住氣，好半晌才撐開眼皮，抬頭望望河口。雨過天青只見水月一瓢，笑吟吟地蕩漾在台灣海峽上空，灑照著觀音山下那水晶宮般燈火皎潔、半夜笙歌處處的台北城。滿城水光瀲灩，燈影搖紅。新店溪上游秀朗橋頭，堤岸上兩排四層樓公寓房子燈光昏黃，人影晃閃，娃兒啼哭聲中只聽得家家客廳窗口傳出麻將聲，一波波潑水般，嘩喇嘩喇街頭巷尾此起彼落。空窿空窿，福和橋上盞盞水銀路燈下，兩輛卡車疾駛而過，四更天，運載兩窩哀號不停的黑毛公豬，慌慌急急趕往屠場去了。河上月色沉沉。河口湧起了滾滾彤雲。河中沙洲草地上影影綽綽聚集著一群漁郎，人頭堆裡只見幾十隻眼眸子，鬼火樣，碧熒熒閃爍著血絲，好久一眨不眨，只顧盯住石崖下那窟黑水潭。悄沒聲，潭上的漣漪映照著崖上街燈，一圈盪漾開一圈……也不知過了多少時候，萬籟俱寂，天地間彷彿只剩下琤琤琮琮一溪流水，驀地，月亮破雲而出，當頭灑照下來，黑水潭上潑喇喇一聲響，噴泉般突然迸濺出了兩蕖子白燦燦的水星。渾身一哆嗦，帶頭的老漁郎丟掉手裡的米酒瓶，朝向潭心，抖簌簌伸出兩隻枯黃的手指頭，嘶啞著嗓子嚷道：「來嘍！來嘍！」月色皎皎。黑魆魆一潭死水，霎時間劈啵劈啵冒出千簇水花，彷彿有人在潭底升火，燒起一大鍋沸水，明月下只見百尾千尾萬尾庵仔魚，銀鱗閃閃，互相追逐著竄出水面，迎向月光，喝醉酒般癲癲狂狂蹦蹦濺濺衝著撞著，滿潭捉對兒交配起來。丫頭哇，這是我生平第一次觀看魚兒舉行求偶儀式，幾千隻魚兒聚集在一起狂歡，當場就看傻啦，好久才回過神來，咬緊牙根機伶伶打出兩個寒噤。我的學長孫萬國蹲在水邊，雙手抱住膝頭，瘧疾發作似地渾身打起擺子，兩隻眼睛盯住潭面，竟然流下淚來啦。沙洲上那群漁郎早就扔掉酒瓶，跳起身，合力提起一張三十蓆大的漁網，跑進淺水灘，朝向那霹靂啪啦沸沸騰騰的水潭，沒頭沒腦一把撒了過去。網子登時罩住整個潭面。月光滿潭，只見十幾條烏鰍鰍瘦巴巴的人影，宛如一群夜叉，笑齤齤咧開兩排紅牙，呸呸，啐吐出一蕾蕾血花似的檳榔汁，跳跳躥躥嘿咻嘿咻，四面包抄，折騰了半天，終於將一大網子活蹦亂跳的庵仔魚，拖上岸來。丫頭妳看，那十幾張黝黑臉孔迎向月光，汗潸潸如醉如癡，驀地綻放出朵朵笑靨，春花般酡紅酡紅。漁郎們齊心協力，哼嗨哼嗨，將那沉甸甸脹鼓鼓的漁網抬上沙洲，不停搖著晃著，抖著盪著，興奮得好似一窩子集體發情的豬哥：「咿啊喂，夠裝他四大米籮嘍！」可憐那幾千尾庵仔魚，全都發了狂了，被囚困在網子裡，還兀自蹦蹦跳跳交配個不停呢！怎麼啦？丫頭聽呆了啦？好久沒吭聲哦。瞧妳呆呆站在河堤上，只顧睜大眼睛伸長脖子，怔怔眺望新店溪上游那條月光粼粼的流水，嗞著牙，渾身抖簌簌打起哆嗦……

——好……狠啊！

——咱們中國不是有一句成語嗎？

——一網打盡。

——對！丫頭聰明。

——可是，為什麼那些捕魚的人要這樣狠，做得那麼絕呢？

——因為交配中的母魚滋味特別鮮美呀！每年一到春季，庵仔魚的肚皮就會變成粉紅，漁郎們管這種顏色叫婚姻色，喏，就像出嫁的閨女，在雪白的腮幫子上塗抹一層鮮紅臙脂，洞房花燭夜，讓新郎看了格外興奮。

——我知道了！交配期的庵仔魚又肥又嫩，肚子紅馥馥，叫男人看了禁不住滴答滴答地直流口水。

——嘿。平日庵仔魚躲藏在深水潭老樹根窟窿裡，怎麼騙都騙不出來，可每年這一晚交配，命都不要了，一窩子鑽出老窟窿，爭先恐後衝上水面……

——給等著的人一網打盡。

——每年，捕庵仔魚的人就只等這一個夜晚。六月天，春夏之交，台灣島上西北雨季來臨囉，新店溪一夜之間暴漲，交配後的庵仔魚聚集潭中，準備溯流而上，成群結隊迎著奔流而下的溪水，浩浩蕩蕩一路逆游到水源頭，產下卵子……

——可沒想到這趟旅程正要開始，就碰上了一群心腸狠毒的漁郎。

——狠？這哪算狠呢！後來有人嫌用網子捕庵仔魚麻煩，既費力又傷神，乾脆到藥房買幾顆氰酸鉀，一等春天來臨，黑天半夜趁著庵仔魚劈啵劈啵鑽出水面來交尾，癲癲狂狂正在那興頭上，就偷偷掏出幾顆毒藥，丟進水潭中。月光下，瞧！偌大的潭面，登時漂浮起了成千上萬具桃紅色的魚屍，密密麻麻，乍看，宛如一簇簇迎春花，驀地綻放在台北市新店溪黑水潭上。

——我明白啦，後來這條溪的庵仔魚就絕種了。難怪啊，這會兒行走在新店水源路堤防上，溪中靜悄悄的，聽不到半點聲息，只聽見風吹芒草綷綷綷綷嗚呦嗚呦的聲音，好淒涼喔。

——這庵仔魚可是我們台灣純種原生魚哪！丫頭。

——我問你：那晚，你的學長孫萬國帶你到新店溪上看漁郎捕捉庵仔魚，你們有沒有討幾隻回來，煮湯下酒？就像你開始時所說的。

——有。

——你真的吃了交配中的婚姻魚？

——吃了。

——滋味挺鮮美？看你咂巴著嘴唇，一副忍不住要流口水的樣子！好吧，你現在就帶領我沿著新店溪一路走上去，探訪傳說中的婚姻魚。說不定，有一群庵仔魚逃過人類的捕殺，如今正躲藏在黑水潭底老樹根窟窿裡呢。

——好！現在正逢十月，枯水期開始了，我們就沿著這條快要乾涸的溪床，跨過一灘灘沙洲，鑽過溪中一叢叢水芒草，趁著月色，往新店溪上游跋涉過去。

——我揹著書包，你揹著我。

——走，朱鴒丫頭，咱倆一塊去尋找那個活水潭。

——觀音山頭一輪明月，水紅紅。

——芒草萋萋，我們這兩個一大一小來自天南地北，有緣相識台北街頭的夥伴，子夜時分，在觀音山的月娘笑盈盈守望下，蹦蹦濺濺一路溯流而上，尋找庵仔魚棲息的那一窟活水源……

——聽！河堤下小屋裡有個女人在唱歌。

——妳的耳朵可真靈，朱鴒小姑娘。

——噓，禁聲，讓我聽聽她唱什麼歌？月夜愁！那是一首古早的台灣民謠，我聽我媽唱過。可是，咦？為什麼這個女人三更半夜不睡覺，獨個兒倚在門口唱歌呢？你知道為什麼嗎？我告訴你原因。女人內心最苦的時候就會忍不住悲從中來，扯起嗓門唱歌，彷彿要把心肝挖出來，一把撕碎似的。我怎麼知道？雖然我是個小女生，生平還沒那樣痛苦過，但我從小就常看見我媽一個人悄悄坐在臥室窗前，仰起臉龐，望著城外觀音山頭的月亮，好久，好久，只顧絞起眉心，舉起拳頭一拳一拳擂打自己的胸口，邊想心事邊哀哀唱歌：

月色照在三線路

風吹微微
等待的人怎不來
心內真可疑
想不出彼的人啊
怨嘆月暝

喂喂喂，大哥你聽呆啦？瞧你整個人一下子變得癡癡怔怔，好像忽然想起什麼傷心事，月光下臉青青汗涔涔，樣子好可怕。我明白了！這會兒行走在新店溪上，聽一個陌生的台灣女人唱歌，你想起你小妹子翠堤在你們婆羅洲老家常唱的那首歌。拜託你現在別唱！對不起，先前你站在華江橋上唱「妹妹揹著洋娃娃」，聽起來像半夜鬼哭，直聽得我毛骨悚然，滿身冒起雞母皮。唉，還是我幫你唱這首快樂的童謠吧。

妹妹揹著洋娃娃
走進花園去看花
娃娃哭著叫媽媽

樹上鳥兒笑哈哈

笑哈哈——

咦？大哥你怎麼沒反應呢，兀自望著河堤下芒草叢中那間破舊的小鐵皮屋發呆？莫不是我猜錯啦？這會兒你心裡思念的不是翠堤小妹子，而是……你的母親！我媽傷心時總愛唱月夜愁，那你媽唱什麼歌呀？

——我媽呀？我媽喜歡唱天地荒。洗衣燒飯掃地的時候、沒事拿起衣裳縫縫補補的時候、頂著婆羅洲毒日頭，蹲在胡椒田裡幹活的時候，她老人家——不，那時她還挺年輕——她總愛想心事，想著想著就突然蹙起眉頭，伸手撩起她那一把枯黃黃地披散在肩膀的髮絲，狠狠甩兩甩，睜起眼睛瞅住半空中不知什麼東西，磔磔一咬牙，嘆口氣，幽幽唱起天地荒來。這首歌我從小聽到大。我媽唱了幾十年了，翻來覆去唱來唱去咿咿呀呀永遠就是那麼四句歌詞：

小白菜呀

天地荒呀

兩三歲呀
死了爹呀

——好淒涼！感覺上好像孟姜女哭萬喜良，快把長城哭倒了。可是大哥，拜託你別唱下去，因為聽你捏尖嗓子齜牙咧嘴這麼一唱：「兩三歲呀死了——爹——呀！」我滿身又起雞皮疙瘩啦，背脊上直冒冷汗。咦？怎麼你停下腳步豎起耳朵，扭頭望向河堤下那間小屋，愣愣瞪瞪的還在聽那個台灣女人唱歌呢？

——丫頭，妳聽，黑天半夜滿江芒花搖曳嗚咽，風中忽然傳出女人的歌聲，飄飄忽忽悽悽切切，一聲聲如影隨形，只顧跟住我們。月光下好像有一個鬼魅，漂甩著她腰肢上那把長長的銀白髮絲，隨著河風，一縷一縷的不斷從我們身後追纏過來：月色照在三線路，風吹微微，等待的人怎不來啊，怨嘆月暝……我這麼一唱可把妳這丫頭嚇得縮起脖子咬著牙，機伶伶直打起寒噤來。可妳知道嗎？小時候在婆羅洲，我就曾聽過這首月夜愁，人家說那是日本軍歌呢。妳說什麼？月夜愁是道地的台灣歌，不可能是日本歌？這妳就不懂囉。聽南洋老一輩的華僑說，第二次世界大戰日本進軍南洋群島，把一些台灣歌謠改編成日語來唱，其中幾首變成皇軍的軍歌，除了月夜愁，還有雨夜花。丫頭聽過雨夜花嗎？妳媽一個人坐在窗前想心事的時候只唱月夜愁，就像我媽傷心時只唱天地荒，所以妳從不曾聽過雨夜花？那我唱給妳聽：雨夜花，雨夜花，受風雨吹落地，無人看見，暝日怨切，花謝落地不再回……妳覺得這首歌的調子太淒涼，怎麼聽都不像軍歌？那我再告訴妳一件事。太平洋戰爭爆發那當口，我那個長年在外飄泊迌迌的父親，穿著他那套白夏布西裝，頭戴白草帽，倉皇逃回家來，帶著我母親和我那剛出生的大哥躲進叢林中，落腳在沙勞越邊城，堯灣鎮，不知如何，就跟日本少佐池田攀上關係，合夥開辦肥皂廠——咦？早先跟妳講第一顆石頭的故事時，我不是提過這段往事嗎？那三年中，我父親常聽到日本兵行軍、出征、在慰安所尋歡作樂時，用日語唱雨夜花和月夜愁，叭叭叭打著節拍，拔尖嗓子唱得還挺悲壯呢。後來天皇投降了，日本兵被遣送回扶桑老家了，英國人挺起腰桿子，列隊走出戰俘營，在蘇格蘭風笛隊嗚哇嗚哇一路引導下，光榮重返沙勞越殖民地。再過幾年，我就出世啦。那時我們家已經從堯灣鎮搬回古晉城，但還沒跟隨我父親到山坳裡種胡椒。六歲那年我入學，就讀古晉中華小學……

——這跟月夜愁和雨夜花有什麼關係？大哥，你扯太遠了。

——關係可大著呢！別急，耐心聽我講嘛。我頂記得學校附近有一條廢鐵道，鐵軌兩旁是一片荒地，周遭沒幾戶人家，亂墳堆裡不知何時搭蓋起一間白鐵皮屋，矮簷下開著小小的紅門洞，裡面住著三個肌膚皎白、年紀約莫三十、神態舉止看似外鄉人，卻操得一口南洋最通行的廈門話的女人，平日足不出戶，偶爾出門也只是挽著菜籃子，沿著鐵路，步行到附近雜貨店採買日用品。店家說她們待人挺和氣，除了皮色忒白，人看起來跟本地一般華僑婦女沒啥不同，只是說也奇怪，每次採買總要抱回兩大捆草紙，不知是做啥咪用途的。初時，整座古晉城沒有人知曉這三個女子的來歷，只知道打一開始她們就住在一起，廝守在那間鐵皮屋，形影不離，相依為命，所以人們就管她們叫林家三姊妹（不知誰打聽出來，其中一個女子本姓林）。可是三不五時，人們就看到一輛簇新的黑頭仔車出現在日頭下，沿著廢鐵道行駛，靜悄悄來到城外那片荒煙蔓草孤墳纍纍的野地上，倏地轉個彎，進入樹叢中，停泊在鐵皮屋門前籬笆外，車門一開，裡頭爬出一個（有時兩三個）頭戴黑色宋谷帽、身穿夏威夷花襯衫、腰間繫著一條印染花紗籠圍裙的馬來富豪，渾身散發出古龍水味道。只見他倚在車門旁，推起臉上的墨鏡，四面望望，遲疑半晌才邁出腳步，蹺起腳上那雙油亮亮義大利尖頭高跟黑皮鞋，橐躂橐躂走進院落中，把頭一低，鑽進簷下那一窟窿紅門洞。這時屋裡就走出一個女子，大熱天，身上鬆鬆裹著一條大紅花布和服，只見她……我怎麼知道這些事呢？莫非那當口我躲在一旁偷看？噯呀，丫頭，這座樹林裡從早到晚都有人徘徊逡巡，探頭探腦觀察鐵皮屋的動靜，看看屋裡三個來路不明、皮膚白膩的外鄉女人在幹啥咪勾當。好奇嘛！偷窺的男人可不只我一個。朱鴒，拜託妳別再打岔，我就要講到節骨眼上頭啦。這時三姊妹中的一個走出屋來，往門檻上一站，朝向天頂那顆燦白的南洋大日頭，伸出兩隻雪白的手，交疊在膝蓋上，深深一哈腰，笑吟吟將客人迎進屋裡。過了個把鐘頭，窗外草叢中踮著腳豎起耳朵傾聽的閒人們，腳都站痠啦，心煩意躁，一個個抓耳搔腮趑趑趄趄準備走人，忽然聽見咿呀兩聲，門打開了，馬來郎客霍然聳出他那粒汗濟濟油光水亮的大頭顱，鑽出紅門洞，弓起腰桿子，爬進門口等候的那輛黑頭轎車，鬼趕似地呼嘯而去。白花花陽光中，丫頭妳看，這傢伙走出鐵皮屋時，臉上還帶著一絲詭祕的笑容呢，邊走邊搔褲襠，慢吞吞繫上他那條花布紗籠。林子裡窺望的男人一哄而散——不，悄悄拔腳開溜。平日沒有郎客來訪時，整個院子靜沉沉，只偶爾聽到屋裡有人咳嗽，咯、咯、咯，一陣急似一陣不斷從窗口傳出來，鼻子靈敏的人還聞到一股甜甜的血腥味呢。有時屋裡那個女人邊咳嗽，邊扯起嗓門唱歌……

——月色照在三線路，咳咳，風吹微微……

——對，就是這首讓我一世人都忘不了、每次聽見心頭就開始淌血的歌，月夜愁！還有那首雨夜花：雨夜花，花落土，有誰可看顧，無情風雨誤我前途，花蕊墜地要如何……屋裡的女人用廈門話唱這兩首歌，歌詞我們聽得懂，因為古晉城就像南洋其他城市一樣通行廈門話，可後來有幾個到過外邦、見過世面的鄉親說，她們唱的歌詞不是廈門話，而是台語。兩者之間的差別我們也弄不清楚，反正久而久之，人們就把古晉城外廢鐵道旁樹林中那間白色的小鐵皮屋，稱為「台灣寮」。在我們這個民風淳樸保守的小城，那可是一個頂神祕、頂幽深的所在，時時勾起人們的好奇心和一種莫名的、美妙的恐懼感。每天黃昏，城裡總有一群老人吃過晚飯後假裝散步，嘴上叼根牙籤，閒閒背著雙手，昂起花白頭顱，迎向鐵路盡頭地平線上蒼蒼莽莽一輪火紅的婆羅洲落日，鼕、鼕、鼕，踩著鐵軌下橫鋪的一根根枕木，拖著他們那鬼魅般瘦伶伶、黑魆魆的一條條身影，慢慢遛達到台灣寮，停下腳步四面望望，一閃身，倏地鑽入草叢中，跂著腳，伸出脖子隔著籬笆朝向門洞內窺瞄。屋頂炊煙嬝嬝，屋裡悄沒人聲。守候半天，偶爾你瞥見一條蒼白人影在窗口晃漾，晚風中髮絲飄飀，夕陽斜照下幽靈似地一閃即逝……咳、咳、咳……暮色越來越濃，沒多久那整間台灣寮就被婆羅洲的黑夜叢林吞沒了，四下裡一片死寂，除了林中怪鳥啼鳴，遠處城中三兩聲狗吠，你就只聽見鐵皮屋裡兩盞煤油燈下，那一陣急似一陣催魂般的咳嗽了……月色照在三線路，咳咳，風吹微微……有時天氣實在太熱，三姊妹就結伴出屋來納涼，身上穿著單薄的衣裳，肩並肩坐在門前一條長板凳上，舉起竹扇子，搧啊搧。月光中，你看得見她們胳肢窩下，黑萋萋閃爍著一蕊一蕊晶瑩的汗珠……

——對不起，我要打岔了！那時你幾歲啊？怎麼記得那麼清楚，講得活龍活現繪聲繪影好像跟真的一樣呢。

——那時我七歲，就讀古晉中華小學第四分校二年級，跟我母親住在學校附近的砂督路，那條廢鐵道就經過我們家。

——你這個小蘿蔔頭，就常常跟在那群南洋歐吉桑屁股後面，跑到台灣寮窺望嘍！難怪呀，連三姊妹的腋毛你都看見了。

——朱鴒，那間小鐵皮屋，和住在屋裡的三個肌膚皎白、來歷不明的女子，不知怎的，就像奧德賽史詩中那群美豔的海上女妖，一聲聲召喚，蠱惑七歲的我，誘引我一步一步身不由主抖簌簌走進她們的世界……每天早晨坐在教室裡，我時時扭頭望向窗外，心裡默禱，祈求太陽公公趕快爬到天頂。好不容易捱到中午十二點鐘，鈴聲響啦，我霍地跳起身來，一溜風，奔上校園外那條廢鐵道，打開飯盒掏出筷子，邊吃飯邊行走，朝向麗日下城郊那座鬼氣森森人影飄閃的樹林，一路蹦蹬過去。有時傍晚放學，趁著我媽不在屋裡，我把書包往廚房一丟就跑到三姊妹家，站在籬笆外，豎起耳朵，傾聽她們那招魂似的一聲叮嚀、伴隨一聲呼喚的歌聲……

——夜路走多了總會遇到鬼！嘻嘻。後來，你這個喜歡偷看女人胳肢窩的小鬼頭，終於被三姊妹發現，逮個正著嘍？

——別只顧乾笑！講啊。

——嘿，嘿。

——我講我講，請妳別搔我的胳肢窩！那天中午一如往常，我躲藏在籬笆外草叢中張望，可這回機緣巧合，卻撞見三姊妹中容貌最標致的那個姑娘，獨自蹲在後院洗澡。（後來相識，我才知道她名字叫菊子，是鐵皮屋三個女人中年紀最小、最不愛講話、老是坐在窗口怔怔想自己心事的一個。）丫頭哇，那天中午我給鬼迷了心竅，生平第一次偷看女人洗澡！菊子姑娘跂著雙腳尖，蹲在水桶旁，把她腰間那一束烏黑髮絲挽到脖子頂端，鬆鬆打個髻，身子剝光了，背對我，翹起屁股舉起手臂來，拿著木杓子往桶裡舀水，好半天一瓢一瓢的只顧往乳溝上澆潑。燦爛的陽光，蒼白的肌膚。腋窩裡黑羢羢閃亮著一撮毛髮，滴答滴答綴掛著幾顆晶瑩的水珠……朱鴒，妳又打岔了！我正講到那節骨眼上頭呢。妳到底想說什麼呀？妳說我這個人怎麼搞的，老是注意到女人家的腋毛？我也不知道為什麼，反正那當口我看傻啦，只覺得自己那顆心臟，跟隨菊子姑娘手上那一杓一杓井水，劈啵劈啵跳個不住。麗日中天。整座林子寂悄悄。庭院周遭灌木叢裡，綷綷綷綷，怪聲四起，不時有三五顆花白頭顱突地探聳出來，太陽下目光熒熒，那一雙雙眼瞳子骨碌骨碌只管閃爍著血絲。就這麼樣，丫頭，老老少少一夥男子（包括我這個七歲大的小毛頭）光天化日之下糾集在人家屋外，呆呆觀看女人蹲在井旁洗身子，邊看邊搔——搔什麼東西？搔自己的褲襠啊——正在那興頭上，菊子姑娘忽然從地上拿起一罐膏藥，眉頭一皺，閉上眼睛張開雙腿，咬著牙，伸手往她胯下那黑萋萋一窪斑爛的水珠，狠狠塗抹起來。霎時間天旋地轉，我只覺得自己膝頭一軟，撲通一聲，整個人坐倒在籬笆旁草叢中，屁股被滿地荊棘扎到，痛得要死，忍不住扯起嗓門厲聲慘叫三下。院子裡的水瓢聲頓時停住了。渾身猛一哆嗦，蹲在日頭下洗澡的女人慌忙合攏起雙腿，悄悄回過頭來望了望，整個人當場呆住。她脖子上鬆鬆綰著的那顆髮髻，颼地迸開了，濕漉漉一把髮絲登時垂落下來，披散在胸口，滴答滴答，淅瀝瀝淅瀝瀝不住流下水來……

——噯呀，這個時候你還有工夫看人家的奶子！趕快拔腿開溜啊。

——我沒走。我就像白癡一樣呆呆地杵在那兒，揹著書包張開嘴巴一動不動。也不知道為什麼，我心裡只是不想走。

——三姊妹一定很生氣囉，當場把你抓進屋裡痛打一頓，警告你以後不許偷看女人洗澡，然後把你趕出屋去。

——她們沒生氣。朱鴒，有件事我本來不想跟妳講，可是……我還是說了吧！從小我就有一種奇特的女人緣。我媽說小時候我皮膚生得忒白，身子粉嫩粉嫩，跟其他在南洋出生長大、渾身皮膚黑不鰡鰍的孩子不一樣，所以家族中的女人們一看見我，就忍不住伸出雙手把我搶進懷中，二話不說就張開手爪，嘟起嘴唇往我臉上和身上又捏又親，就像揉麵糰那樣。丫頭，妳知道嗎？客家女人聚在一起時，總會找出一些糯米和麵粉來揉揉捏捏，製作糍粑當點心吃，就像北方女人包餃子。糍粑就是台灣的糲糬。所以我小時候有個綽號叫糍粑，那是姑媽阿姨們取的……上回跟妳講司徒瑪麗的事蹟（唉，聖瑪嘉烈的司徒瑪麗，陰魂不散！）我提過，我們家在山坳種胡椒時，有一次小阿姨從城裡來訪，大熱天在河裡痛痛快快洗了個澡，晚上就光著身子摟著我睡，讓我躺在她懷中，吮吸她身上的乳香和肥皂香……但上回我沒敢告訴妳，那一整夜，小阿姨那雙柔膩的手爪子不停探伸過來，搓弄我的身子，嘴裡一聲聲呼喚我的乳名：糍粑、糍粑、糍粑……

——肉麻死了，拜託別說了！繼續講三姊妹的事情吧。

——那個要命的中午，鐵皮屋的菊子姑娘發現我偷看她洗澡，倘若當場便把我臭罵一頓，趕出門外，那也就罷了，後來就不會有事情發生，而我也不必追悔一輩子。不料她非但沒把我轟走，反而招呼我進屋坐坐，還把她那兩個正在房間裡睡午覺的姊妹，叫出來，獻寶似的，讓她們看看這個皮膚生得忒白、嘴唇紅紅的小男生。那當口，我清清楚楚聽到，內心有個聲音哀哀催促我：走哇，逃哇，這個地方不可以進去！我知道那是我娘的呼喚，但我那雙腳偏不聽話，著了魔似的一步拖曳一步，跟隨菊子姑娘走進鐵皮屋，從此跟三姊妹結下不解之緣。

——哦，緣。

——孽緣，丫頭。那天中午我就坐在她們家客廳僅有的一張高背椅上，吃我媽做的便當。那張椅子模樣就像我們在電影中看到的太師椅，我就像個小皇帝，高高地垂拱在那上頭，而三姊妹如同宮娥環侍一旁，笑吟吟喜孜孜看我吃飯，陪我說話兒，問東問西，不外是家裡有幾個兄弟啦、排行第幾啦、父親幾時來南洋如今吃啥咪頭路啦、母親今年多大歲數，身體可還好？後來她們看我一大口一大口扒著乾飯吃，吃到都快噎住了，就到廚房給我煮一碗味噌湯。丫頭，這可是我生平頭一次品嘗日本味噌湯。我永遠忘不了那第一口的滋味，當場直想嘔吐出來，可一抬頭，看見三姊妹站在面前瞇笑瞇笑瞅著我，只好憋住氣，狠狠將它吞下肚。誰知那口怪湯一滑入喉嚨，滋味卻變得美妙無比，於是我咬緊牙根又喝三口。多少年了，我喝味噌湯早已經喝上癮囉，在我心目中那是可惡的日本最偉大、最可愛的發明！就這樣，我在三姊妹家吃過了午飯就趕回學校上課。三個女人結伴送我，離別依依，直送到樹林外小徑盡頭，目送我沿著鐵路跑回那日頭下、早已綻響起琅琅讀書聲的中華小學校園：床前明月光，疑是地上霜，舉頭望明月，低頭思故鄉……以後每天中午我就瞞著我媽，溜到三姊妹家作客。我總是高高坐在屋子中央那張太師椅上，吃飯喝湯，好不愜意，而她們總是環繞我身旁，坐在矮板凳上笑咪咪看我吃。看著笑著，三姊妹中的一個，就會伸出粉白的臂膀，叉開她血滴般塗著猩紅蔻丹的五根手指尖，梳理我的頭髮，旁邊一個姊妹看在眼中，就會趕緊挪過板凳，挨到我腳跟前坐下來，伸手整理我身上那件白上衣黃短褲中華小學男生制服。就這樣，三個異鄉女子，和一個誤闖入她們世界的小男生，結緣南洋古晉城，日復一日，相聚在城外鐵道旁那間小小的、熱烘烘的鐵皮屋，邊吃午飯邊閒話家常，和樂融融就像一家子（我們四個人皮膚都生得白，乍看還挺像母子！）有時沒話說，三姊妹就默默坐在板凳上，仰起臉龐眺望窗外樹梢頭那一團白花花的天光，各想各的心事，三不五時回過頭來看看我，眼一柔，咧開嘴唇，綻露出她們那一口挺皎潔整齊的好牙齒，對我笑了笑，隨即眼神一黯，從喉嚨裡發出沉沉兩聲嘆息。朱鴒，這會兒我揹著妳行走在台北新店溪上，對著觀音山頭的月娘，我發誓：我永遠感念這三個女人！她們疼愛我，可也尊重我，從不把我的身子當作一團粉嫩的糍粑，揉揉捏捏又親又啄（丫頭，妳知道，從懂事開始，我就多憎恨我這個乳名糍粑嗎？）所以我喜歡待在這三個來路不明、背後遭人指指點點的女人家裡，因為我覺得安心。她們讓我真正感受到女人的母愛是那麼的宏偉、那麼的自在安詳。窗外木葉娑娑，矮簷下草叢中影影幢幢，總是有人逡巡偷窺。屋裡言笑晏晏，一環陽光從鐵皮屋頂那口天窗灑照進來，投射在三個女人頭上，而這三個女人環坐在一個小男孩身旁，臉上堆滿慈藹笑容，看他吃飯……可是……每次一聽到屋外林中小徑上嘎扎嘎扎響起車輪聲，三姊妹就會霍地跳起身，一腳踢開屁股下的小板凳，急慌慌，打發我回學校上課。揹起書包拎起飯盒，鑽出門洞的當兒，心一沉，我就會看到一輛黑頭車停泊在屋前，太陽下人影晃閃，鬼魅般從車中爬出一個（有時一夥三四個）頭戴黑色宋谷帽、腰繫印花布紗籠圍裙、胳肢窩下，飄散出一股腥辣古龍香水味的馬來男子。蕭蕭蔌蔌，風吹草動，林中徘徊窺望的閒人們，悄悄昂聳出頭顱，日影裡，目光睒睒，鬼火樣一瞳子一瞳子閃爍著斑斕血絲。（奇怪的是，造訪三姊妹的郎客每次都不一樣！我的意思是說，每次我看到的都是新面孔，跟上回的訪客並不是同一個或同一夥人，但這還不打緊，最讓我毛骨悚然的是，每回在屋前擦身而過互瞄兩眼時，馬來郎客總會回過頭來，舉手托起臉上的墨鏡，睨著我，咧嘴一笑，倏地伸出他嘴洞中那根紅涎涎的舌尖，咂咂咂舔了舔自己的腮幫，然後才整理衣帽，邁出皮鞋，回身鑽入三姊妹家那個紅門洞。事隔多年，至今我兀自參不透，這個怪異動作究竟代表什麼意義？）不管怎樣，每次被匆匆趕出鐵皮屋，回頭一望，我就發現三姊妹已經脫掉家常衣衫，攏起頭髮，高高綰在頸脖上，整張臉孔搽滿白粉堆滿笑容，一字排開，佇立門洞口，把雙手交疊在膝蓋上，嫋嫋娜娜朝向訪客一齊哈下腰去：「嗨，伊拉夏伊媽謝！」丫頭，妳瞧她們那閨女般圓潤白淨的身子，日頭下顯得格外光潔，連一根汗毛也找不著，驀一看，好似三隻被拔光了羽毛的白斬雞，鬆鬆地包裹在一襲妖豔的大紅花布和服內，風中衣襟飄撩，只見一雙嫩白奶子頂端，豎立起兩粒緋紅的乳頭，映著晌午陽光，顫巍巍若隱若現。馬來郎客磔磔怪笑，伸出手爪緊緊摟住菊子姑娘的小腰肢，挾著她，鼓起褲襠昂然進屋去了。不一會，窗口就傳出三個女人的嬌笑，笑聲中突然冒出哀哀唧唧的呻吟，好久好久迴盪在午後寂沉沉的樹林中。我站在門洞外，捏著鼻子豎起耳朵傾聽，心頭猛一抖，回過神來拔腿就溜，沿著鐵路邊跑邊流淚，指著天頂那顆明晃晃的大日頭，恨恨發誓：打死我都不再回來啦！但是隔天中午，我依舊揣著我媽給我準備的飯盒，身不由主地揹著書包踏上鐵路，一步步磨蹭著慢吞吞走向林中小屋。瞧，三姊妹早就站在門洞口，跂著腳，伸長脖子朝樹林外眺望，滿臉焦急，那副神態就像母親倚門盼望，苦苦等待兒子放學平安回家！一看見我出現在路口，三個女人登時就舒展開深鎖的眉心，笑啦，爭相牽住我的手，團團把我簇擁進屋裡，嘰嘰喳喳問東問西，確定我沒生病也沒生她們的氣，這才長長嘆息兩聲，安下心來。一如往常，我高高坐在屋子中央太師椅上，像個小皇帝伸出嘴巴，左一口，喝三姊妹為我熬煮的味噌湯，右一口，吃我媽做的愛心便當，心裡快活得很哪，而她們三人依舊坐在我跟前那三張矮板凳上，手裡捧著飯碗拈著湯匙，仰起臉龐瞅住我，噙著眼淚，笑咪咪一口一口餵我吃飯……

——我的媽呀，這三個孤苦伶仃、流落南洋的女人，把你這個皮膚粉嫩粉嫩、活像一糰子糯糬的小男生，當作自己的兒子啦。

——嘿，那時我就已經感覺到了，她們把我看成自己的親人。尤其是名字叫「月鸞」的那位阿姨，對我特別好。我為什麼叫她阿姨？因為她跟我最親，疼惜我就像疼惜自家的子姪或外甥，況且……況且她身上一股時時飄散出來的淡淡汗酸味，和濃濃肥皂香，不知怎麼，總是勾起我的記憶，讓我想到我小時常到我們家摟著我睡的小阿姨。所以我就管月鸞叫阿姨，挺順口。那我又怎麼知道她名字叫月鸞？她親口告訴我的。我記得頂清楚，有天中午天氣特別悶熱，我在鐵皮屋裡喝了兩碗味噌湯，飯後她把我牽到水井旁，搖著轆轤打上一桶水，攏起裙腳蹲下來，拿塊肥皂幫我洗身子。擦著搓著，她忽然噘起嘴巴，將她那紅嘟嘟兩片嘴唇湊到我耳朵上說：「我偷偷告訴你，我的真名叫月鸞，你千萬不要跟別人講！這個祕密全世界我只告訴你一個人喔。」臉一紅，她悄悄回過頭去，望了望籬笆外日頭下那鬼眼瞳瞳、條條人影飄忽徘徊的亂草叢，猛然打個哆嗦，咬住嘴唇不再吭聲了，抓起肥皂使勁擦洗我的身子……

——天，這位月鸞小姐還幫你洗澡呢！說不定，她也幫那些馬來郎客洗澡……

——拜託妳別亂講，朱丫頭！

——喲，我只是開個玩笑，瞧你那張臉孔颼地變了顏色，一陣青一陣白，月光下兩隻眼睛紅凸凸只顧瞪住我，好像要噴出火來了……對不起，我不再逗你啦。咦？三姊妹中的另外兩個叫什麼名字呀？

——大的叫林投姐，小的叫菊子姑娘。

——這兩個名字一聽就知道是花名。

——丫頭聰明！她們兩個打死都不讓人家知道她們的真實姓名，連月鸞也不曉得，莫說我了。

——那麼這三個女人肯定不是親姊妹囉？

——唉，同是天涯淪落人……

——先前你說，你們古晉在地人，把她們住的那間鐵皮屋叫做台灣寮，那麼，她們是從台灣去的囉？

——那時我才七歲，讀小學二年級，哪裡知道台灣到底是個啥咪所在！月鸞告訴我，她的故鄉在大海北邊很遠很遠的一個島上，她家田庄外有一條河叫濁水溪，溪畔長著芒草，乍看還有點像南洋蘆葦呢，每到中秋時節就會開花，月光下白雪雪一大片。她說，如今孤零零躺在小鐵皮屋一張木板床上，夜夜睡不著，兩眼睜睜，眺望屋頂天窗外黑魆魆的婆羅洲天空。唉，無聊月夜！於是她就伸出手指頭，數著天頂那一簇亮晶晶冷冰冰，只顧朝她眨眼的星星，一顆、兩顆、三顆……望著數著，她就會思念起在家鄉種田、如今不知仍健在否的阿爸和阿母，還有她的六個弟妹。那晚做夢，她就會夢到她家水田旁，那滿溪盛開的芒花，迎著天上的月娘，嘩喇嘩喇隨風起舞，恍惚中好像村裡一群孩童滿頭插著白色野花，聚集在村口，笑嗨嗨向她招著手兒，歡迎她回鄉……長大後我來台灣讀大學，記得第一次搭火車南遊，向晚時分穿過西螺大鐵橋，抬頭一看，只見河畔村中歸鳥亂飛炊煙四起，遠處，濁水溪口，台灣海峽上空一輪紅日懸吊，金光燦爛濺濺潑潑，照射著河床上那滿眼蕭蕭蔌蔌，淚花也似迎風飛灑的水芒花。那當口，心頭猛一揪，我想起了月鸞——那個流落在南洋婆羅洲我的老家、我小時候疼過我、煮味噌湯給我拌飯吃、幫我洗身子，而今卻下落不明、生死不知的台灣好女子月鸞阿姨！倚著窗口，坐在縱貫鐵路南下列車中，夕陽下的台灣村莊一座接一座飛閃過我眼簾……林內鄉，田頭里，平頂村……月鸞，林投姐，菊子姑娘……車窗外暮靄越沉越紅，台灣海峽一團火球熊熊燃燒，煙波中載浮載沉。幽靈般，我腦海裡浮現起了古晉城外，大日頭下，孤墳纍纍的荒地上那間小小的台灣寮……日落台灣西部嘉南平原。歸鴉聒噪聲中，莒光號金黃列車轟隆轟隆衝開蒼茫月色，一路往南奔馳。剎那，我眼眶紅了，當著滿車廂乘客的面，簌地流下兩行熱淚來。朱鴒，妳知道我為什麼會那樣難過嗎？

——因為你後來做出一件虧心事，對不起你的月鸞阿姨和她的兩個姊妹。喂，別哭哦！我暫且不問你那件事，等你心情好些再講。現在你告訴我，這三姊妹當初為什麼要離開家鄉到南洋去呢？

——月鸞說了，十六歲那年夏天放暑假，地方上有位紳士忽然帶著兩個身穿白西裝、頭戴黃草帽的日本浪人，搭乘吉普車，來到她家田庄，自稱是什麼「拓植會社」的幹部，替皇軍召募隨軍看護婦到南洋軍醫院上班。在鄉紳見證下，日本人掏出兩千圓紙鈔，交給她阿爸，鞠個躬，要他在一份用日文寫的契約上畫押。阿爸雙手接過鈔票，什麼話也沒說，兩眼望著站在門口、只顧低頭玩弄胸前兩根辮子的長女阿鸞，只是流淚。

她阿母人呢？害羞得不知躲藏到哪裡去了。在家鄉父老敲鑼打鼓歡送下，月鸞和村裡六個夢想當護士的姑娘出發囉，興沖沖喜孜孜，搭火車到高雄港，跟兩百多個來自其他鄉村的女孩子會合，搭上運兵船，隨同日本陸軍第一百二十四聯隊（月鸞阿姨講的這個番號，我記得清清楚楚，因為她提過好多次），飄洋過海來到了英屬渤泥島。日本人講的渤泥，就是中國人說的婆羅洲，我出生長大的地方。登陸後，十五位姑娘被分派到古晉皇軍慰安所工作。那是城中一棟巨大的洋樓，上下兩層，底層用木板分隔成幾十個兩蓆大的小房間，裡頭啥都沒有，只擺一張挺堅固的雙人木床。每個房間住一個姑娘，日夜接待皇軍，從事慰安工作。丫頭妳問怎麼個慰安法啊？唉——就像台北華西街寶斗里的姑娘那樣做囉！古晉慰安所的那群服務生，各色人種的女子都有：朝鮮人、荷蘭人、菲律賓人、英國人……

——慢著！英國人和荷蘭人怎麼肯讓他們的老婆和女兒，從事這種工作呢？那時在南洋殖民地，白種女人不是挺尊貴，就像皇后和公主一樣嗎？

——月鸞阿姨說，皇軍攻下新加坡，來不及逃到澳洲的英軍眷屬，連同其他戰區被日軍抓到的英國女人，全部被集中在一起，分配到南洋各地慰安所工作，有一批被送到渤泥首府古晉城，住進那棟洋樓，專門服侍皇軍南方派遣軍的高級將佐。丫頭，妳知道嗎？那時新加坡是大英帝國在遠東最巨大、最堅固的軍事堡壘，不料只守了十五天，十三萬英軍就向三萬五千日軍，豎起白旗投降。這下可就害慘他們的眷屬。這些英國良家婦女被推入火坑，當了三年營妓，成為日本軍官開洋葷的工具。不瞞妳說，丫頭，我們這些南洋華僑，從此對英國男人就不像以前那麼尊敬、那麼畏懼。可話說回來，日本兵對慰安所的英國女人倒是挺尊重的，並沒怎麼凌虐她們，還讓她們住在樓房上層，跟荷蘭營妓聚在一起，彼此有個照應。荷蘭營妓原本也是良家婦女，日軍攻占荷屬東印度群島後，把她們送進慰安所。平日這些白種女人，就在樓上的歐式豪華臥房裡工作，撫慰皇軍高級軍官，偶爾出門散步踏青，也有日本憲兵護衛，前呼後擁，如同先前她們當殖民地主子那個排場。每隔兩三個禮拜，碰到豔陽天，軍部就用卡車把她們一窩子載到城外沙勞越河濱，從事日光浴。光天化日眾目睽睽，在一群配戴紅十字臂章的日本衛生兵督導下，三十多個藍眼金髮白膚、燕瘦環肥的女人一字排開，戴上墨鏡，脫光衣服，仰天躺在河畔草地上，一齊張開雙腿，拱起屁股曬太陽。這個場面，我父親當年還親眼看過！上回我不是跟妳提過，二戰期間，我父親和一個日本少佐池田合夥經營肥皂廠嗎？所以……哦，扯遠了。現在我不想再談我父親的事。但根據我父親轉述日本軍醫的說法，在慰安所工作的女人長年不見天日，恥部容易生蟲，定時讓它曬太陽，可以殺蟲喔！皇軍對麾下那群歐洲婦女的照顧和體貼，可說無微不至。月鸞她們可就沒那麼好命嘍。同樣在慰安所工作，黃種姑娘卻住在樓房下層鴿子籠似的兩蓆小房間，專門伺候日本小兵。她們的日子可不好過。怎麼個不好過？月鸞阿姨打死不肯講，只告訴我一件事：有個名字叫柳什麼姬的朝鮮姑娘受不了折磨，跳井死了，從此，樓房裡就常常發生怪事，前來接受慰安的日本兵趴在姑娘身上幹那勾當，嘿咻嘿咻正在興頭上的當兒，莫名其妙會突然發狂，跳起身來握著拳頭，狠狠搥打自己的子孫袋，嘴裡厲聲高呼：「天皇萬歲！」日本軍部被驚動了，從新加坡派來兩位神道教祭司，誦經唸咒作法，將惡靈鎮鎖在井內。聽月鸞阿姨這麼一說，好奇心起，我就偷偷溜進那棟早已荒廢的洋樓查看，果然，在後院八角亭下找到一口上了鎖的水井（數一數，總共七把鎖哦），井蓋上五彩斑斕，妖妖嬝嬝橫七豎八，黏貼著十幾幅用日文寫畫的符咒。大白天鬼氣森森。我跑回去問月鸞阿姨，日本兵究竟怎樣對待她們這群姊妹，才會讓那個姓柳的朝鮮姑娘死得那樣悽慘、那麼的不甘心？她回答說，小男孩千萬不可以知道這些事情，若是知道了，以後長大成人，性情就會變得非常粗野怪異，一輩子，都不曉得好好疼惜女人的身體。反正這是命哪，她和慰安所其他同命姊妹一樣，以後不能生孩子了，因為她們的子宮早就被捅破，爛掉啦。

——難怪她把你當兒子看待。

——嘿！就這樣月鸞在古晉慰安所工作三年，總共攢了三千日圓。順便告訴妳，後來我聽我父親說，慰安所的台灣姑娘，每次接客收費一圓五十錢，朝鮮姑娘一圓，菲律賓姑娘一圓八十錢，金髮碧眼大屁股的荷蘭女郎五十圓，至於英格蘭貴婦和蘇格蘭閨女，她們可是無價的喔，只有皇軍派遣軍司令部的高級將佐，得以品味這樣的貨色，一般軍官就連她們的胳肢騷都聞不著，莫說共度春宵，一親芳澤啦……一九四五年八月十五日，晴天一聲霹靂，裕仁天皇宣布大東亞聖戰告終，日本帝國無條件投降。英軍挺起腰桿子列隊踢正步走出戰俘營，重返古晉城，接收沙勞越殖民地，立即封閉慰安所，把皇軍和姑娘們一古腦兒遣送回國。月鸞和幾個姊妹淘沒回家鄉，決定留下來，結伴兒，湊錢在古晉城外的廢鐵道旁荒地上，買下一間很久沒人住的屋子，稍作整修就住下來了。從此四姊妹定居婆羅洲，可是異鄉謀生不易啊，不得已，只好重新幹那舊營生，只是她們的恩客，從日本皇軍突然變成了馬來新貴。就這樣，丫頭，姊妹們在鐵皮屋裡相依為命，廝守了十年了，同是天涯淪落人……

——無家可歸。

——不，有家歸不得。

——這群台灣姑娘為什麼不回台灣呢？

——我問過月鸞。她說……

——她到底說什麼？別吞吞吐吐，急死人！

——她說，如今的阿鸞，子宮破爛，永遠不會生孩子了，沒臉回家見阿爸阿母和鄉親們。說著她就簌地流下淚來，捋起衣袖，露出臂膀子，伸到太陽下，讓我看看膀子上刻著的一個黑色的字。丫頭妳猜那是個什麼字？

——我不想猜。

——『慰』。

——安慰的慰？哦，我明白了。

——這個刺青一輩子留存在姑娘們身上，永遠洗刷不掉的！月鸞四姊妹就像中國古代的犯人，臉上黥了個字，無論走到哪裡，人家都知道她們做過見不得人的事……

——慢！你說四姊妹？怎麼突然冒出第四個來呢？你講她們的故事時，不是一直都說三姊妹嗎？月鸞、林投姐和菊子姑娘。

——還有一個姊妹叫素蘭，死了。

——怎麼死掉？什麼時候死的？

——不知道。沒人問，沒人在乎。

——素蘭小姐死後一定會化為美豔的幽靈，披著一頭長髮，打赤腳，穿著她那件漿洗得泛白的大紅花布和服，露出兩筒雪白的臂膀子，不管白天黑夜，日頭下或月光中，總是獨自漂蕩，遊走在你們古晉城的大街小巷，三不五時，就出現在那棟洋樓後院，來到八角亭下那口上了七把鎖、貼滿日文符咒的水井旁……

——朱鴒，妳的想像力真豐富！可我告訴妳，古晉城裡從沒有人看見過素蘭小姐的幽靈。死就死了，一了百了。記得有天中午，素蘭忌日，月鸞阿姨捎三枝香、一碗白米飯和兩根竹筷子來到墳前，祭拜她這個苦命的小姊妹，順便帶我到鐵皮屋外樹林中走走，透透氣。這個墳，只不過是鐵路旁荒地上，一顆饅頭樣的小小一堆黃土，墳上已經長出野草，灑滿鳥屎啦。

——墓碑肯定朝向北方，素蘭小姐的家鄉台灣。我看過一部日本電影，田中絹代主演的《望鄉》，講戰前一群日本女人受騙，被日本浪人拐賣到英屬北婆羅洲山打根當妓女，受盡各種折磨，死後被埋葬在海邊一座山上，墓碑全都朝向北方，表示她們對祖國日本的思念。

——素蘭小姐的那個墳，連一塊墓碑都沒有，還能朝向哪個方向啊？

——是嗎？哦。

——素蘭往生後，小鐵皮屋裡就只剩下三個姊妹了。年紀最大的林投姐一天到晚咳嗽，咯、咯、咯，幾年後聽說她咳血咳死了。四姊妹中那年紀最小、容貌生得最秀麗的菊子，個性最文靜，沒有郎客來訪時就獨自坐在窗洞口，舉起她那隻素白手兒，有一下沒一下，拂著她那頭柔柔嫩嫩、日漸稀疏的枯黃髮絲，好半天一眨不眨，只管眺望窗外林中樹梢間，悠悠飄渡過的朵朵白雲，癡癡想自己的心事。想著想著，她就會突然扯起嗓門，厲聲唱起歌來：月色照在三線路，風吹微微……

——你還沒告訴我呢，日本投降後，慰安所的朝鮮姑娘，除了跳井的那個柳什麼姬，都到哪裡去了呢？跟月鸞她們一樣流落在南洋嗎？

——沒有人知道高麗妹的下場。沒人關心。

——那些英國女人呢？

——回到英國，繼續當她們的貴夫人。

——天哪！這是個什麼世界？

——丫頭啊，妳騎在我背上可別亂動哦！瞧妳，聽我講述這群異鄉女子在婆羅洲的故事，激動得把身子扭來扭去，搖抖不停，又是拍手又是蹬腳，活像一隻發羊癲瘋的小潑猴。這會兒我揹著妳沿著台北新店溪，溯流而上，小心翼翼跨過一個個臭水坑，戰戰兢兢鑽過一叢叢水芒草，妳可要抓牢我的頸脖，千萬別亂動哦，更拜託妳不要伸出手爪子，扒搔我的胳肢窩，逗我笑，否則一不留神，妳從我的背梁上摔下來，撲通一聲，掉落進又黑又髒又臭的溪水中，可莫怪我沒把妳給揹好。妳明白嗎？好，現在請妳抬起頭來伸出脖子，看哪！站在新店溪河床上放眼瞭望，咱們台北市的夜色美不美？四更天，快破曉了，滿城白漫漫縹緲起的晨霧中，東一盞西一簇霓虹繽紛妖嬌，搔首弄姿兀自閃爍不停，蠻啊蠻，眨啊眨，爭著向觀音山頭的月娘拋送媚眼。月光下的台北市，月鸞四姊妹的故鄉，妳說，看起來像不像傳說中漂浮在東海的一座粉雕玉琢、花燈高掛的水晶宮，半夜凌晨笙歌處處……

——嘩喇嘩喇，月光下滿城公寓人家綻響起一波波麻將聲……

——丫頭耳朵可真尖哪！

——聽！河堤下小屋裡那個女人扯著嗓子，一個勁還在唱歌。歌聲淒淒涼涼，飄飄蕩蕩，陰魂似的只管一路追隨我們，黑天半夜聽起來，好像一個女鬼在哭喚她的情郎呢。

更深無伴獨相思
秋蟬哀啼
月光所照的樹影
加添我傷悲
心頭酸，目屎滴
啊，無聊月暝

——ㄚ頭別睬她！不要回頭看哦。我們自管走我們的路。我們不是要沿著新店溪一路走上去，尋找庵仔魚棲息的那個所在嗎？

——對！尋找那個深水潭。

——妳看，觀音山頭水紅紅一輪明月高掛，灑照著那滿江搖曳嗚咽的芒花。

——汗潸潸喘吁吁，我們一路跋涉，穿過叢叢水芒，探尋那一窟活水源。

——我揹著ㄚ頭，ㄚ頭揹著洋娃娃。

——不，我揹著書包。

——結伴溯流而上。朱鴒！咱們倆一大一小來自天南地北，卻有緣結識於台北街頭，相約遊逛迌迌……

——今晚趁著月色皎皎，來到新店溪上找尋庵仔魚的老家，捉幾尾回來煮味噌湯，品嘗那紅噗噗甜滋滋、號稱人間極品美味的庵仔魚卵。噫嘻，想著就忍不住流口水。

——快到囉！丫頭看到沒？秀朗橋頭石崖下芒草窩中那黑晶晶的一潭水……

——大哥，且慢。那件讓你追悔一輩子、跟三姊妹有關的事情，你到現在還沒告訴我呢！可不許賴掉。

——妳說的是哪件事？小妹子。

——瞧你一聽我提起這件陳年舊事，臉色就颼地一變，好像有人故意踩你的痛腳。你別回頭瞪著我！你忘了？你說過，小時候你曾經對月鸞三姊妹做出一件虧心事。那件事情，害你生生世世受良心責備。

——嘿，現在該告訴妳了。好好聽著！那陣子我不是常常到三姊妹家吃午飯嗎？每天一到中午十二點，聽到下課鈴響，我就揹起書包揣著飯盒鑽出校門，沿著廢鐵道，朝向林中的鐵皮屋，拔腳跑哇，日頭下遠遠就看到月鸞阿姨她們站在屋外籬笆前，引頸盼望，滿臉焦急地等待我放學回來。丫頭知道嗎？中午那兩個鐘頭是一整天中我最期盼、最快樂的時光！小小一間屋子裡，三個女人坐在矮板凳上，團團環繞著一個高坐太師椅上的小男生，仰起臉龐喜孜孜瞅望他，手裡端著飯碗，拈著湯匙，一小口一小口輪流餵他吃味噌湯拌飯。這時倘若有外人走過窗前，驀一看，準會以為這是一家子團聚呢。就這樣我在三姊妹家度過了一段幸福的日子，漸漸地有人講閒話了，一時間，街坊鄰里沸沸揚揚，在三姑六婆們口中，我變成了鐵皮屋那幫來路不明的壞女人合養的私生子！最初，我並沒把流言放在心上，每天中午依舊興匆匆，往三姊妹家跑，後來閒話終於傳到我媽耳裡。我那體弱多病的母親聽了，只是流淚，好幾天不跟我講話，可每天大清早她依舊抱病爬下床來，默默為我準備一個飯盒，額外添加些我最愛吃的菜，好讓我中午在學校吃得飽。每天起床，我膽戰心驚，縮頭縮腦躡手躡腳逡巡在我媽身邊，偷偷觀察她的表情。看到我媽那一副悶聲不響、只顧擦淚的樣子，我心就慌啦。為了向我媽表明心迹，為了讓全古晉城的人知道，我最在意的人是我的親生媽媽，於是我就狠起心腸，硬著頭皮，對月鸞阿姨她們做出那件殘酷的事……

——我猜到了！於是你就當著你媽和鄰居的面，邊吐口水，邊拿起石頭，往月鸞三姊妹身上扔過去，就像後來你們家在山裡種胡椒，有一回，你們七兄弟姊妹突然著魔，爭相撿起石頭，活生生把你們家那隻老狗砸死。

——不，我對月鸞阿姨她們做的那件事，比扔石頭更殘忍。

——世界上還有什麼事比扔石頭、吐口水更殘忍呢？

——我跑到警察局報案，指控她們通姦。

——嗤！通姦？虧你想得出來喔。

——那時我小小年紀，哪知道什麼是通姦？只是一時情急，不知怎的就想出了這個罪名。

——於是你帶警察到她們的鐵皮屋，青天白日下公開上演一齣捉姦記囉？

——丫頭，在我們那座民風保守的小城，這可是多年來發生的最駭人聽聞的事件哪！我頂記得那天晌午，天時大熱，我滿頭大汗渾身戰抖，急急忙忙帶領一個英國警官、五個馬來警員和一位華人通譯，分乘三部警車，一路閃爍著紅晶燈，顛顛盪盪沿著廢鐵道奔馳，來到素蘭小姐墳前，轉個彎，闖入樹林中，倏地停在鐵皮屋矮簷下，嗚哇嗚哇前後左右包抄，破門而入。我沒跟進屋裡，獨個兒守候在籬笆外，雙手捧著我媽那天早晨為我做的飯盒，蜷縮著身子，抖簌簌蹲在日影裡。平日徘徊在林中窺望的那群老人，這當口，一個個從草木間冒出花白頭顱來，滿臉羞澀互相瞄望兩眼，呵呵一笑，轉身踅到鐵皮屋門前，踮起腳來挨挨擠擠圍觀。廢鐵道旁墳堆中，以往挺冷清的樹林霎時變得熱鬧起來，四處人頭鑽動，目光灼灼。過了約莫半個鐘頭，三姊妹戴著手銬被英國警官押解出屋來，臉煞白，披頭散髮，身上只穿著她們那件從皇軍慰安所帶出來、如今早已褪色的大紅花布和服，太陽下露出一截頸子，白皎皎。三姊妹屁股後面，衣衫不整趔趔趄趄，跟隨著兩個頭戴宋谷帽、手裡拎著紗籠圍裙的男子。我趕緊跳起身來，跑到鐵皮屋門洞口。圍觀的華人群眾一看見三姊妹和馬來郎客，登時睜紅了眼睛，紛紛舉起拳頭，咬牙切齒呸呸呸猛吐口水：「見笑見笑！不要臉不要臉！」被馬來警察使勁推入警車的當兒，月鸞阿姨回頭看看我。她那雙眼神啊……

——別講！我想像得出來。我問你，三姊妹被抓去關了多久呢？

——兩年六個月。長大後我才知道她們被控的罪名是「非法賣淫」。英國人最討厭這種事，所以才會封閉慰安所呀。

——三姊妹在監牢裡有沒有受到什麼折磨？

——我不知道！我不敢問。只是月鸞阿姨出獄後，人就變得有點癡呆，看到馬來人就咧嘴嘻笑，像個傻大姊。

——你那時幾歲啊？

——七歲，讀小學二年級。

——哦，你說過。

——長大後我來台灣讀大學，那年冬天總是下著冷雨，我常常獨自行走在台大對面汀州路上，撐著一把油紙傘，踩著滿地迸濺的雨珠，邊看街景邊想心事，有時突然聽見街角唱片行播放台灣老歌：月色照在三線路，風吹微微……走著聽著，眼眶一紅，我心頭那塊舊瘡疤就會驟然撕裂，潸潸流下鮮血來，一滴兩滴三滴四滴……

二〇一二年五月——六月修訂於淡水鎮